가벼운 점심

가벼운 점심

초판 1쇄 발행 2024년 4월 20일
초판 2쇄 발행 2024년 5월 20일

지은이 장은진
펴낸이 이상훈
문학팀 김다인 최해경 박선우
마케팅 김한성 조재성 박신영 김효진 김애린 오민정

펴낸곳 (주)한겨레엔 www.hanibook.co.kr
등록 2006년 1월 4일 제313-2006-00003호
주소 서울시 마포구 창전로 70 (신수동) 화수목빌딩 5층
전화 02-6383-1602~3 **팩스** 02-6383-1610
대표메일 munhak@hanien.co.kr

ISBN 979-11-7213-040-4 03810

- 값은 뒤표지에 있습니다.
- 파본은 구입하신 서점에서 바꾸어 드립니다.

- 이 책은 서울특별시 서울문화재단 '2021년 창작집 발간 지원사업'의 지원을 받아 발간되었습니다.

가벼운 점심

장은진 소설집

차례

가벼운 점심

아버지가 돌아왔다. 가출한 지 10년 만이었다.

그해 봄, 아버지는 어머니 앞으로 장문의 편지를 남겨놓고 떠났다. 어머니는 그 편지에 대해 우리 형제한테 아무런 말도 해주지 않았다. 읽고 바로 짝짝 찢어 변기에 버려서 남은 기억이 하나도 없다고 했다. 다만 한 달 후, 집 안의 금기어가 되다시피 한 '아버지'란 단어가 밥을 먹던 동생 입에서 무심코 튀어나왔을 때 어머니는 수저를 탁 내려놓으며 날카로운 목소리로 말했다.

"더러운 인간! 포기하겠다는 거야. 전부 다."

우리는 그것이 편지의 요점이란 걸 어렴풋이 알았다. 자세한 내용은 기억나지 않더라도 요점은 잊어버릴 수 없으니까. 그러나 어머니가 굳이 그런 식으로 알려주지 않아도 우리는 이미 짐작하고 있었다. 떠났다는 것 자체가 포기를 의미했다. 어쩌면 어머니는 '포기'가 아니라 '버렸다'라는 단어를 쓰고 싶었는지도 모르겠다. 포기는 왠지 자기 몫만 놓고 가는 것 같은데 '버리겠다'에는 어머니와 우리 형제도 포함되는 거 같으니까. 그때까지도 어머니는 '버리겠다'를 '포기하겠다'로 표현함으로써 희망을 버리지 않으려던 게 아닐까, 하고 나는 생각했다.

아버지가 '버렸'는지는 모르겠으나 적어도 '포기'했다는 걸 나는 아버지가 가출하던 날 알았다. 아버지는 떠나면서 아무것도 가져가지 않았다. 아끼던 책 한 권, 학자의 상징이라며 조부로부터 물려받은 오래된 만년필조차 챙기지 않고 맨몸으로 집을 나갔다. 다 놓고 간 아버지한테 진짜 필요한 게 무엇이었는지 나는 아직도 알지 못한다.

아버지를 공항에 데려다주러 가는 길이다. 10년 만에 돌아온 아버지는 조부의 장례를 마치고 다시 뉴욕으로 떠난다. 그동안 모든 연락을 끊고 살았던 아버지는 조부가 위독하다는 삼촌의 전화를 받고 나흘 전 급하게 한국으로 들어왔다. 평소 존경하던 조부의 임종마저 지키지 못했다면 아버지는 불효자가 되고 말았을 것이다. 그래서인지 내가 느끼는 10년이란 시간의 무게에 비해 아버지의 마음은 조금 가벼워 보였다.

“좋은 날 받아서 가셨다. 그치?”

아버지가 도로 오른편으로 반짝반짝 흘러가는 강을 쳐다보며 말했다. 목소리 끝이 떨리고 갈라지는 게 또 우는 것 같았다. 가벼움이 지닌 한계였다. 장남인 아버지는 미안함 때문에 장례식 내내 물 한 모금 마시지 않고 목 놓아 울기만 했다. 조부를 위해 아버지가 할 수 있는 건 그뿐이었다. 자지도 않고 먹지도 않으면서 마냥 우는 것. 먹은 게 없는데도 아버지 눈에서는 하염없이 눈물이 흘러내렸고, 잠을 자지 않는데도 아버지 입에서는 지치지 않고 울음소리가 터져 나왔다. 눈물‘샘’과 소리‘샘’은 몸이 아니라 마음의 기관에 해당하는 것 같았다. 샘처럼 물을 쏟아내고 있어서인지 식구 누구도 아버지를 두고 10년의 세월을 질책하지 않았다. 그렇다고 그동안 어떻게 지냈느냐고 안부를 궁금해하거나 다가가 위로의 말을 건네는 가족도 없었다. 단지 여기저기서 수군대는 소리만 들려왔다. 호상이라 아무도 눈물을 보이지 않는 장례식에서 아버지는 사흘간 대신 울어달라며 고용된 사람처럼 보였다. 열심히 울어서인지 아버지는 장례식이 끝날 때까지 철저하게 혼자였다.

"상 치를 사람들 생각해서 봄에 가고 싶다고 입버릇처럼 말씀하셨는데……."

강이 끝나자 아버지가 전방을 응시하며 숨을 골랐다.

"계절이 효자다."

"봄은 떠나기에도 돌아오기에도 좋은 계절 같아요."

조부를 닮아 아버지도 봄을 무척 좋아했다.

"아버지도 좋아했죠, 봄을."

"좋아해서 좋아하지 않았지."

침울한 목소리에 실린 좋아해서 좋아하지 않았다는 말이 묘했다. 그 표현에 이끌리고 있을 때 자동차는 벚꽃이 환하게 핀 가로수 길로 접어들었다. 아름다운 광경이 펼쳐지자 깊은 슬픔에 잠겨 있던 아버지의 얼굴이 갑자기 벚꽃처럼 밝아졌다. 아버지 자신도 조금 놀란 것 같았지만 그렇다고 애써 감추려 하지는 않았다. 아버지는 가까이서 보고 싶다며 갓길에 잠시 차를 세워달라고 했다.

차에서 내린 아버지는 조금 빠른 걸음으로 벚나무에 다가가 가지 하나를 낮게 잡아당겼다. 그러고는 눈을 감고 향을 맡았다. 숨을 깊게 들이마시고 내쉬는 아버지의 입가에 자세히 살피지 않으면 모를 정도로 아주 옅은 미소가 번졌다. 상중만 아니면 누구의 눈치도 보지 않고 세상이 다 알도록 소리 내어 웃을 것만 같았다. 모든 게 낯설었다. 아버지가 내 앞에 있다는 것도, 슬픔에 잠긴 표정으로 내내 우는 얼굴만 보여주던 것도, 저렇게 웃는 것도. 10년 전 내가 알던 아버지는 분명 아니라는 생각이 들었다. 그동안 숨겨왔던 것일까, 아니면 오랜 타국 생활로 자연스레 달라진 것일까. 혹 집을 떠나던 그날 여태 짊어지고 산 모습마저 옷처럼 훌훌 벗어던졌던 걸까. 아버지는 진짜 아무것도 걸치지 않고 맨몸이나 다름없는 상태로 그해 봄 우리를 떠났던 것일까.

늙긴 했으나 마른 체형이던 아버지는 보기 좋게 살이 올랐다. 당시 남자들은 잘 하지 않았던 단발형 헤어스타일은 스포츠형으로 바뀌었다. 머리숱은 좀 줄었지만 건강한 윤기가 흘렀고, 날카로웠던 인상은 깎아놓은 듯 중후해져 있었다. 무엇보다 남의 옷을 빌린 것처럼 아버지는 늘 품이 크고 펑퍼짐한 양복만 입고 다녔는데 지금은 몸에 딱 맞는 캐주얼 차림이었다. 처음이었다. 분명 낯선데, 이상하게도 옛날의 아버지보다 지금의 아버지가 훨씬 가깝고 친근하게 느껴졌다. 그 낯선 친근감 때문일까. 차 문에 기대어 아버지를 지켜보던 나는 벚나무 쪽으로 천천히 걸음을 옮겼다. 벚꽃 향에 잠긴 바람이 은은한 감촉으로 다가와 이마를 간

질였다. 벚나무 아래에 선 나는 가지마다 알차게 핀 벚꽃을 올려다봤다. 몇 개를 꺾어 신부 손에 쥐여주면 그대로 부케가 될 것 같았다.

"전에는 이런 봄꽃들이 밉고 싫었어."

아버지가 작고 부드러운 꽃잎 한 장을 손끝으로 지그시 매만졌다.

"사람을 밖으로 불러내는 꽃들이."

"왜요?"

"나만 방에 틀어박혀 있는 것 같았거든."

"아버지도 나가면 됐잖아요."

"우울증이 도졌어. 봄만 되면."

아버지의 말끝에 힘이 없었다.

"식욕도 떨어지고."

"그래서 좋아해서 좋아하지 않게 된 거예요?"

"봄이 되면, 특히 벚꽃이 필 시기가 되면 비가 오게 해 달라고 빌었어."

나는 아버지의 진중한 말에 귀를 기울였다.

"다 망가지라고. 애써 핀 꽃도, 화창한 날씨도, 약속도. 어쩌면 미래까지도. 꽃이 질 때까지는 방에서 꼼짝도 하기 싫었어. 할 수만 있다면 볕이 없는 지하 동굴 같은 데서 며칠 지내고 싶었어."

나는 유난히 어두웠던 아버지의 서재를 떠올렸다.

"그럴 수 없어서 매일 속으로 되뇌었어. 모두 간절하게 불행해지길. 딱 나만큼만 불행해지길. 더도 덜도 말고 나만큼만……."

아버지를 불행하게 한 건 무엇이었을까. 돌이켜 보면 아버지의 봄은 항상 그랬던 것 같았다. 신경이 곤두선 상태의 아버지는 가족한테 엄하고 까칠했다. 사소한 일에도 화를 냈고 얼굴은 찡그리고 있을 때가 많았으며 불평불만을 입에 달고 살았다. 신경쇠약에 걸린 사람처럼 작은 소리에도 예민하게 구는 건 일상이었다. 자주 소화불량과 불면증에 시달려서 낯빛은 늘 창백했다. 그런 감정 상태는 봄이 되면 더욱 도드라져서 봄이 왔다는 걸 꽃이 피는 것보다 느닷없이 고함치는 아버지 때문에 먼저 알았다.

"어머니랑 연애할 때도 그랬어요?"

아버지가 붙들고 있던 벚나무 가지를 손에서 놓고 멀리 산등성을 바라봤다. 속으로 감기는 가벼운 한숨 소리가 들려왔다.

"네 엄마와는 여름에 만나 그해 가을에 결혼했으니까."

"제가 생겨서요."

아버지와 어머니는 아버지 대학교 은사의 중매로 만났다. 가난 때문에 학자의 꿈을 접어야 했던 조부는 아버지가 자신의 꿈을 대신 이뤄주길 바라서 없는 살림에도 다른 자식보다 공부를 많이 시켰다. 아버지는 조부의 아낌없는 뒷바라지와 자신의 피나는 노력으로 비교적 빨리 대학 강단에 섰다. 장가갈 나이가 되자 조부는 교수 며느리를 보는 게 마지막 소원임을 슬쩍 내비쳤다. 아버지보다 키가 크고 두 살 연상이란 조건이 마음에 걸렸지만, 조부는 어머니의 명민함과 자신감 넘치는 현대적인 모습에 흡족해했다.

"결혼하고 이듬해에도 네 엄마는 임신중독증 때문에 봄을 즐길 여유가 없었어. 네가 태어나자 삶은 전쟁으로 돌입했고."

그러고 보니 어머니의 봄은 어땠는지 기억나지 않았다.

"결혼은 낭만과는 거리가 멀지."

아버지의 본질은 낭만에 가까웠을까. 그때, 바람이 세게 불더니 꽃잎들이 하얗게 흩날렸다. 봄에 내리는 차갑지 않은 눈. 봄눈이 아버지의 희끗한 머리와 늙어버린 어깨를 여러 번 스치고 지나갔다. 아버지는 그럴 때마다 약간 흥분된 표정으로 떨어지는 꽃잎을 잡으려고 양손을 펼쳤다. 몇 번의 시도 끝에 매니큐어를 바른 작은 손톱 같은 꽃잎 한

장을 간신히 손바닥으로 받아냈다. 아버지가 그걸 쳐다보며 지그시 웃었다. 자세히 살피지 않아도 알 만한, 누구에게나 보일 만큼 주름이 짙게 잡히는 웃음이었다. 아버지는 주먹을 살며시 쥐고 차로 돌아갔다.

안전벨트를 맨 나는 시동을 걸었다. 아버지가 손에 쥔 꽃잎을 수첩 갈피에 세심하게 끼워 넣으며 말했다.

"떨어지는 꽃잎이나 낙엽을 받으면 그 계절에 사랑이 찾아온단다."

아버지는 이제야 장례식의 슬픔에서 벗어난 듯 보였다. 자동차는 공항을 향해 다시 출발했고, 벚꽃길이 끝나는 곳까지 아버지와 나는 말없이 각자의 봄을 가졌다.

주말의 공항은 출국하려는 사람들로 붐볐다. 나라를 떠나는 사람들이 왠지 내 눈에는 봄을 떠나려는 사람들로 보였다. 아버지가 떠났던 날도 봄이었고, 이 공항을 통해서였다. 아버지는 그날 어떤 표정으로 장애물 같은 저 많은 게이트를 통과했을까. 공항에 올 일이 생길 때마다 하던 상상이었다. 상상 속 아버지의 표정은 매번 달랐지만, 나라를 떠나는 것보다 이곳의 봄을 떠나는 사람의 표정이라면 왠지 비장하고 단단할 것 같았다. 좋아해서 좋아하지 않았다는 봄이었으니 그랬을 것만 같았다. 주차를 마치고 시동을 끈 차 안에서 나는 넌지시 물었다.

“아버지, 이대로 진짜 가실 거예요?”

“미안하다.”

눈을 맞추지 않으려는 듯 아버지의 시선이 밖을 향했다.

“그쪽 일이 워낙 바빠서.”

진짜 바빠서인 걸까. 오래전 삼촌으로부터 아버지가 뉴욕에서 사업을 한다는 얘기를 듣긴 했다.

“제 결혼식에 꼭 와주셨으면 좋겠어요.”

아버지가 고개를 창 쪽으로 외틀며 깊은숨을 내쉬었다.

“다른 결혼 선물은 필요 없어요. 2주밖에 안 남았으니까 저희 집에 머물면서 맛있는 것도 먹고 친구도 좀 만나시고…….”

“축하받아야 할 날이잖니. 내가 가면…….”

“아버지가 자식 결혼식에 간다는데 누가 뭐래요.”

“네 엄마 보기도 그렇고…….”

장례식장에서 어머니와 아버지는 한 번도 서로에게 눈길을 주지 않았다. 아버지는 미안해서였고, 어머니는 미워서였다.

“자격이 없어, 난.”

결혼식은 장례식과 다른가. 장례식에서는 아버지한테 우는 역할이라도 주어졌지만, 결혼식에서는 목 놓아 울라고 하기도 그렇고, 가족을 버리고 떠난 사람이 10년 만에 아들의 결혼식장에 나타나 환하게 웃고 있으면 그 또한 하객들 눈에는 뜬금없고 염치없어 보일 터였다.

"널 이렇게 잘 키워낸 엄마가 축하받아야 할 자리야."

"아버지."

"윤주는 밝고 씩씩한 친구더라. 너랑 잘 어울려."

그러면서 아버지는 들릴 듯 말 듯한 목소리로 다행이다, 라고 말했다. 굽은 어깨에 배낭을 멘 아버지는 탑승까지 시간이 좀 남았으니 가볍게 점심이나 하자며 서둘러 차에서 내렸다. 고집. 그거 하나만은 10년이 지나도 그대로인 것 같았다. 아버지는 내가 붙잡을까 봐 빠른 걸음으로 터미널에 들어섰다. 나는 차에서 내려 그 뒤를 터벅터벅 따라갔다.

가볍게 먹자던 아버지는 패스트푸드점을 가리키며 햄버거에 콜라를 마시고 싶다고 했다. 내가 아는 아버지는 소화불량이 심해서 밀가루 음식이나 패스트푸드를 먹지 않았다. 고기도 소화를 잘 못 시켜서 주로 채소 위주의 식사를 했다. 어머니는 까다로운 아버지의 식성을 늘 못마땅해했다. 가족 공동으로 요리하고 준비하는 식사 때마다 어머니가 자꾸 투덜대자 어느 날부터 아버지는 밥을 따로 차려 먹겠다고 선언했다. 식사 시간도 달리했다. 식사 문제가 해결되자 어머니와 아버지는 싸울 일조차 생기지 않았다. 한집에 살면서 밥을 같이 먹지 않으면 식구는 멀어지게 되어 있다. 한번은 어머니가 집 나간 아버지를 두고 "가출해서 좋은 건 하나 있네!" 하고는 조금 들뜬 표정으로 아버지 전용 냉장고에 고기를 채워 넣은 적도 있었다.

"햄버거 같은 건 안 좋아하셨잖아요."

"먹어보니 꽤 괜찮더라. 밥 먹을 시간도 없이 바쁠 때가 많은데 간편하고 어디 거든 맛도 비슷해서 자주 먹어."

"소화는 잘 되고요?"

"이젠 가리는 거 없이 다 잘 먹지."

커튼 뒤에 가려진 지난 10년의 삶, 그리고 그 삶을 있게 한 것들. 조금씩 열리기 시작한 커튼 틈새로 빛이 들어가 그 삶에 윤곽이 돋아나고 그림자가 생기고 있었다.

로스팅 비프 버거 세트가 담긴 쟁반을 들고 자리로 가서 앉았다. 아버지는 누군가와 문자를 주고받다 핸드폰을 얼른 닫았다. 아버지 말대로 패스트푸드가 좋은 건 빨리 나오고 어딜 가나 맛이 비등해서 가게를 고를 필요가 없기 때문이었다. 서울의 KFC나 광주의 KFC나 인테리어, 메뉴, 서비스, 가격, 품질이 엇비슷해서 여기가 서울인지 광주인지 모르게 되는 순간이 있었다. 뉴욕의 KFC라고 크게 다르지는 않을 것이다. 아버지는 10년 만에 한국에 돌아온 사실이 적응되지 않고 불편해서 굳이 햄버거 가게를 찾은 건지도 모른다. 아버지와의 마지막 식사라 근사한 점심을 대접하고 싶었던 나는 못내 아쉬웠다. 서운한 마음을 알아챈 아버지가 콜라에 꽂힌 스트로를 빨다 말고 물었다.

"햄버거 좋아하지 않았니?"

좋아했다. 매달 출시되는 맥도날드 해피밀 장난감을 모으며 맛있는 햄버거를 합리적인 가격으로 먹을 수 있어서 행복했던 시절을.

"대학 다닐 때 학비 벌려고 아르바이트를 했어요."

나는 햄버거를 집어 들며 말했다.

"좋아하던 것도 일이 되니까 나중에는 쳐다보기도 싫더라고요."

아버지는 내가 왜 아르바이트를 하며 대학을 다녔는지 의아해했다.

"일산 사는 어머니 친구분 효숙 아줌마 알죠?"

나는 햄버거를 한입 베어 문 뒤 이어서 말했다.

"효숙 아줌마가 하는 천연화장품 사업에 어머니가 투자를 했는데, 잘 안돼서 잠깐 생활이 어려웠어요."

순간 아버지의 표정이 콜라처럼 어두워졌다. 자신의 탓이라고 생각하는 것 같았다.

"다 지난 일이에요. 오랜만에 먹으니까 옛날 생각도 나고 맛있는데요. 그리고 그때 경험들이 지금도 도움이 많이 돼요."

나는 아버지가 불편해할까 봐 일부러 입을 크게 벌려서 햄버거를 베어 물며 언제 말을 꺼내는 게 좋을까 기회를 엿봤다. 그러고는 핸드폰을 열어 사진 한 장을 보여주었다. 내가 사진을 처음 봤을 때처럼 아버지도 그게 무엇인지 얼른 알아채지 못하다 이내 깜짝 놀랐다.

"몇 개월이냐?"

"3개월이요."

나는 손가락으로 가운데 부분을 짚었다.

"요 강낭콩처럼 생긴 게 아기래요. 신기하죠?"

아직 뚜렷한 형태를 갖추지 않은 아기는, 커다란 점으로 흑회색 부채꼴 안에 떠 있었다. 아기는 작은 잠수함 혹은 우주 캡슐 안에 담긴 것처럼 보였다. 아기를 감싼 어두운 바탕은 거칠게 폭풍우 치는 밤바다 같기도 하고, 신비한 우주의 어딘가를 찍은 천체 사진 같기도 했다. 어쩌면 저 작은 '한 점'에게 그곳은 망망한 바다이자 광대한 우주일 것이다. 흑회색의 거친 질감 때문인지 처음 윤주가 사진을 건넸을 때 아기는 몹시 외로워 보였다. 아무도 없고, 아무도 다가갈 수 없는 어두운 곳에 갇혀서 혼자 밥을 먹고 잠을 자며 지내는 '한 점' 사람의 외로움. 사람은 시작부터가 외롭구나. 고독과 암흑 속에서 살아가는구나. 그러자 나도 모르게 눈물이 났고 윤주가 내 머리를 쓰다듬으며 그래야 만날 수 있어, 하고 말했다. 윤주의 말대로 녀석이 그걸 견디며 자라는 중이란 생각이 들었을 때는 눈물이 웃음으로 바뀌었다. 녀석은 거친 바다와 우주를 제 영역으로 만들어가며 나와의 거리를 조금씩 좁히고 있었다. 모두가 그렇게 생겨나는 것이고, 그렇게 생겨났던 것이다. 그날의 나처럼, 사진을 들여다보던 아버지의 눈시울도 붉어졌다. 나는 아버지에게 냅킨을 건넸다.

"네가 벌써 장가를 가고 애 아빠가 될 나이라니. 언제 그렇게 컸니……."

아버지가 숨을 참았다 내쉬며 냅킨으로 눈가를 닦았다.

"요 녀석 태어나는 것도 못 보겠구나."

"못 보긴요."

팔을 뻗어 아버지의 손등에 내 손을 얹었다.

"사진, 아니 동영상이라도 매일 보내드릴게요."

"그래."

"이름은 아버지가 지어주세요."

"누굴 닮았을까?"

"아버지 손주니까 아버지 닮았을 거예요."

"날 안 닮았으면 좋겠는데."

"……."

"속도를 안 지킨 건 날 닮았다."

"아버지 아들이니까요."

나는 쑥스러워 피식 웃었다.

"윤주는 어떻게 만났니?"

"협력업체 경쟁 입찰 프레젠테이션이 있었어요."

갑자기 신나는 기분이 들었고 아버지도 그걸 눈치챈 것 같았다.

"총 다섯 군데서 경쟁이 붙었는데 윤주가 단연 돋보였어요. 아나운서 못지않은 말솜씨로 프레젠테이션을 끌고 가는 윤주한테 동기들이 전부 반해버린 거 있죠."

"윤주네 회사가 선정됐겠구나."

"물론이죠. 그러고 진짜 경쟁이 시작됐어요. 무려 석 달을 졸졸 쫓아다녔다니까요. 돌부처 같다며 동기들은 하나 둘 나가떨어졌는데 전 포기하지 않았어요. 콧대가 높아서 데이트 신청 한 번 하는데 어찌나 애를 먹이던지."

"넌 끝까지 가정을 지킬 거다."

"……."

"날 안 닮아 다행이야."

아버지는 또 그 '다행'이란 말을 썼다.

빠르게 나오는 음식처럼 테이블의 손님들도 빠르게 자리에서 일어나서 아버지와 얘기를 한참 나누다 옆자리를 보면 다른 손님이 앉아 있었다. 아버지와 내가 가장 오래 앉아 있는 것 같았지만 그렇다고 눈치를 주는 종업원은 없었다. 자리는 다른 데서 금방 날 것이었다. 빨리 먹고 나가도록 패스트푸드점은 부러 불편한 의자를 들여놓는다. 음식을 내주고 계산하기도 바쁜 종업원은 손님의 자리를 챙길 여력이 없고, 손님들은 자리가 없어도 아쉬워하지 않고 돌아선다. 패스트푸드의 효율성은 빠름과 셀프서비스였다. 음식은 단순화하고 절차는 간소화하는 것. 그들의 영업 방식은 종업원과 손님 사이에 친밀감이 생길 틈을 주지 않았다. 어떤 종업원도 손님에게 맛이 어땠느냐, 잘 드셨느냐고 묻지 않았다. 안녕히 가세요, 또 오세요, 라는 말도 하지 않았다. 인사를 건네지 않는 건 손님도 마찬가지였다.

손님이 빠르게 드나들어서 가게 안은 시끄럽고 어수선한 편이었다. 진지하고 심각한 얘기를 나눌 장소로는 바람직하지 않았고, 가볍고 즐거운 대화를 주고받기엔 나쁘지 않은 곳이었다. 아버지는 햄버거에 감자튀김까지 다 먹고 아메리카노를 주문했다. 나는 차라리 잘됐다는 생각이 들었다. 무거운 얘기를 하기에는 이런 어수선한 곳이 오히려 덜 불편할 것 같았다. 아버지가 커피 두 잔을 테이블에 내려놓았고, 나는 한 모금 들이켠 뒤 가볍게 물었다.

"왜 떠났어요?"

너무 가벼워서 마치 어제 벌어진 일에 대해 묻는 것 같았다. 질문이 가벼우면 대답도 어려움 없이 쉽고 가볍게 할 수 있지 않을까. 아버지가 김이 모락모락 올라오는 종이컵을 내려다보며 눈을 깜빡이다 옆에 놓인 핸드폰을 집어 들었다. 그러고는 10년이란 시간 앞에 더는 망설일 게 없다는 듯 보여준 사진 한 장. 새해를 몇 분 앞둔, 뉴욕의 타임스퀘어를 배경으로 찍은 사진 속에는 밝은 표정의 아버지와 다정하게 팔짱을 낀 금발의, 푸른 눈을 가진 사람이 있었다. 외로운 '한 점'에서 시작됐을 한 사람. 나는 보자마자 알았다. 사랑이었다.

"그 사람은 영국계 미국인이야."

아버지는 침착하게 말했다.

"나보다 아홉 살 어리고."

사진 속에서 해맑게 웃고 있는 미국인은 아버지가 모든 걸 포기하게, 아니 버리게 만든 사람이었다. 평생 이루고 쌓아온 것과 맞바꿔도 좋을 만큼 아버지한테 소중한 사람이란 뜻이기도 했다. 내가 알던 아버지의 수많은 모습을 지워버리게 한 사람. 나쁘게 말하면 우리 가족으로부터 아버지의 자리를 빼앗아간 사람. 나는 거기서 무서운 힘을 느꼈다. 어쩌면 위대함일까. 그런데 이상한 건 그 사람이 원망스럽거나 밉다는 생각은 별로 들지 않았다. 10년이나 지나버려서일까. 아버지가 적어도 다시는 죽으려고 하지 않을 거라고 안심했던 당시가 떠올라서일까.

"놀란 걸 보니 엄마가 아무 얘기도 안 한 모양이다."

나는 고개를 끄덕였다. 아버지한테는 사랑이겠지만, 다른 사람들한테는 그저 바람나서 모든 걸 버린 아버지이자 남편이자 아들이었다.

"네 엄마 성격에 창피하고 화났을 거야."

아버지가 아랫입술을 살짝 깨물었다.

"자존심도 상하고 용납이 안 돼서 말을 못 했을 거고."

"그렇다고 지금까지 얘기를 안 한 건 뭘까요?"

"시간이 가길 기다린 게 아닐까."

"왜요?"

"너희들이 나이 먹기를."

"……."

"너희 엄마는 다혈질인 데다 급한 성격이지만 현명한 사람이기도 하지. 나이를 먹으면 경험하지 않아도 이해되는 것들이 있으니까. 어떤 일에 충격을 덜 받기도 하고 누군가가 죽더라도 잘 견디기도 하잖니. 나이가 사람을 단단하게 만들고 무디게 해."

그건 어머니에게는 해당하지 않는 말 같았다. 당시 어머니는 이미 나이가 많았다. 이해하고 받아들이는 것에도 한계가 있기 마련일까.

"엄마는 잘 지냈지?"

"전보다 더 열정적으로요."

"그랬을 거다."

아버지가 고개를 끄덕였다.

"네 엄마라면."

"어쩌면 열정적으로 지내려고 했다는 게 맞을지도 모

르겠어요."

중국의 역사와 문화를 연구하는 어머니는 자신에게 닥친 불행을 잊으려고 일을 많이 했다. 일중독에 빠진 어머니는 학술 발표에 매진했고, 그 덕에 연구 논문을 가장 많이 가진 학자가 되었다. 그것도 부족했는지 자투리 시간에는 틈틈이 번역까지 했다. 그래도 시간이 남을 때는 세탁기에서 빨랫감을 꺼내 손빨래를 하거나 괜히 찬장에서 안 쓰는 그릇들을 끄집어내 먼지를 닦았다. 어머니가 괴로움을 견디는 방법은 시간에 틈을 주지 않는 것이었다. 아버지보다 오래 살려고 끊었던 담배를 한 대씩 피울 때는 도저히 다른 어떤 것으로도 그 틈을 메울 수 없는 순간이 왔다는 뜻이었다.

"날 이 정도로 키운 건 9할이 더러운 그 인간이다."

어느 날 어머니는 담배를 삐딱하게 입에 물고 창밖을 보며 말했다. 나는 그걸 증오심으로 이해했다. 심장 깊숙이 증오를 품은 어머니는 아버지 보란 듯 학자로 성공하기 위해 엄청난 노력을 기울였다. 아버지가 끝까지 가보지 못한 길. 그것이 어머니 딴에는 복수하는 길이었고, 복수는 대단히 성공적이었다.

그러나 어머니의 심장 아래 박힌 것이 증오만은 아니

었다. 나는 남은 1할을 애증이라고 생각했다. 아버지는 모든 걸 포기했으나 어머니는 끝까지 포기하지 않았다는 것을 나는 아버지 서재를 통해 알았다. 위대하고 역사적인 인물의 생가를 평소 살았던 대로 보존해두듯 어머니는 아버지 서재를 그렇게 관리했다. 어머니는 아버지 물건을 하나도 버리지 않았고, 상자에 싸서 어두컴컴한 창고에 처박아두지도 않았다. 아버지만 돌아와 책상에 앉으면 바뀌거나 달라질 게 없어 보였다. 어머니는 아무 일 없었다는 듯 예전의 삶이 이어지게 하고 싶었던 것 같았다. 또한 어머니는 일주일에 한 번씩 잊지 않고 서재를 청소했다. 물론 몰래 하는 청소였지만 서재에 자주 드나들던 나는 어머니의 1할에 대해 잘 알고 있었다.

아버지가 괴로운 표정으로 고개를 푹 숙였다.

"언제 아셨어요?"

아버지가 고개를 들어 내 눈을 똑바로 쳐다봤다.

"어머니를 사랑하지 않는다는 걸요."

"널 낳고 나서."

"근데 왜 정후를 낳으셨어요?"

"네가 외로울까 봐."

이번에는 내가 고개를 숙였다.

"그때까지 참았지."

아버지는 '그때까지'라고 했지만 정후가 대학에 들어갈 때까지였으니 아버지로서는 최선을 다했던 건지도 모르겠다. 아버지가 나의 외로움을 생각해 정후를 낳고, 거기다 20년을 더 참아준 덕에 나의 10대는 조금도 외롭지 않았다. 정후와 나는 내밀한 고민까지도 허심탄회하게 털어놓으며 자라서 정서적으로 건강할 수 있었다. 공부에 지쳤을 때는 함께 컴퓨터 게임을 하며 스트레스를 풀었고, 공중목욕탕에 가면 우애 좋게 서로의 등을 밀어주었다. 옆 동네 패거리한테 죽도록 맞고 들어왔던 날 정후는 부러진 내 다리를 보고 반드시 복수해주겠다며 운동을 시작했다. 아버지의 자리가 말소된 환경에서 사춘기를 맞았다면 타고난 성향상 정후도 나도 어느 한쪽이 삐뚤어지고 엇나갔을 것이다. 우리의 10대를 아비 없이 자라게 하지 않은 건, 아버지가 자신의 젊음을 소진하고 감정을 억눌러가며 지키고자 했던 마지막 소임이었는지도 모른다.

나는 두 사람의 사진을 본 순간 좋아해서 좋아하지 않았다는 그 봄이 무엇으로부터 비롯됐는지 알 것 같았다. 아버지를 온전히 이해할 수 없지만 그게 생의 전부라면 아버지의 봄에는 도저히 꽃이 필 수 없었겠다는 것을.

아버지와 나 사이에 침묵이 흘렀다. 패스트푸드점의 소란이 침묵 속으로 끼어들어서 그 공백이 어색하지는 않았다. 나는 슬쩍슬쩍 아버지의 백발 섞인 머리를 훔쳐봤다. 내가 모르는 세월이 윤기 나는 은빛으로 입혀진 머리칼. 소란은 이내 잠잠해졌고, 나는 공백이 어색하게 느껴지지 않도록 서둘러 물었다.

"두 분은 어떻게 만났어요?"

아버지는 교수로 지내면서 가장 힘들고 바쁘고 외로웠던 시절에 대해 얘기했다. 아버지의 대학과 미국의 한 미술대학이 '환경과 미술'이란 주제로 공동 프로젝트를 기획한 적이 있었고 아버지는 아트 페스티벌 성격의 그 프로젝트 한미 총괄 책임자였다. 당시 양측 대학에서 야심 차게 유치한 사업이라 취재 열기가 뜨거웠던 것으로 기억하고 있다.

"그 사람은 한국어를 잘하는 유능한 일간지 기자였어. 프로젝트를 취재하느라 한국에 일주일을 머무는 동안 우리는 인터뷰 때문에 매일 만났지."

아버지는 신나 보였고, 나는 그걸 눈치챘다.

"인터뷰 내내 심장이 두근거렸어. 그 사람도 그렇다는 걸 단번에 알았지. 내 앞에서 부끄러워하는 것 같았거든. 가끔 입술을 파르르 떨었는데, 그게 미치도록 사랑스러웠어."

어머니 얘기를 들을 때는 굳어 있던 아버지의 표정이 그 사람과의 첫 만남을 풀어놓자 설레는 미소로 바뀌었다. 도저히 감추기 어려워서 자연스럽게 흘러나오는 흥분이었다.

"수줍게 웃을 때 빨간 입술 사이로 보이는 치아가 희고 깨끗했는데 그것도 너무 좋았어."

나는 어머니의 치아를 떠올렸다. 오랜 흡연으로 누렇게 변색된 치아. 단지 치아만의 문제는 아니겠지만 아버지가 흰 치아를 좋아한다는 걸 알았다면 어머니는 아버지를 붙잡기 위해 치아에 페인트칠이라도 하고 싶었을까.

"그분은 미혼이었어요?"

"아니."

"자식은요?"

"결혼한 지 1년 정도 됐을 때라 다행히 없었어."

수학여행이라도 가는지 배낭을 멘 여고생들이 단체로 우르르 몰려와서 패스트푸드점은 다시 소란스러워졌다. 옆 사람의 목소리조차 들리지 않을 정도라 아버지와 나는 잠시 대화를 멈추고 식은 커피를 조금씩 나눠 마셨다. 아버지는 생각에 잠겼고, 나는 그 시간 동안 아버지의 지난 10년의 삶을 상상했다. 왠지 아버지의 입을 통해 직접 듣는 것보다 상상하는 게 덜 거북했다. 바람나서 해외로 도피한 그렇고 그런 연인의 이야기를 아름다운 예술영화로 둔갑시켜보려는 것처럼. 상상을 하다 보니 아버지의 삶에도 어느 한때나마 영화 같은 장면이 존재하기를 바라게 되었다. 그렇게 영화처럼 떠났으면 이후의 삶도 악착같이 영화 같아야 한다고도 생각했다. 질척질척한 현실은 상상하지 않아도 충분히 예측 가능해서 굳이 들을 필요가 없었고, 듣고 싶지도 않았다.

여행에 한껏 들뜬 여고생들이 햄버거와 콜라를 들고 우르르 빠져나가자 매장 안은 금세 조용해졌다. 아버지가 냅킨으로 테이블에 떨어진 햄버거 소스와 물기를 닦으며 다시 말을 이었다.

"그 사람도 나 때문에 많은 걸 잃었어."

아버지의 표정이 착잡해졌다.

"기자를 관두게 됐고, 가족과도 멀어졌어."

"그래서 사업을 하게 된 거예요?"

"사업?"

"삼촌이 사업을 한댔어요."

"그놈도 창피해서 말을 그렇게 전했나 보다."

"아니면요?"

"그냥 자그마한 세탁소 해."

아버지가 다른 사람을 사랑해서 우리를 떠났다는 사실보다 세탁소를 한다는 이야기에 말문이 막혔다. 교수인 아버지가 더 근사하고 훌륭하다고 생각해서일까. 아버지가 할 줄 아는 건 공부뿐이라고 단정해서일까. 무엇이든 결국엔 듣고야 만 질척질척한 현실이었다.

"당장 일자리가 필요해서 찾다 보니 어쩔 수 없었어. 처음에는 불안했어. 내가 할 수 있는 일이 과연 있을까."

아버지가 종이컵을 두 손으로 감쌌다.

"근데 막상 해보니까 재밌더라. 적성에도 맞고. 일도 많아서 항상 바빠."

나는 아버지의 손을 유심히 쳐다봤다. 그러면서 아버지의 옛날 손이 어땠는지 떠올리려고 애썼다. 학자였을 때 아버지의 손은 말랑했지만 왠지 삭막하고 창백하고 무뎠던 걸로 기억한다. 시든 손. 그러나 세탁을 한다는 현재 아버지의 손은 거칠지만 부정하기 힘들 만큼의 생기가 감돌았다. 활짝 핀 손이었다.

"교수 관둔 건 후회되지 않으세요?"

"응."

섭섭할 정도로 아버지의 대답은 단호했다.

"그건 네 할아버지가 원하는 삶이었잖니. 예전부터 책

상에 앉아 공부하고 연구하는 생활이 답답했어. 이 일을 하면서 육체노동이 나랑 맞는다는 걸 알게 됐지. 육체노동이야말로 신성하고 정직하다는 것도.”

아버지는 두 손으로 감싼 종이컵을 이리저리 돌리다 슬리브를 빼서 납작하게 눌렀다.

“땀 흘리고 먹는 밥이 어찌나 맛있던지. 열심히 움직이고 마시는 물은 또 얼마나 달콤하고. 이런 게 진짜 노동이구나 싶더라.”

슬리브를 만지던 아버지가 나를 쳐다보며 말했다.

“근데 그 사람도 나랑 똑같은 걸 느꼈다는 거야.”

아버지에 대해 제대로 아는 사람이 아무도 없었다는 생각이 들었다. 아버지 자신조차도. 나는 조부를 떠올렸다. 아버지는 조부의 유일한 자부심이었다. 그걸 누구보다 잘 아는 아버지는 어머니 앞으로 편지를 남겼을 때 조부에게만은 비밀로 해달라고 부탁했을 것이다. 삼촌도 조부에게는 차마 진실을 말할 수 없었을 것이다. 그러나 아무리 비밀이 지켜졌어도 가족과 교수직을 내던지고 떠난 사람이란 사실까지 감춰질 수는 없었다. 그 사실이 조부를 10년 동안 괴롭혔다. 호상이라 했지만 조부의 마지막 10년은 아버지에 대한 배신감과 분노와 욕으로 점철되었다. 작년 봄 유산을 정리할 때도 조부는 괘씸한 아버지 앞으로는 한 푼도 남기지 않았다. 그 덕에 유산을 조금 더 갖게 된 고모들과 삼촌은 은근히 아버지의 부재를 반기는 것 같았다. 그런데도 조부의 분은 조금도 풀리지 않았다. 참담한 현실을 도저히 받아들일 수 없었는지 차라리 치매에 걸렸으면 좋겠다는 말을 달고 사셨다. 그만큼 조부는 아버지에 대한 증오의 기억을 악착같이 끌어안고 살았고, 죽음을 앞두고도 아버지를 용서하지 않았다. 이틀 동안 의식이 없는 상태였던 조부는 결국 아버지가 돌아온 것도 모른 채 숨을 거뒀다. 그래서 아버지는 장례식 내내 울어야만 했다.

"떠났을 때 한 번만 더 생각해보지 그러셨어요."

"왜 안 했겠니. 하지만…… 생각만 하다 20년이 흘렀어. 떠나기 전에 한 번은 생각해봤지만 더 할 필요는 없었다."

아버지가 고통스럽게 말을 이었다.

"끝에 다다랐다는 걸 알아버렸으니까. 그 사람을 만난 순간."

"확신인가요?"

"자신이 있었어. 이룬 걸 전부 내려놓더라도 후회하지 않을 자신. 어떤 상처나 고통도 이겨낼 수 있을 거란 자신. 애정 없는 삶을 20년이나 살아봐서 그 고통도 잘 아니까."

나는 윤주를 떠올렸다. 그녀가 없는 삶을 20년 동안 산다고 상상해봤다. 삶이 끔찍해지면서 모든 의미가 한순간에 사라져버렸다. 돈을 벌고, 음악을 듣고, 영화를 보며 산다는 것의 의미가. 내가 어떤 멋진 생각과 올바른 행동을 해도 그 안에 영양분이 쌓이지 않아서 아무것도 자라지 않을 것 같았다. 맛있는 걸 먹고 좋은 책을 읽는 시간들은 어디에도 흔적이 남지 않을 거라는 두려운 생각이 들었다.

"무모하다 하겠지. 이기적이고 어리석은 선택이었다고 하겠지. 그래도 난 현재에 만족하고 후회하지 않아."

어느새 아버지의 목소리는 단단해져 있었다.

"난 내 삶을 살고 싶다. 그때로 돌아가도 똑같은 선택을 할 거야. 아무리 손가락질하고 비난해도. 사는 거 같거든. 밥도 맛있고 물도 맛있는 삶이면 된 거 아니겠니. 잠을 잘 자면 괜찮은 인생 아니겠니."

아버지가 숨을 가다듬었다.

"다만 가슴 한쪽에 미안함을 품고 내가 선택한 삶이 불행해지지 않도록 최선을 다해야 해."

아버지는 서재에 틀어박혀 미간을 찌푸리며 책을 읽을 때보다 확실히 편하고 안정된 모습이었다. 불면증이 심한 아버지는 커피를 입에 대지 못해서 따뜻하게 데운 밍밍한 우유를 억지로 마시며 살았다. 그때의 아버지는 늘 위태롭고 불안해 보였다. 아버지가 지금처럼 유연한 사람이었다면 나는 아버지한테 좀 더 살가운 아들로 남았을 것이다.

스무 살 무렵, 대학에 들어가고 한 달이 조금 넘었으니까 바깥은 벚꽃이 한창이었을 때였다. 읽고 싶은 책이 생겨서 아버지 서재에 노크도 없이 불쑥 문을 열고 들어갔다. 새벽 3시가 넘은 시간이라 아버지가 서재에 없을 거라고 생각했다. 방은 불까지 꺼진 상태였다. 책상의 독서등을 켜고 서가 쪽으로 다가갔을 때 커튼 사이로 베란다 하단 난간에 두 발을 올린 채 상체를 구부리고 있는 아버지가 보였다. 이상한 느낌에 베란다 문을 열며 아버지, 하고 부르자 아버지는 어, 바람 좀 쐬려고, 라고 했다. 바로 이어 벚꽃도 좀 보고, 라고 읊조렸다. 어두운 새벽, 16층 아파트에서 벚꽃이 보일 리 없었다. 바람이라 해도 그건 바람을 쐬려는 사람의 자세가 아니라 바람 속으로 뛰어들려고 하는 외로운 뒷모습이었다. 나는 아버지 옆에 한참 동안 서서 말도 안 되는 이상한 농담을 끊임없이 지껄였던 것 같다. 무슨 말을 하는지 나조차도 몰랐지만 심장 박동에 맞춰 목소리가 떨리는 것만은 알고 있었다. 평소 농담을 주고받던 부자 사이가 아니라서 아버지는 희미하게 웃고는 두 발을 바닥으로 내려놓으며 말했다. 이제 보니 너도 농담 좀 하는 놈이었구나.

그날 이후 나는 책을 빌리러 간다는 핑계로 아버지 서재에 노크도 없이 불쑥불쑥 쳐들어갔고, 아버지한테 나는 책 읽는 걸 좋아하는 아들이 되어 있었다. 실은 서가에서 집어 온 책을 한 권도 읽은 적이 없었는데도. 다만 나는 매일 아버지를 감시하던 그 불안의 책이 줄어들기를 바랐고, 내가 지쳐갈 즈음 아버지는 다른 방식으로 바닥에서 두 발을 떼고 바람 속으로 가볍게 몸을 던졌다.

아버지가 원하는 건 자유가 아니었을까. 자신이 발 딛고 있는 삶이 감옥이라면 거기서 벗어날 방법은 두 가지다. 죽거나 탈옥하거나. 떠난 아버지가 한 번씩 원망스럽고, 죽이 잘 맞는 어머니와 조부가 아버지에게 험한 말을 퍼부을 때마다 나는 고개 숙인 채 난간에 위태롭게 서 있던 아버지의 뒷모습을 떠올렸다. 그러면 다 괜찮아졌다. 무슨 짓을 하든 죽는 것보다는 낫다고. 어떤 죄를 지었든 다 용서가 된다고. 무슨 이유로 가족을 버렸든 죽음 앞에서는 모든 게 이해가 될 거라고. 어머니와 조부도 난간 앞에 선 아버지의 그 뒷모습을 봤다면 나처럼 괜찮아졌을 것이다.

그날, 아버지 말대로 베란다에서 벚꽃을 보려고 했던 거라면 아버지는 해마다 한밤중 벚꽃을 훔쳐보는 것으로 봄을 견뎌왔으리라. 남몰래 먼 데서 바라보는 것으로 봄을 만족했으리라. 나는 환한 대낮에 벚나무 아래 자유롭게 서서 향을 맡던 아버지의 모습을 다시 떠올렸다.

"이젠 좋아해서 좋아졌어요?"

"더 좋아졌지."

아버지가 손으로 벚꽃 잎을 받았을 때처럼 환하게 웃었다.

"봄뿐만 아니라 한겨울에도 꽃이 피어."

"다행이에요."

"봄이 왔는데도 행복하지 않다면 그 사람은 진짜 불행한 사람인 거야."

아버지의 주름진 얼굴이 분홍빛으로 물들었다. 즐겁게 나이를 먹어서 생긴 주름이었다.

"열 번의 봄은 열 번 환생한 느낌이었어."

질척질척한 현실이지만 다행히 아버지의 삶에도 영화 같은 장면들이 있었구나, 하는 생각이 들었다. 나는 아버지한테 그분의 사진을 한 번만 더 보여달라고 했다. 다시 보니 서로에게 기대어 있는 사진 속 두 사람은 쌍둥이처럼 닮아 있었다. 내 기억에 새겨진 근엄했던 아버지가 아닌 현재의 모습이 진짜 아버지였다는 생각도 들었다. 그러자 아버지를 이해하게 되면 앞으로 닥칠 더 많은 복잡하고 어려운 진실 또한 이해하게 되리라는 믿음이 생겼다. 어머니는 현명했다. 10년 전이었다면 나는 아버지를 이해하지 못했을 것이다. 어머니는 아내로서 끝끝내 용서하지 않겠지만 자식인 우리는 이해하길 바라서 10년이란 시간을 침묵으로 벌어주었던 게 아닐까. 누구의 삶이든 10년은 그냥 흘러가는 게 아니고, 어떤 형태의 사랑이든 사랑은 누구에게나 다 똑같은 거니까. 물론 긴 세월 어머니가 받았을 고통을 생각하면 아버지를 향한 증오와 미움의 감정도 헤아릴 수 있었다.

아버지가 시계를 봤다. 다시 이곳의 봄을 떠날 시간이 온 것이다. 패스트푸드점에 세 시간 가까이 앉아 있어본 건 처음이었다. 아버지도 마찬가지일 것이다. 아버지와 나는 출국 준비를 위해 서둘러 테이블을 치우고 자리에서 일어났다.

아버지는 셀프 체크인 기기로 출국 절차를 마친 뒤 탑승구로 가서 줄을 섰다. 뉴욕으로 떠나는 사람이 많아서 아버지 혼자 보내는 것 같지 않았다. 나는 아버지와 포옹을 했고, 아버지는 손을 내밀어 악수를 청했다. 오늘 아버지와 처음 해본 게 너무 많았다. 함께 벚꽃을 보고, 마주 앉아 소고기 패티가 들어간 햄버거를 먹고, 포옹을 하고, 거칠어진 손을 잡은 것까지. 아버지에게 봄이 왔기 때문이었다. 또한 오는 봄을 가볍게 맞이할 수 있어서였다. 아버지의 그 남자, 아니 그 사람 데이빗과 함께.

길었던 줄이 점점 짧아지고, 아버지는 사람들 속에 섞여 탑승구로 사라졌다. 위태롭지 않은 뒷모습이 '한 점'처럼 작아질 때까지 지켜보다 천천히 돌아섰다. 공항의 높고 거대한 유리창을 통해 바깥의 계절이 보였다. 나는 한참을 우두커니 서서 아버지의 것이 된 계절을 바라봤다. 그날도 아버지는 오늘과 똑같은 표정으로 이곳의 봄을 떠났을 것이다. 비장하거나 단단하지 않고, 그렇다고 무수한 내 상상 속 어떤 표정도 아닌 아까 그 표정으로.

피아노, 피아노

남자의 서울살이 5년은 통조림 속에 갇혀 있던 유통기한이 뚜껑을 엶과 동시에 튀어나와 정신없이 흘러간 듯한 날들이었다. 지하철로 출퇴근하는 서울의 직장인이면 누구나 한 번쯤 경험했겠지만, 남자는 어느 날 하늘을 올려다보며 자신의 나이를 헤아리다 깜짝 놀라고 말았다. 취직을 위해 지방에서 올라온 게 엊그제 같은데 벌써 서른 중반이 되어 있던 것이다. 그날 수많은 인파 속에서, 5년짜리 통조림 남자는 기한을 다한 듯 몹시 지쳐 있었다. 어쩌면 유통기한 훨씬 전부터 이미 썩기 시작했을지 모른다고 남자는 생각했다.

남자에게 서울의 첫인상은 거대한 '남성'의 모습이었

다. 그러나 같은 남성인데도 그것은 제3의 성이나 새로운 종 같아서 함부로 말을 걸지도 다가가지도 못하는 이물적인 것이었다. 그래서 외계인 같기도 했다. 남자는 어린 시절 아버지를 대할 때 꼭 그랬다. 아버지는 폭력을 휘두르거나 고함치지 않고도 타인을 복종하게 만드는 사람이었고, 눈빛만으로 상대를 제압하는 사람이었다. 한때는 큰 기계를 돌리고 직원을 여럿 둘 정도로 찬란했지만 하루아침에 사업이 망하고 평범한 사내가 되어버린 아버지. 5년 동안 서울은 전성기 때의 아버지처럼 근엄한 표정으로 남자를 내려다봤다. 남자는 근엄한 아버지보다 평범한 아버지가 친근했기에 서울도 망가지거나 망해버렸으면 좋겠다고 생각했다.

망가지지도 망하지도 않아서 남자는 서울이 익숙해지지 않았다. 어마어마한 공장이라도 되는 것처럼 눈을 뜨면 창밖에서 들려오는 기계 돌아가는 소리, 바쁘게 달리는 차량 소리, 폐부를 찌르는 아침의 찬 공기, 어깨를 스치고 지나가는 얼굴 없는 사람들, 바깥으로 밀어내려는 한낮의 고층 건물들, 가로등이 켜지면 불빛만큼 짙어지는 밤의 적막감. 이 모든 것이 이상할 정도로 낯설어 기차에서 내려 서울의 오래된 여관에 묵었던 첫날이 매일 반복되는 기분이었다. 그 끝에는 항상 서울이란 기계 속 부품이 되지 못했다는 불안이 자리하고 있었다. 거대한 도시에 자연스럽게 스며들려면 긴 시간이 필요하리라는 불길한 예감도.

불빛으로 물든 서울의 야경은 어떠한가. 그것은 의심의 여지 없이 아름답고 화려하지만 한 번도 따뜻했던 적이 없었다. 가짜이기 때문이라고 남자는 생각했다. 그럼에도 멀리서 바라보면 가짜에 속고 있다는 걸 알아채기 어려웠다. 가까이 다가가야 그것이 가짜임을, '불'도 아니고 '빛'도 아니라서 따뜻하지 않고 영양분도 없다는 걸 알아차렸다. 어디 그뿐인가. 서울은 누구에게나 가까이 오라고 손짓하지만 막상 다가가면 시치미를 떼고 뒷걸음질 쳤다. 그렇듯 서울의 어떤 것에도 속지 않아서 남자한테 서울은 여전히 차가웠다. 속기라도 했다면 저 아름다운 야경에 매일 밤 풍덩 빠져들어 고단함을 잊고 지낼 수는 있었을 것이다. 서울에서 회사원으로 보낸 5년의 시간을 돌아보면 남자는 '살았었나'라는 생각 이전에 죽은 듯이 '떠밀려왔다'는 느낌을 받았다.

진아.

남자가 진아, 하고 소리 내어 부르자 작은 방 안으로 봄바람이 부는 듯했다. 남자는 진아의 비비크림 냄새가 배어 있는 자신의 왼쪽 어깨에 코를 묻고 지그시 눈을 감았다. 방금 만나고 왔는데도 보고 싶었다. 각박함 속에서도 남자가 5년을 견딘 건 오로지 진아 때문이었다. 남자가 유일하게 속은 서울의 것. 그나마 진아와 함께한 서울의 시간들은 죽은 살이 아니었다. 진아마저 없었다면 5년이란 시간은 방치된 시체처럼 구더기만 드글드글 했을 것이다. 진아와 같이 있으면 그곳이 어디든 서울이란 사실을 잊거나 서울이라서 좋다고 생각하게 됐다. 다른 건 몰라도 서울은 연애하기에 멋진 장소였고, 배경들은 추억을 쌓기에 흠잡을 데 없이 훌륭했다.

상경한 지 두 해, 진아는 남자가 서울살이를 계속할 것인지 고민하고 있을 때 고향 선배의 소개로 만났다. 남자와 동갑인 진아는 날카로운 첫인상과 달리 수수하고 사람을 편하게 해주는 성격이었다. 남자는 별것 아닌 말에도 잘 웃고 호응해주는 진아와 금방 가까워져서 만난 지 두 달 만에 연인 사이가 되었다. 연애의 힘. 지긋지긋한 서울을 떠나지 못하게 붙든 사람의 힘. 미운 서울을 가끔은 부드러운 눈으로 쳐다보게 만든 사랑의 힘.

진아가 오늘 결혼하자는 말을 꺼냈다. 금요일 밤, 벚나무 아래서 잔잔하게 흘러가는 한강을 바라보며, 남자의 왼쪽 어깨에 살포시 머리를 기대고.

남자는 밤새 한숨도 못 잤다. 진아의 말 때문이었다. 그렇다고 "이제 그만 결혼하자"라는 진아의 말이 갑작스러웠던 건 아니었다. 사귄 지도 3년이 지났고, 둘 다 결혼을 생각해야 할 나이라 언제고 듣거나 하게 될 이야기였다. 근사하게 프러포즈를 하고 싶었는데 진아가 선수를 쳐서도 아니었다. 서울에서 들은 말이라 그랬다. 서울이라 그 말이 무겁게 들렸다. 아니 무서웠을까. 남자는 조금 늦어지더라도 결혼만큼은 제대로 시작하고 싶은 욕심이 있었다.

남자는 머리가 복잡해서 자리를 털고 일어나 점심을 대충 챙겨 먹었다. 설거지를 마치고 나서는 청소를 했다. 원룸이라 청소는 금방 끝났고, 신발장 위 큼지막한 상자 안에는 재활용품들이 남자의 머릿속 근심처럼 잔뜩 쌓여 있었다. 그거라도 눈앞에서 치워버려야 답답하고 복잡한 머릿속이 정리될 것 같았다. 남자는 꾹꾹 눌러 담은 쓰레기봉투와 상자를 들고 현관문을 나섰다. 상자가 얼굴을 가릴 정도로 커서 남자는 고개를 옆으로 돌린 채 계단을 더듬더듬 내려갔다. 분리배출함이 비치된 경비동까지 가는데 맥주캔이 세 번이나 떨어졌다. 그럴 때마다 남자는 걸음을 멈추고 다시 주워 담아야 했다. 남자는 미간을 찌푸리며 재활용품을 종류별로 분리해 배출함에 넣었다. 상자까지 납작하게 접어서 버린 남자는 손을 씻고 분리배출장을 나왔다.

경비실 앞에 들어갈 때는 못 봤던 업라이트 피아노 한 대가 놓여 있었다. 분리배출하려고 내놓은 건지, 잠시 세워 둔 건지 알 수 없었다. 고장 나서 버렸나. 남자는 피아노 가까이 다가갔다. 겉은 멀쩡했다. 야마하 제품으로 앤티크풍의 재질과 섬세한 조각 디자인이 꽤 고급스러워 보였다. 상당히 고가 같았고, 깨끗하게 사용해서 눈에 거슬리는 흠집 또한 없었다. 잠겨 있나. 남자는 손톱 끝으로 뚜껑을 살며시 들어 올렸다. 꼼짝하지 않았다. 손목과 손가락에 힘을 실어 다시 한번 들어 올리자 희고 검은 건반들이 좌르르 모습을 드러냈다. 색 바랜 건반이 하나도 없는 것으로 보아 오래된 피아노는 아니었다. 혹시 소리가 안 나나. 남자는 가운데 흰 건반을, 피아노란 우주를 구성하는 한 개의 부품을 집게손가락으로 눌렀다. 탱탱한 터치감을 타고 무슨 음인지 알 수 없는 음이 흘러나와 남자를 건드렸다. 소리가 안 날 거라고 생각했던 남자의 심장이 놀라 두근대기 시작했다. 음악도 아니고 고작 한 개의 음에 불과한 소리에 왜 갑자기 심장이 뛰는지 알 수 없었다. 음을 '쳤다'가 아니라 '훔쳤다'라고 생각해서일까. 어디쯤인지 알 수 없으나 소리가 안 나는 건반이 있어서 버려졌을 거라고 판단한 남자는 그 음을 찾고 싶어졌다. 첫 번째 건반부터 차근차근 눌러보려는데 경비실에서 아저씨가 나왔다. 소리를 듣고 나온 것 같았다. 경비 아저씨는 반가운 얼굴로 남자에게 다가가 피아노 칠 줄 아느냐고 물었고 남자는 고개를 저었다.

"버린 거예요?"

"가동 601호가 이사 가면서 두고 갔어."

피아노를 칠 줄 모른다니까 반가워하던 아저씨의 얼굴이 돌연 시무룩해졌다.

"비싸게 주고 샀으면 중고로 내다 팔든가 필요한 사람이라도 있는지 알아보고 가지 좀. 무슨 사정인지 몰라도 새벽에 몰래 버리고 갔더라고. 출근해 보니 여기 떡, 하고 뻰뻰하게 놓여 있더라니까. 처분하려면 이것도 다 돈인데."

간혹 이사 갈 때 피아노는 골칫덩이기도 하다. 크기도 그렇고 무게도. 사는 동안은 소리 때문에 골칫덩이가 되기도 한다. 어쩌면 세상에는 소리를 내는 피아노보다 그렇지 못한 피아노가 훨씬 많을지도 모른다. 무슨 이유로든 소리를 낼 수 없다면 자리만 차지하는 피아노는 쓸모가 없는 것이다. 아저씨는 골칫덩이를 떠안아서 귀찮다는 표정으로 남자를 쳐다봤다. 나 좀 구해달라는 눈빛이었지만 남자는 아저씨의 눈빛을 끊어내듯 뚜껑을 닫고 돌아섰다. 601호가 멀쩡한 피아노를 버리고 떠나야만 했던 사정이 궁금했다. 문득 601호의 피아노 실력도 궁금해졌다. 그런데 남자는 원룸에 사는 동안 피아노 소리를 들어본 적이 없었다. 601호는 지내면서 피아노를 연주한 적이 한 번이라도 있었을까.

연락도 없이 오후에 진아가 반찬을 싸 들고 남자의 집을 찾아왔다. 진아는 혼자 사는 남자의 몸이 축날까 봐 종종 엄마가 만들어놓은 밑반찬을 가져다주었다. 그런 날이면 남자는 진아를 위해 특별한 요리로 식탁을 차렸다. 그러나 오늘은 진아가 반찬을 핑계로 결혼에 대한 확답을 들으려고 왔다는 걸 잘 알고 있었다. 분리배출을 마치지 못한 것처럼 남자의 머릿속은 여전히 복잡했다. 진아가 챙겨 온 반찬을 냉장고에 집어넣으며 말했다.

"엄마한테 말했어. 결혼하겠다고."

침대에 앉아 스마트폰으로 드라마를 보고 있던 남자가 고개를 들어 진아의 등을 쳐다봤다.

"엄마가 한번 보자셔. 다다음 주 토요일이 엄마 생일이야."

"넌 왜 나한테 상의도 안 하고."

남자가 얼굴을 붉혔다.

"하면?"

진아가 반찬통을 정리하다 말고 고개를 옆으로 돌렸다.

"당연히 어렵다고 할 거잖아. 또 미룰 거잖아."

진아가 냉장고 문을 쾅 닫고 김치 국물이 샌 종이가방을 구겨서 쓰레기통에 처박았다.

"내 말은……."

"할 거야, 말 거야?"

진아가 쓰레기통 앞에서 홱 돌아서더니 두 손을 허리에 올리고 단도직입적으로 물었다. 남자는 진아가 내일부터 나이트 근무라 예민하게 군다고 생각했다. 생리 전 증후군처럼 남자가 진아와 말싸움을 했던 날은 항상 나이트 근무 전날이었다. 그걸 깜빡했다.

"결혼, 할 거냐고 말 거냐고!"

"해야지."

남자는 고개를 떨구며 마지못해 대답했다.

"언제?"

"……."

"언제?"

남자가 꾸물대자 진아가 다시 물었다.

"내년에 만기 되는 적금 두 개 있는데 그때까지만."

"작년에도 그 얘기 했던 거 같은데?"

진아가 두 걸음 남자 쪽으로 다가갔다.

"너랑 번듯한 집에서 시작하고 싶어서 그래. 1년만 기다리면 한 평이라도 더 큰 집으로 갈 수 있어."

"평수가 좀 작으면 어때서. 우리 형편에 맞는 집에서 살다가 조금씩 넓혀가는 거지. 솔직히 서울 바닥에서 부모 도움 안 받고 누가 집 사서 결혼해?"

"넌 이런 데서 신혼생활 하고 싶어?"

남자가 코딱지만 한 자신의 집을 손으로 가리켰다.

"나도 벌잖아. 다들 그렇게 살아. 젊은 나이에 결혼 포기하는 사람들에 비하면 우린 배부른 거야."

"난 배 하나도 안 불러서 월세는 싫어. 곧 주저앉을 집이라도 자가로 시작할 거라고."

남자의 목소리는 자못 단호했다.

"결혼하기 싫다는 거네."

남자는 보고 있던 드라마의 정지 버튼을 누르고 진아를 똑바로 쳐다봤다.

"너나 나나 월급 뺀해서 그거 한 푼도 안 쓰고 모아봤자 서울에서 집 사려면 10년도 넘게 걸릴 텐데, 그게 하기 싫다는 거지 뭐야?"

"그걸 또 그렇게 받아치냐? 내 말은 최대한 갖춰서 시작하자는 거잖아."

"그러다 언제 결혼해서 애 낳고 살 건데? 나 지금 낳아도 노산이야. 고위험군이라고."

"요즘은 마흔 넘어서도 잘만 낳고 살더라."

"뭐?"

"꼭 애를 낳을 필요도 없지."

"뭐라고?"

진아는 기가 막힌다는 표정을 지었다.

"애 안 낳는 게 최고의 재테크래."

"좀생이 새끼!"

울분을 참지 못한 진아가 싱크대 수저통에서 숟가락을 집어 들어 남자에게 던졌다. 그 자리에 과도가 꽂혀 있었다면 남자는 칼을 맞았을 것이다. 그럼에도 화가 풀리지 않자 진아는 구겨서 버렸던 종이가방을 쓰레기통에서 도로 꺼내 반찬통을 담았다. 냉장고 속 남자의 반찬통까지 모두 다. 그리고 바람처럼 현관문을 세게 닫고 집을 나가버렸다. 진아도 어쩔 수 없는 서울의 것인가. 속으면 안 되는 것이었나.

"치사하게. 줬다가 뺏기는."

남자는 숟가락에 맞은 정수리를 매만지며 중얼거렸다. 진아는 남자가 따라 나와 붙잡지 않아서 더 화가 났다. 화난 발걸음 때문에 김치 국물 젖은 종이가방이 찢어지며 반찬통이 와르르 쏟아졌다. 진아는 밤처럼 어두운 아스팔트 바닥에 털썩 주저앉았다.

좀생이 새끼. 사실 남자도 그 말에는 동의하는 바였다. 서른에야 겨우 에너지 관련 중소기업에 취직했고, 연봉이 높은 직장도 아니라서 최대한 아끼고 모으며 살다 보니 좀생이가 될 수밖에 없었다. 월급쟁이가 안정적으로 부자가 되는 방법은 아끼는 것밖에 없다고 남자는 생각했다. 아끼는 게 버는 거라고. 돈은 버는 것이지 쓰는 게 아니라는 신념으로, 남자는 밥도 하루에 딱 두 끼만 챙겨 먹었다. 포도나무 아래의 여우처럼 한밤에 먹는 야식은 독약이라고 여기며 그 흔한 치킨이나 피자 한 번 시켜본 적이 없었다. 모텔에 가고 싶은 날은 깨끗하게 청소해놓은 집으로 진아를 초대했다. 영화관 대신 진아가 보고 싶어 하는 철 지난 영화 리스트를 알아두었다 노트북에 다운을 받아놓곤 했다. 친구들과의 술자리는 웬만하면 피했고, 한 켤레뿐인 운동화와 구두는 너덜너덜해질 때까지 신었다. 유행을 모르는 옷은 양복 두 벌에 코트 한 벌이면 충분했다. 스킨로션은 남자에게 사치품이나 다름없었고, 기억에 남을 만한 여름 휴가도 아직까지 떠나 본 적이 없었다.

돈을 안 쓰니 돈이 모이기 시작했다. 진아도 알뜰하고 검소한 남자를 이해하려고 노력해주어서 큰 불평 없이 따랐다. 가끔은 커피숍이 답답하다며 진아가 먼저 편의점에서 음료수를 사다 한강 데이트나 하자고 팔짱을 끼었다. 그러고 보면 진아는 갈 데 많은 서울에서 자동차 없는 남자 친구를 오래도 참아주었다. 물론 화창한 날 교외로 드라이브를 하고 싶을 때마다 차도 없냐고 투덜대긴 했지만, 그때 남자는 면허는 오래전에 땄는데……, 하고 얼버무리고 말았다. 진아도 아끼는 삶이 바람직하다고 생각하면서도 정도가 지나치는 순간에는 짜증을 좀 냈다. 어쩌다 한 번씩은 선물처럼 자신에게 사치를 부려야 사는 맛이 나는 거라고. 진아는 남자의 원룸에서 무미건조한 섹스를 끝내고 돌아누워 말했다. 여자들은 분위기가 중요해서 방이 바뀌면 색다른 기분을 느낄 수 있는데 맨날 똑같은 데서 하니까 김빠진 콜라처럼 허무하게 끝나버린다고. '방이 바뀌면'을 자기식으로 해석한 남자는 가구의 위치를 옮긴다든가 향초를 사다 침대 맡을 꾸며놓는 것으로 변화를 꾀했지만 여전히 진아의 불만은 남자의 마음 한켠에 얼룩으로 남아 있었다.

남자라고 허리띠를 졸라매며 사는 삶이 마냥 좋은 건 아니었다. 누군 쓸 줄 모르나. 욕망을 억누르고 사는 것만큼 고통스럽고 힘든 건 없었다. 힘든 걸 넘어 가끔 그것은 비참하게 다가왔다. 너무 아끼다 보면 사람이 제때 사람 구실을 못 하게 되고, 그러다 결국은 사람대접을 못 받게 되는 날이 올 거란 것도 잘 알았다. 그래서 미래가 어떻게 되든 흥청망청 살고 싶다고 외쳐보기도 했다. 사람답게 살다 죽어보자고. 절약이 몸에 밴 생활을 하는 건 맞지만 사실 남자는 진아와 사귀면서 더 아끼게 되었다. 진아와 빨리 결혼하고 싶었고, 함께 그림 같은 나라로 여행을 떠나고 싶었으며, 생일 선물로 진아에게 명품 가방도 사 주고 싶어서였다.

진아가 반찬을 몽땅 가져가서 오기로라도 굶을 작정이었으나 너무 허기가 진 나머지 남자는 늦은 밤 편의점에서 김밥과 햄버거를 샀다. 햄버거를 허겁지겁 베어 먹으며 경비실 앞을 지나는데 낮에 봤던 피아노가 그대로 놓여 있었다. 아무도 관심 없는 피아노라니. 밤이라 왠지 더 애처로워 보였지만 남자가 해결할 수 있는 문제가 아니었다. 피아노를 칠 줄 모르는 데다, 앞으로 치게 될 계획이나 여유가 생길 리도 만무했고, 무엇보다 공간이 마땅치 않았다. 남자뿐만 아니라 원룸 사람들 또한 손바닥만 한 집에 사는 처지였다. 갖고 싶거나 칠 수 있어도 여건이 허락되지 않았다. 모두 다 공간적 한계를 지닌 사람들이었다. 넓은 평수의 아파트였다면 장식품으로라도 쓰려고 금방 가져갔을 것이었다. 저 우아한 덩치를 좁아터진 집에 품고 산 601호가 대단하다고 생각하며 남자는 햄버거를 마저 먹었다. 막 발길을 돌리던 그때, 뒤에서 건반 하나의 소리가 아련하게 들려왔다. 환청인가. 돌아봤지만 피아노는 모든 감각이 마비된 듯 밤과 함께 침묵하고 있었다.

남자는 밤새 또 한숨도 못 잤다. 단단히 토라졌는지 진아는 전화를 받지 않았고 문자도 읽지 않았다. 일요일 아침부터 바깥에는 봄비가 내리고 있었다. 서울의 온도가 낮아지는 것 같다며 진아는 비 오는 서울을 좋아했다. 비가 내리면 알람이 울리듯 진아가 먼저 만나자고 연락을 해왔다. 만나는 게 어려우면 전화로라도 오랫동안 이야기를 나누었다. 창가에 의자를 놓고 앉아 비에 젖은 서울을 바라보며 나누는 이야기들은 진지하고 낭만적이라 딴 사람이랑 연애하는 듯 낯설었지만 서로의 마음은 거리와 반비례로 가까워지던 시간이었다. 그래서 남자는 비 오는 서울만은 미워하지 않았다.

봄에 내리는 비에서는 단맛이 날 것 같아서, 남자는 핸드폰을 왼손에 바꿔 들고 창밖으로 팔을 뻗어 비를 만졌다. 단비가 몸속으로 천천히 스며들자 정말 달달해지는 느낌이었다. 그러나 어떤 빗방울은 너무 크고 굵어서 남자를 때리는 것도 같았다. 진아의 말대로 비가 오고 서울의 온도가 낮아지면서 남자의 마음은 차분하게 가라앉았다. 남자는 차분해진 마음으로 어제 진아와 나눴던 대화를 곱씹었다. 빗방울 사이로 자신이 했던 못된 말들이 지나갔다. 빗소리가 마치 그 말에 상처받아 흐느끼는 것처럼 들렸다. 그러자 자신이 너무했다는 생각이 들었다. 빗줄기는 갈수록 거세지는데 남자의 핸드폰은 울리지 않았고 진아는 전화를 걸어도 받지 않았다. 이렇게 끝날 수도 있다는 불길한 예감이 엄습했다. 진아를 이대로 놓치고 마는 걸까. 그러면 어떻게 되는가. 아끼고 모아둔 3년의 시간이 아무것도 아닌 것처럼, 처음부터 없었던 것처럼 사라진다고 생각하자 등에 식은땀이 날 정도로 겁이 났다. 이 나이에 누구를 다시 만나 3년 동안 연애할 수 있을까. 아니 그 전에 진아 같은 애가 서울 바닥에 또 있을까. 그 진아 같은 애가 남자를 좋아할

확률은 또 얼마나 될까. 남자는 진아한테 전화가 올 때까지 차가운 비가 멈추지 않으면 좋겠다고 생각했다. 서울이 물에 잠기더라도.

속이 타듯 입술이 마르고 갈라져서 남자는 냉수를 한 컵 들이켰다. 그때 갑자기 오랫동안 잊고 지냈던 무언가가 떠오르듯, 남자의 머릿속으로 피아노가 스쳐 지나갔다. 불안하고 초조한 상황에 왜 갑자기 그것이 생각났는지 알 수 없었다. 이 와중에 피아노를 떠올릴 여유가 있다는 것도 이해되지 않았다. 그런데도 어젯밤 처량한 모습으로 어둠 속에 잠겨 있던 피아노 생각은 그칠 줄 몰랐다. 비를 맞고 있는 건 아닐까. 비에 젖으면 피아노는 소리를 영영 못 내거나 이상한 소리를 내는 거 아닐까. 남자는 핸드폰을 손에 쥔 채 걱정스러운 얼굴로 우산을 집어 들었다.

남자는 경비실 앞에 도착하자마자 가쁜 호흡 사이로 안도의 숨을 내쉬었다. 피아노가 없어서가 아니라 투명 비닐로 덮여 있어서였다. 남자는 헐떡이며 피아노 가까이 다가갔다. 빗방울이 비닐을 타고 부드럽게 흘러내리고 있었고, 바람에 떨어진 벚꽃잎이 군데군데 예쁘게 달라붙어 있었다. 피아노가 숨을 쉬기라도 하는 것처럼 비닐 안쪽으로는 하얀 김이 옅게 서려 있었다. 그 김 때문에 피아노가 생물로 느껴졌다. 비닐이 짧아서 채 덮이지 못한 옆면은 비에 젖어 나무색이 짙어져 있었다. 바닥에 물이 흥건하게 고인 상태라 밑부분도 마찬가지였다. 남자는 더 젖지 않도록 우산으로 그 부분을 가려주었다. 그때 재활용 분리배출장에서 경비 아저씨가 대걸레를 들고 나왔다. 그는 무심하게 남자를 힐끗 쳐다보다 대걸레를 수돗가에 세워놓고 돌아섰다.

"피아노 가져가겠다는 사람 있어요?"

남자가 아저씨의 등에 대고 물었다.

"아니."

아저씨는 경비실 문을 열며 퉁명한 목소리로 대답했다. 그러다 잠시 멈칫하더니 슬그머니 고개를 돌려 남자에게 물었다.

"왜?"

남자는 조금 망설이다 대답했다.

"제가, 가져갈게요."

시종 무심하던 아저씨의 눈이 반가움으로 빛났고, 입가에는 숨길 수 없는 미소가 번졌다.

"진짜? 언제? 피아노 못 친다더니."

목소리도 친절해졌다.

"비 그치면요. 대신……."

아저씨가 눈을 동그랗게 뜨고 무슨 말이든 다 들어주겠다는 표정으로 남자를 쳐다봤다.

"대신 옮기는 것 좀 도와주세요. 가동 401호에요."

"걱정 마. 친구 사위가 이삿짐센터 하는데 부탁하면 아주 싸게 해줄 거야."

아저씨는 골칫덩이를 해치워서 홀가분한 듯 친구에게 곧바로 전화를 걸었다. 남자가 변심이라도 할까 봐 서두르는 기색이 역력했다. 비는 오후 6시쯤에 그쳤다.

비가 그칠 때까지 진아한테서는 끝내 전화가 오지 않았고, 방으로는 피아노가 들어왔다. 오래되어 낡고 부서진 책상을 치우고 그 자리에 피아노를 놓았다. 피아노 하나 생겼을 뿐인데 완전히 다른 방 같았다. 좁은 방이 더 좁아졌지만 기분은 한없이 넓어져서 잠시 진아를 잊을 수 있었다. 남자는 수건으로 젖은 피아노를 구석구석 닦은 뒤 누군가 곧 연주라도 할 것처럼 건반 뚜껑을 열어두었다. 치지 못하는 악기지만 피아노는 그 자체만으로 충분히 근사하고 기품이 흘렀다. 서울에 어울리는 가구라는 느낌이 들어서 비로소 서울 사람이 된 것도 같았다. 세상에는 무언가가 그곳에 존재하는 것만으로 위로가 되는 게 있다. 길바닥에 버려져 있던 피아노를 방에 들인 순간 남자는 피아노에서 그걸 느꼈다. 다루지 못하는 피아노는 남자에게 쓸모없는 물건일 텐데도.

피아노를 못 치는 남자는 일곱 살 때 피아노 학원을 일주일 동안 다닌 적이 있었다. 당시 집에는 꽤 비싼 고급 피아노도 있었다. 남자를 학원에 보내기 사흘 전 어머니가 사 준 것이었다. 그 정도는 어려움 없이 살 수 있는 형편이었는데 갑자기 학원을 관둔 건 아버지 사업에 문제가 생겨서였다. 남자네는 피아노를 팔아 치우고 이사도 가야 했다. 피아노를 데려갈 수 없을 만큼 작고 초라한 집이었다. 남자는 그 후 줄곧 가난이란 함정에서 헤어 나오지 못했고, 가난이 얼마나 삶을 불편하게 하는지도 알게 되었다. 남자의 절약 정신은 가난이 낳은 친자식이라 긴 세월 연을 끊을 수 없었다. 원수 같고 불편한 자식이지만 품고 살아야 하는 것이었다. 당시 철없던 남자는 집이 망한 걸 모르고 학원을 안 가도 돼서 마냥 신나했다. 어머니 욕심 때문에 억지로 등록을 한 것이지 사실 남자는 피아노에 조금도 관심이 없었다. 피아노는 나약한 애들이나 배우는 거라고 생각한 남자는 태권도 학원을 다니고 싶었다.

그때 앳되고 상냥한 선생님한테 배운 거라곤 음계와 운지법 정도였다. 하지만 세월이 지나도 잊히지 않는 게 한 가지 있었다. 첫날 선생님이 피아노 앞에 앉아 해준 말이었다. 그것은 피아노에 관한 얘기였다. 선생님은 피아노의 본래 이름은 '피아노포르테'라고 했다. 셈여림을 나타내는 용어인 피아노와 포르테를 결합한 것이지만 나중에 약칭으로 피아노라 부르게 됐다는 것이었다. 셈여림 용어 중 하나인 피아노가 악기 이름이 된 것인데, 그건 '여리고 부드럽게'라는 뜻이라고 했다.

모든 감각이 마비된 듯했던 피아노를 살짝 건드리자 소리가 생겼다. 남자는 자리를 잡고 앉아 가장 낮은음부터 차례로 건반을 누르며 계단을 오르듯 높은음을 향해 천천히 올라갔다. 어느 음 하나 건너뛰거나 소홀히 다루지 않고, 누르는 힘과 머무는 시간을 다르게 하지도 않으면서 마지막 음인 88번째 건반까지 모두 쳤다. 고장 났거나 소리가 약한 건반은 하나도 없었다. 끝 음까지 친 남자는 낮은음을 향해 거꾸로 내려오지 않고 다시 왼쪽으로 돌아가 한 음씩 누르며 올라갔다. 깊고 고요한 밤, 남자는 오랫동안 흰, 검은, 흰, 검은 순서로 건반을 반복해서 쳤다. 라, 라#, 시, 도, 도#, 레, 레#, 미, 파…… 높은음으로 다가갈수록 남자는 흥분과

희열을 느꼈다. 날카로운 음들이 심장을 할퀴며 생긴 황홀이었다.

퇴근하고 집에 돌아오면 피아노는 묵직하고 든든한 무게로 남자를 맞아주었다. 특히 밤이 되면 혼자라는 생각이 들지 않았다. 피아노 때문에 방이 좁아졌다거나 피아노가 방을 차지했다기보다 내 공간을 피아노와 나눴다고 생각하자 치지도 못하는 피아노가 쓸모없게 느껴지지 않았다. 갖고 있으면 언젠가 배우고 싶은 마음도 생기지 않을까.

진아한테 연락이 온 건 피아노와의 고상한 동거가 일주일째 되던 날이었다. 토요일 오후, 진아는 남자가 전화를 받자마자 피아노의 맨 오른쪽 음처럼 높고 날카로운 목소리로 다짜고짜 물었다.

"언제부터였어?"

"너를 만나고."

남자는 머뭇대다 말했다.

"매일 한 거야?"

"주로 주말에 했는데 선배가 콜 하면…… 나야 고맙지. 주말이든 평일이든."

"왜 말 안 했어?"

"……걱정할까 봐."

어젯밤 남자는 진아 친구의 차를 대리운전했다. 그 차에는 진아와 인사불성된 친구 셋이 더 있었다. 다행히 친구들은 만취한 상태라 남자를 알아보지 못했다. 친구들을 한 명씩 데려다주는 동안 뒷좌석에 앉아 있던 진아는 팔짱을 낀 채 백미러로 남자를 잡아먹을 듯 째려봤다. 집에 도착할 때까지 진아는 한마디도 하지 않았다. 대리운전은 진아를 소개해준 고향 선배의 다급한 부탁으로 시작하게 됐다. 아르바이트 수입으로는 나쁘지 않아서 선배가 부르면 평일 주말 안 가리고 무조건 나갔다. 방 한 칸짜리 집이라도 장만해서 결혼하려면 더 벌어야 한다는 생각뿐이었다.

"그래서 많이 모았니?"

남자는 아무 말도 하지 않고 전화를 끊었다.

집 앞이었는지 진아가 현관문 비밀번호를 누르고 들어와 종이가방에서 반찬통을 꺼내 냉장고에 넣었다. 그때 몽땅 가져갔던 것들이었다. 진아는 마트에 들러 사 온 찬거리도 정리해 넣었다.

"저녁은?"

진아는 남자를 쳐다보지 않고 물었다. 남자는 아니, 라고 대답했고 진아는 한 번도 뒤돌아보지 않고 부엌에서 식사 준비를 했다. 남자가 좋아하는 재첩된장국을 끓이고, 치즈가 들어간 달걀말이와 후식으로 먹을 사라다도 만들었다. 평소대로라면 남자도 함께 식사 준비를 해야 하지만 진아의 조리도구 다루는 소리가 거칠어서 나설 엄두가 나지 않았다. 가까이 갔다가는 오히려 국자로 얻어맞을 분위기라 남자는 진아의 눈치를 보며 핸드폰만 만지작거렸다.

진아는 간호대를 나와 준종합병원에서 일하고 있다. 진아한테도 남자처럼 아득바득 아끼고 모으며 살던 시절이 있었다. 넓은 집이 있고, 그림 같은 나라로 휴가를 다녀오고, 명품 가방을 들고 다니는 인생을 위해 악착같이 월급을 저축하던 나날들. 끝도 없는 욕망을 끝도 없이 모으던 순간들. 그러다 남들이 가진 걸 다 가져보고, 가본 곳을 다 가보려고 모은 돈을 흥청망청 쓰던 때도 있었다. 내일이 영원할 것처럼 자신만만한 상태라 진짜 중요한 게 무엇인지 모르던 20대 때의 이야기였다. 그렇게 살아온 시간을 바로잡아 준 건 서른이 되기 전 1년간 근무했던 암 병동이었다. 진아는 죽음과 사투를 벌이는 암 환자를 돌보면서 시간은 유한하고 물질이 행복은 아니며 인생은 결국 다 똑같다는 걸 배웠다. 굳이 악착을 떨며 살 필요가 없다는 걸 깨달은 것이다. 그때그때 주어지는 몫만큼, 부족하면 부족한 대로 지내다 형편이 나아지면 감사히 누리며 사는 게 인생이라고. 별난 인생도 없었고, 못난 인생도 없었다. 인생은 누구나 다 그냥 살다가 가는 것이었다. 단, 살면서 때만 놓치지 않으면 되었다. 사랑해야 할 때 사랑하고, 용서를 빌어야 할 때 빌고, 슬퍼해야 할 때 슬퍼하는 것. 진아가 오늘 남자를 찾아온 건 그 때를 놓치지 않기 위해서였다. 화해해야 할 때 화해하는 것을.

진아는 밥상을 소리 나게 내려놓고 나서야 남자의 얼굴을 똑바로 바라봤다. 방에 놓인 피아노도 쳐다봤다.

"웬 피아노야?"

진아가 된장국을 떠먹으며 시큰둥하게 물었다.

"샀어?"

"아니."

남자는 핸드폰을 만지작거리다 쭈뼛대며 밥상 앞으로 다가갔다.

"좀생이가 저 비싼 걸 샀을 리 없지. 어디서 났는데?"

"경비실 앞에 누가 버려놓은 걸 가져왔어."

"좀생이답다."

"알았으니까, 그만하자."

남자는 뾰로통한 표정을 지으며 멈칫멈칫 수저를 들었

다. 진아가 어젯밤처럼 남자를 맵게 한 번 쏘아보더니 밥 위에 달걀말이를 툭, 올려주었다.

"너 피아노 못 치잖아."

진아가 컵에 물을 따르며 말했다.

"그냥 내 방에, 내 옆에 있으면 좋겠다 싶었어."

"내가 없으니까 허전했지?"

남자는 눈치를 살피느라 저녁 준비를 같이 못 한 게 미안해서 촉촉한 달걀말이를 살짝 베어 물고 우물거리기만 했다. 언제나 그렇듯 진아의 달걀말이는 남자가 만든 것보다 훨씬 맛있었다. 된장국도. 물론 어머님의 밑반찬도. 진아는 역시 속아도 되는 서울의 것이었다. 그러자 진아한테 더 미안해졌다. 그사이 진아는 밥을 다 먹고 물을 한 잔 마신 뒤 피아노 앞으로 가서 앉았다. 피아노 구경을 하려는 모양이라고 생각했는데 진아가 건반에 두 손을 자연스럽게 올려놓고 피아노를 치기 시작했다. 비틀스의 〈렛 잇 비〉였다. 남자는 깜짝 놀라서 밥을 먹다 말고 숟가락을 입에 문 채 진아를 넋 놓고 쳐다봤다. 이내 남자는 눈을 지그시 감고 연주를 감상했다. 소리로 숨 쉬는 피아노가 드디어 제대로 숨을 쉬고 있었다. 피아노의 숨소리는 꽉 찬다는 느낌이 들 정도로 작은 방 안 가득 울려 퍼졌다. 더 이상 퍼질 곳이 없을 때쯤에는 남자의 심장 안을 파고들었다. 눈 녹듯 피곤이 풀린 남자는 연주 내내 미소를 지으며 달콤한 상상에 빠져들었다. 남자의 신부가 된 진아가 피아노로 아침을 깨워주고 퇴근을 맞아주는 상상을. 우아한 피아노가 놓인 방에서 사랑을 나눌 때마다 진아가 색다른 기분을 느끼는 상상을.

연주가 끝나자마자 남자는 물개 박수를 치며 물었다.

"너 피아노 칠 줄 알았어?"

"응."

"왜 말 안 했어?"

"했잖아."

"언제?"

기억에 없는 듯 남자가 미간을 찌푸렸다.

"사귀기로 한 날 파스타 먹으면서. 내 말은 안 듣고 딴 생각하고 있었네. 뻔하지 뭐. 밥값을 어떻게 하자고 할까 그 고민하고 있었겠지."

그날 밥값을 어떻게 했는지 남자는 기억나지 않았다. 진아와 애인 사이가 된 게 믿기지 않았고 금이 갈 것처럼 심장이 마구 두근대서였다.

"피아노는?"

"전자 키보드가 있었는데 오래전에 고장 나서 버렸어."

진아는 중학교 1학년 때 우유 공장에 다니는 엄마를 보름 동안 졸라 피아노 학원을 다녔다. 친구들 중 피아노를 못 치는 사람은 자기뿐이란 사실을 알고 무척 놀라서였다. 인생이 뒤처졌다고 생각하자 매일 위장이 쓰렸고 식욕도 점점 떨어졌다. 밤에는 잠도 오지 않았다. 진아는 여름방학 내내 끼니까지 걸러가며 미친 듯이 피아노만 쳤다. 집에 업라이트 피아노는 없었다. 한때만 치다 말 거란 걸 알고 있던 엄마는 중고가게에서 가볍고 자리도 많이 차지하지 않는 전자 키보드를 구해주었다. 업라이트 피아노보다 건반 수가 몇 개 부족했지만 없는 음을 쳐야 하는 순간이 찾아올 때는 음을 상상하며 허공 속에서 건반을 짚었다. 그렇게 짧은 기간 동안 밤낮없이 연습한 결과 진아는 어디 가서든 피아노를 칠 줄 안다고 당당히 말할 수 있는 사람이 되었다. 무엇보다 몰려다니던 친구들과 급이 같아졌다는 생각에 안도감이 찾아왔다. 물론 속 쓰림은 감쪽같이 사라졌고 잠도 푹 잘 잤다.

설거지를 얼른 끝내고 행주를 탈탈 털어 넌 남자는 진아 옆에 앉아 한 곡을 더 부탁했다. 덩치 큰 나무 조각품에 불과했던 피아노는 밤새 남자의 방에서 우아한 소리를 냈다. 남자는 서울에 어울리는 피아노 앞에 앉아서 서울 아가

씨가 치는 연주를 감상하고 있자니 비로소 여기가 서울인 게 실감 났다. 그것은 '불'도 아니고 '빛'도 아닌 조명으로 화려하게 치장한 야경보다는 더 진짜처럼 보였다. 속아도 되는 것이지만 결코 속이지 않으리란 믿음 같은 거였다. 남자가 피아노 치는 진아를 촉촉한 눈으로 바라보며 말했다.

"어머님 생신 선물 뭐가 좋을까?"

그날 이후, 남자는 진아가 문득 보고 싶거나 데이트를 하고 싶을 때면 집으로 와서 피아노를 쳐달라고 했다. 남자는 오늘 저녁에도 피아노 연주를 문자로 부탁해두었다. 진급 발표가 있는 날이었고 좋은 결과가 예상돼서 진아한테 맛있는 밥을 해 먹이고 함께 축하 파티도 하기 위해서였다. 그러나 기대와 달리 진급자 명단에 남자는 없었다. 입사 동기 중 대리에 머물러 있는 건 이제 남자뿐이었다. 남자는 자신이 지방대 출신이라 진급에서 자꾸 밀린다고 생각했다. 업무 능력이나 성실성을 따지자면 그들보다 나으면 나았지 떨어지지 않았기에 이번 진급만큼은 확신했었다.

남자는 진급자들을 위해 마련된 축하 자리에서 맥주 한 잔을 마시고 몰래 나왔다. 한 잔밖에 안 마셨는데 열 잔은 마신 것처럼 바닥이 흔들리고 다리가 비틀거렸다. 정말 열심히 일했는데. 피로 회복제를 먹어가며 야근하고 집에까지 일거리를 가져와 했는데. 모든 게 야속하기만 했다. 역시 서울은 남자에게 호락호락하지 않았다. 지하철을 타고 집으로 가는 길, 남자는 지치고 피곤한 자신의 몸에서 썩은 생선 냄새를 맡았다. 남자는 그동안 서울이란 기계 속에 잘못 끼워진 나사였을 뿐이었다. 남자만 빼고 사람들은 모두 서울이 고장 없이 잘 돌아가도록 부품 역할을 충실히 해내고 있었다. 각자의 위치에서, 각자의 크기와 모양에 맞는 도시의 부품으로 잘 살아가고 있었다. 남자의 눈에 지하철 승객들이 복잡한 구조의 부속품으로 보였다. 지칠 줄도 모르고 만족스러운 표정으로 자기 몸이 녹슬지 않게 열심히 닦고 기름칠하는 사람들. 남자도 저들처럼 서울을 이루는 한 개의 부품으로서 자신의 위치를 빨리 찾고 싶었다. 작은 나사나 스프링이어도 괜찮았다. 아니 지금은 서울 어딘가에 제대로 끼워져만 있어도 좋을 것 같았다. 남자는 여전히 스페어였다.

지하철이 지상 구간을 달리자 미운 서울의 밤은 남자의 마음 같은 건 아랑곳 않고 요란하게 반짝였다. 저 가짜 불빛에 일부러라도 속으면 서울이 낯설지 않아질까. 조금은 따뜻하고 영양분도 주어서 피로 회복제를 먹지 않고도 일할 수 있을까. 반갑고 친절하게 대해줄까. 그동안 속지 않아서 속할 수 없던 것일까. 이러다 아무도 몰라보게 투명해지는 건 아닐까. 남자는 문득 피아노를 떠올렸다. 집에 있는 우아한 피아노를 생각하자 기분이 한결 나아지면서 퇴근길이 조금은 즐거워졌다. 피아노의 우아함은 어머니를 닮았다. 어머니는 피아노를 배운 적이 없지만 누가 봐도 피아노와 가까운 사람처럼 보였다. 어머니야말로 피아노의 가장 낮은음을 지향하는 분이었다. 자신을 낮추고 낮추어 사람을 대했고, 자신의 것을 내주고 내주어 어려운 사람을 도왔다. 아버지의 사업이 망해 하루아침에 낮은 자리로 내려앉았을 때도 어머니는 그 자리를 부끄러워하지 않고 열심히 생계를 꾸렸다. 가난해졌음에도 우아함과 신념을 잃지 않고 살아가는 어머니의 모습은 어린 남자의 눈에도 평범해 보이지 않았다. 가난을 겪게 된 후 남자는, 평범해진 아버지를 좋아하게 되었고 평범해지지 않은 어머니를 사랑하게 되었다. 남자는 사랑하는 어머니에게 피아노를 보내면 어떨까 생각했다. 지금이라도 어머니가 자신에게 어울리는 피아노를 배우면 좋겠다고.

병원 업무가 많아 힘들어 하더니 진아는 남자가 들어온

소리도 못 듣고 침대에 웅크린 자세로 자고 있었다. 남자는 장 봐 온 봉투를 싱크대에 올려놓고 돌아섰다. 진아는 요즘 병원에서 환자를 돌보는 업무보다 중요한 일을 추진하느라 바빴다. 간호부장을 필두로 스무 명의 간호사가 모여 '간호 근무 개선 위원회'를 꾸렸는데, 간호사 경력 10년인 진아도 위원으로 활동하고 있었다. 위원회의 취지는 간호사의 근무 환경을 개선해 오랜 폐습인 '태움 문화'를 근절하는 것이었다. 진아 또한 대학을 졸업하고 갓 간호사가 됐을 때 선배들로부터 '태움'을 당했다. 후배의 영혼이 재가 될 때까지 괴롭혀서 업무를 가르친다는 선배들의 무시무시한 악습. 악습은 어느 한 고리를 끊어 내면 해결되는 것이었다. 당한 걸 대물림하지 않는 것. 진아한테는 병원 내 괴롭힘 또한 '때'의 문제였다. 악습의 고리를 끊어야 할 때 끊는 것. 진아는 지금이 아니면 안 될 것 같아서 누구보다 그 일에 앞장섰다. 안타까운 영혼을 재가 되기 전에 구원하기 위해서.

남자는 피아노 뚜껑을 열고 가장 왼쪽 건반을 지그시 눌렀다. 피아노가 낼 수 있는 가장 낮은음 '라'가 낮게 흘러나왔다. 소리는 아름다웠지만 너무 낮아서 위로 올라가지 못하고 바닥으로 한없이 가라앉았다. 남자의 집게손가락은 다음 건반으로 넘어가지 않고 계속 그 건반에 머물렀다. 그 낮은 '라' 음을 타고 남자의 몸도 자꾸 저 밑으로 처지고 무겁게 내려앉았다. 그래서 이번에는 가장 오른쪽 건반을 가만히 눌렀다. 피아노가 낼 수 있는 가장 높은음 '도'가 높게 퍼져 나왔다. 가만히 눌렀는데도 소리가 높아서인지 힘주어 누른 듯했다. 남자는 가라앉았던 기분이 '도' 음의 높이만큼 튀어 오르는 것 같아서 계속 눌렀다. 그보다 더 높은 음이 있으면 건넜겠지만 없어서 대신 손가락이 안 보일 정도로 빠르게 마지막 건반을 눌러댔다.

"왜 계속 그 건반만 치는 거야?"

소리 때문에 이미 잠에서 깨어 있던 진아가 남자를 잠자코 지켜보다 말했다.

"가장 높으니까."

진아가 침대에서 일어나 남자 옆에 앉았다. 그러고는 가장 낮은음 '라'를 부드럽게 눌렀다.

"난 이 음이 좋은데."

"왜?"

"낮으니까. 내려갈 데는 없고 올라갈 데만 있잖아. 그 음은 뭔가 좀 불편하고 불안하지 않아? 위태로운 게 신경을 건드리기도 하고. 이 음은 편안하고 낮지만 무겁고 근엄해."

"이 음도 내려올 데가 있어. 아니, 아주 많아. 87개나 돼."

"뭐, 87번 내려오는 게 좋다면야."

그러면서 진아는 검은 건반 하나를 지그시 누르며 이 음은 방향에 따라 솔#도 되지만 라♭도 된다고 말했다. 인생은 피아노의 하얀 건반이 아니라 검은 건반 같은 거라고. #했다고 우쭐했지만 정작 ♭일 수 있었고, ♭됐다고 실망했는데 알고 봤더니 #일 수 있다는 것이었다. 진아가 침대로 돌아가 눕자 남자도 따라서 그 옆에 누웠다. 남자와 진아는 나란히 누워 목이 긴 기린 문양으로 얼룩진 천장을 바라봤다.

"601호는 왜 피아노를 버리고 갔을까?"

남자가 진아의 손을 깍지 끼며 물었다.

"지겨워졌거나 흥미가 없어졌나 보지. 아니면 트라우마가 생겨서 칠 수 없게 됐을 수도 있고. 더 작은 집으로 이사를 가서 데려갈 수 없었는지도 모르고."

남자는 피아노를 산 지 열흘 만에 되팔고 이사를 갔던 어린 시절을 떠올렸다. 너무 작은 집이라 피아노한테까지 잠자리를 나눠줄 공간은 없었다. 아마 데려갔다면 남자의 가족이 아니라 피아노가 웃음거리가 됐을 것이다. 당시 어머니는 돈이 필요해서라기보다 피아노의 품위를 지켜주려고 했던 건지도 모르겠다. 남자는 잠시 상상했다. 피아노에게 방을 따로 하나 내어주고, 힘껏 눌러 쿵쾅대도 시끄럽다고 말하는 이웃이 없는 집을. 그러자 피아노의 품격에 어울리는 집으로 이사를 가고 싶어졌다.

"혹시 저주받은 물건일까?"

"무섭게 왜 그래."

남자가 소름 돋은 듯 진아의 손을 꽉 움켜쥐었다.

"그런 이야기 많잖아. 저주받은 물건에 관한 이야기."

진아의 말에 남자가 피아노를 섬뜩하게 쳐다봤다.

"저 피아노 계속 갖고 있을 거야?"

잠이 오는지 진아가 하품을 하며 심드렁하게 물었다.

"옮길 때 쓴 돈이 얼만데. 아기 태어나면 피아노 가르쳐야 할 텐데 갖고 있으면 살 필요도 없잖아."

"역시, 좀생이의 비전."

남자가 괜히 헛기침을 했다.

"언제는 안 낳는 게 재테크라더니?"

"잘못했어."

남자도 눈을 감았다. 때를 놓치지 않고 태움을 근절하는 게 진아 외부의 '때'라면 내부에서 놓치지 말아야 할 '때'는 결혼과 출산이었다. 결혼해야 할 때 결혼해서 늦지 않을 때 아기를 낳는 것. 기혼의 경우 비슷한 시기에 임신하면 병원 업무에 차질이 생긴다는 이유로 순서를 정해 임신하는 '임신 순번제'라는 관행이 있지만, 이 또한 태움과 함께 진아가 끊어 내야 할 고리였다. 잠이 들었나 싶었던 진아가 느리게 말했다.

"결혼은…… 내년으로 미루자."

"……."

"아끼고 사는 건 좋은데 그러느라 때를 놓치지는 말자, 우리."

"……."

"팍팍하게 살다간 언젠가 부러져. 사람들도 다 떠나면 결국 혼자 남게 돼."

"피아노, 피아노."

"갑자기 왜 피아노래?"

"알았다고."

피곤하고 지친 하루였던 진아와 남자는 손을 꼭 잡은 채 그대로 잠이 들었다.

남자는 어두워지는 밤을 홀로 맞을 때면 5년 전 허름한 여관에서 보냈던 서울의 첫날 밤을 떠올렸다. 밖은 불빛으로 환한데 마음은 어둡고 불안해서 아무것도 분별할 수 없었다. 밖은 웃고 떠드는 사람들로 넘쳐나는데 남자 옆에는 아무도 없어서 약해진 마음을 전할 데가 없었다. 고향으로 내려가는 열차 시간을 확인하며 타버릴까를 고민하다 마지막 열차를 보내고 나서야 여관방에 주저앉아 엉엉 소리 내어 울었다. 무엇이 그리도 서럽고 두려웠을까. 사람이 좀 많이 사는 곳일 뿐인데. 무엇이 그렇게도 그리웠을까. 사람이 많으면 곁에 머물러줄 사람도 생겨날 텐데. 남자는 밤과 새벽이 지나 아침이 될 때까지 뒤척이다 한숨도 못 잤다. 손바닥만 한 창문으로 들려오는, 윙윙거리며 돌아가는 기계와 차 소리는 비현실적인 서울의 아침 공기를 가장 먼저 갈라놓았다. 그날 이후 남자의 모든 밤과 아침은 그때를 닮아 있었다.

여전히 차갑고 낯설지만 돌아보면 통조림의 유통기한처럼 정해진 기한까지는 어떻게든 살아가게 됐던 것도 같았다. 그리고 기한을 다하면 새로운 유통기한을 가진 통조림이 또 찾아왔다. 정해진 속도와 보폭으로 걷는 시간은 누군가에게 덜 주긴 해도 아무것도 해주지 않고 그냥 지나가지는 않았다.

남자는 아까부터 피아노 앞에 앉아 가장 낮은 '라'를 반복해서 치고 있었다. 눈을 감고 흰 건반을 누르며 진지하게 그 소리를 음미했다. 피아노에서 소리를 낼 수 있는 건 그 건반뿐인 듯 어디로도 이동하지 않았다. 그 소리가 가진 매력을 찾아보려는 것이었다. 편안하고 낮지만 무겁고 근엄하다는 진아의 말을 이해하려고 남자는 건반을 누르며 고개를 연신 끄덕였다. 그러다 고개를 돌려 창밖을 내다봤다. 서울의 밤이 불빛으로 점점 물들어가고 있었다. 남자는 가장 낮은음을 짚고 있던 손가락을 위로 옮겨 라#이기도 시♭이기도 한 검은 건반을 힘차게 누르며 저 가짜 불빛에 한번 속아보겠다고 다짐했다. 그때 현관문을 두드리는 소리가 들려왔다. 남자는 자리에서 일어나 문을 열었다. 머리가 부스스한 사내가 피곤에 찌든 얼굴로 문 앞에서 흐느적거리고 있었다. 사내는 반쯤 감긴 눈을 비비며 신경이 곤두선 채로 말했다.

"저기요, 5층에서 왔는데요."

"무슨 일로……."

"여기 혹시 피아노 있어요?"

"그런데요……."

"어딘가 했더니 여기였네."

사내가 숨을 푹 내쉬며 눈살을 찌푸렸다.

"왜요?"

"피아노 소리 때문에 도저히 잠을 잘 수가 없어서요. 조용히 좀 해주세요. 새벽 4시에 출근하는 직업이라 일찍 자야 하거든요."

그러니까 새벽 4시에도 서울이 멈추지 않게 하는 한 개의 부품.

"아, 네. 죄송합니다."

남자가 머리를 여러 번 숙이자 사내는 많이 참아왔다는 표정을 거두고 물었다.

"근데 왜 계이름만 치세요?"

"네?"

"이왕 치는 거 제대로 치면 듣기 좋은 때도 있잖아요."

"그것밖에 못 쳐서요."

"아."

잠옷 차림의 사내는 주의해줄 것을 한 번 더 당부한 뒤 좁아터진 원룸에 피아노 있는 집이 왜 이렇게 많아, 하고 계단을 올라갔다. 남자는 사내에게 601호에 살던 사람의 피아노 연주를 듣기 좋은 시간에 들어본 적이 있느냐고 물으려다 관뒀다. 구부정한 뒷모습이 몹시 지치고 피로해 보여서였다. 남자는 문을 닫고 멀뚱히 서서 피아노를 물끄러미 쳐다봤다. 피아노는 시끄러운 물건인가. 타인의 삶을 방해하는 골칫덩이인가. 남자는 진아한테 전화를 걸었다. 자다 받았는지 진아의 목소리가 갈라졌다. 5층 사내가 다녀간 얘기를 듣고 진아가 말했다.

"나도 모서리에 팔꿈치를 몇 번이나 찧었는지 몰라. 이사를 가든가 버리든가 해."

"우리 애 주기로 했잖아."

"새로 사 주면 되지. 찜찜하게 우리 애한테 남이 쓰다 버린 걸 주고 싶어?"

"그럼 네가 가져갈래?"

"엄마 생신 때 우리 집 와서 봤잖아. 좁아터져서 놓을 만한 자리 없는 거."

"피아노 치고 싶지 않아?"

"이상하게 있으면 더 안 치게 되는 게 피아노더라고."

진아는 피아노에 대한 관심이 사라진 것 같았다. 무엇이 흥미를 사라지게 했을까. 남자는 마치 진아의 뜨거웠던 한 시절이 완전히 끝나버린 걸 목도한 느낌이었다. 어떤 것에 더 이상 흥미와 미련이 없다는 건 성장일까 권태일까. 근데 왠지 남자는 그런 진아가 부러웠다. 끝나버린 그 자리를 무엇이 차지하고 있을지도 궁금했다. 전화를 끊은 남자는 피아노를 한참 쳐다보다 뚜껑을 닫고 돌아섰다. 대리운전을 하러 나가야 했다. 하나의 부품이 되어 도시가 잘 돌아가도록 반짝이는 서울의 밤을 달릴 시간. 남자는 601호가 왜 피아노를 버리고 갔는지 알 것 같다고 생각하며 운동화 끈을 고쳐 맸다.

하품

책상은 어제 위치에서 구석으로 옮겨져 있다. 달팽이보다 느려서 눈여겨보지 않으면 잘 모른다. 눈여겨보는 그만 알 뿐이다. 그 정도로 미세하게 이동 중이다. 차고 습하고 어두운 쪽으로. 등에 집을 진 달팽이처럼 아내도 책상과 함께 움직이고 있다. 차고 습하고 어두운 쪽으로.

책상은 아내의 것이다. 80년대 교실에서 쓰던 2인용 녹색 책상과 걸상이다. 서랍은 칸막이로 나뉘어 있지만 상판은 그렇지 않아서 당시 아이들은 자리를 구분하려고 가운데에 금을 그어 사용하곤 했다. 아내의 책상에도 날카로운 도구로 긁어서 나눈 자국이 희미하게 남아 있다. 낙서도 흠집도 많지만 그조차 닳아 없어질 만큼 오래된 물건이다. 수십 명의 학생을 거치며 생겼던 낙서는 수십 명의 학생을 거치며 흐릿해졌다. 녹색 칠이 거의 벗겨져서 하얘진 책상은 튼튼해 보이지 않는다. 아내가 조금만 움직여도 책상과 걸상은 삐걱댄다. 그러나 그 소리가 자주 나지는 않는다. 아내가 느려지고 있기 때문이다.

병원에 다녀온 후 아내는 한 번씩, 점점 느려지고 있다. 게을러지고 있다. 저러다 멈출지도 모른다. 죽을지도 모른다. 그는 아내가 죽는다고 생각하면 겁이 난다. 느려지고 나서 아내는 잘 씻지도 않는다. 식사 후 이도 안 닦고 세수도 하지 않고 샤워도 자주 거른다. 몸에서는 이상한 냄새가 나기 시작했다. 눅눅한 곰팡내 같기도 하고, 오래된 종이 냄새 같기도 하다. 밤에 자려고 누우면 냄새는 심해진다. 아내는 썩고 있거나 어딘가 조금씩 무너지고 있는 것일까. 그렇다고 아내를 밀어낸 적은 없다. 그리 나쁜 냄새도 아니고, 점점 사라지는 아내의 본래 냄새가 추억처럼 그리울 뿐이다. 아내한테서 시체 냄새가 나도 그는 아내 옆에 누워 잠을 잘 것이다. 아내는 자기 몸에서 냄새가 난다는 걸 모른다. 알아도 신경 쓰지 않을 것이다. 느려지고 있기 때문이다.

아내는 헌책방 가장 안쪽, 창도 없고 햇볕조차 닿지 않는 곳에 녹색 책상을 두었다. 그 '안쪽' 옆에 책장까지 세워둬서 그곳은 몹시 침침하고 은밀하다. 책상 위에는 어슴푸레한 조도의 스탠드가 놓여 있다. 목이 자유자재로 구부러지는 스탠드다. 스탠드를 끄면 어두워서 아내는 흐릿해진다. 선명하진 않지만 지금은 불이 켜져 있어서 아내가 보인다. 아내는 오른손으로 턱을 괴고 앉아 있다. 책을 읽는 것도 아니고 라디오를 듣는 것도 아니다. 깊은 생각에 잠긴 것 같지도 않다. 너무 오랫동안 움직이지 않고 가만히 있어서 아내는 박제 같다. 그는 방금, 아내가 먼저 죽으면 정말 박제를 하는 건 어떨까 생각했다. 그러면 아내가 죽더라도 덜 슬프고 늘 곁에 있는 느낌이 들 것이다. 가끔 죽었다는 사실을 잊을 수도 있을 것이다. 아내는 진짜 죽은 걸까. 그때 아내의 눈이 느리게 깜빡인다. 그는 빠르게 안도한다.

스탠드 불빛이 비치는 부근으로 먼지가 날린다. 헌책방에는 유독 먼지가 많다. 책이 오래되면 먼지가 되나. 오래된 책은 먼지로 숨을 쉬나. 아내의 몸에도 먼지가 쌓인다. 움직이지 않기 때문이다. 먼지는 움직이지 않는 걸 좋아한다. 아내의 몸에서 나는 냄새는 먼지 냄새 쪽에 가깝다. 스탠드 옆에는 몸이 잘 구부러지는 고양이가 요염한 자세로 앉아 있다. 먼지 색 고양이, 러시안 블루다. 헌책방의 모든 먼지가 고양이한테 달라붙은 듯 녀석은 먼지 빛 털을 갖고 있다. 마치 먼지로 뭉쳐 만든 털옷을 입고 있는 것 같다. 가늘고 긴 목에는 이름과 연락처가 적힌 목걸이를 차고 있다. 그는 먼지 가까이 다가가본 적이 없다. 먼지도 그에게 오지 않는다. 어쩌다 그와 눈이 마주치면 녀석의 수염이 올라간다. 수염이 많이 올라가면 날카로운 이빨이 드러난다. 흉기 같다. 그래서 서로 피해 다닌다. 맡아본 적은 없지만 녀석한테서도 먼지 냄새가 날 거라고 그는 확신한다. 먼지도 아내처럼 느리고 게으르고 잘 움직이지 않는다. 어디서 자기랑 똑같은 걸 데려왔을까. 이사 오고 며칠 뒤 밤 산책을 나갔다 돌아온 아내의 품에 녀석이 불청객처럼 안겨 있었다. 만사가 귀찮은 아내라 손이 많이 가는 강아지였다면 데리고 오지 않았을 것이다. 아내는 길러도 돼? 하고 그한테 묻지도 않고 녀석을 집에 들였다. 털이 날리는 건 싫지만 그는 아내의 기분이 나아진다면 호랑이도 들일 수 있었다.

아내가 턱을 받치던 손으로 먼지의 뾰족한 귀를 만진다. 녀석은 아내한테 예쁨을 받고 있고, 먼지는 아내의 손길을 여유롭게 느낀다. 자라면서 눈동자 색깔을 여러 번 바꾼다는 그 눈동자가 가늘어진다. 눈꺼풀을 옆으로 늘어뜨려 에메랄드 빛 눈동자를 숨기듯 흘겨서 그를 쳐다본다. 간사한 녀석은 아내의 손등에 볼을 비비며 교태를 부린다. 그는 못마땅하다. 저것은 수컷인가, 암컷인가.

"수컷이야."

그걸 이제야 물어보냐는 듯 아내가 모기만 한 목소리로 대답한다.

"난 고양이에 관심 없어."

"그래도 잘 지내봐. 이제 한 식군데."

아내는 말까지 느려지고 있다. 말수도 줄었는데 줄어든 말은 느려지기까지 한다. 느려진 말은 침묵처럼 들린다. 아내는 가끔 말을 하지만 그는 말을 하지 않는다고 생각한다. 말이 말로 들리지 않으면 하지 않는 것과 같다.

"고양이는 싫어."

그가 한참 있다 대답한다. 실은 '저 고양이는 싫어!'다. 호랑이도 들일 수 있지만 녀석은 호랑이보다 악랄하다. 하필 왜 수컷인가. 그는 아내가 집을 비우는 날을 노리기로 한다. 어디 한번 해보라는 듯 녀석은 먼지떨이처럼 생긴 긴 꼬리로 아내의 가는 팔을 휘감는다. 아내가 간지럽다는 듯 느리게 웃는다. 그는 다시 한번 못마땅해진다. 오랜만에 보는 아내의 웃음이 녀석으로부터 온 것이. 아내의 책상 한쪽을 차지하고 있는 녀석의 뻔뻔함이.

그는 책상이 배달되던 날을 떠올린다. 헌책방에 처음 들어온 물건이었고, 어떻게 구했는지 모를 정도로 낡은 상태였다. 헌책방이니 아내는 책상도 허름해야 한다고 생각한 것 같았다. 책상을 보자 문득 옛날 생각이 난 그는 한번 앉아 보고 싶었다. 아내와 나란히 짝꿍처럼. 그런데 택배 기사가 헌책방으로 들고 온 의자는 하나뿐이었다. 개인용이므로 그럴 수 있었다. 하지만 혼자 쓰는 책상이고, 또 그럴 목적으로 구한 것일 텐데 아내는 가운데 앉지 않고 불편하게 왼쪽에 의자를 놓고 앉았다. 의자가 없는 오른쪽은 짝꿍이 결석했거나 전학을 가버려서 생긴 빈자리 같았다.

헌책방에 있을 때 아내는 거기서 크게 벗어나지 않았다. 아내는 조용한 도서관에서 공부하는 '취준생'처럼 책상에 앉아 뭔가를 자주 끄적거렸다. 혼자 도시락을 먹는 새침한 '여학생'처럼 종종 점심을 가져다 책상에 놓고 먹기도 했다. 그는 아내가 혼자 밥 먹는 모습을 볼 때마다 안쓰러워서 옆에 앉아 같이 먹으며 잡담을 나누고 싶었다. 그러나이 또한 의자가 없었으므로 해본 적은 없었다. 아내는 혹시 일부러 의자를 한 개만 구한 것일까. 본래는 두 개였는데 나머지를 고의로 어딘가에 버렸거나 안 보이는 곳에 숨겨 뒀을까. 그는 후자라고 생각한다.

먼지는 의자 없이도 아내 옆에 앉아 있다. 갑자기 활발해진 먼지가 아내를 발로 건드리고 주무른다. 배를 보이며 뒹굴고 사포처럼 까끌한 혀로 아내의 팔꿈치를 핥는다. 그러다 그루밍을 하듯 아내의 팔뚝에 난 털까지 정성껏 핥는다. 의자가 없어서 마지막에는 아내의 무릎으로 내려간다. 그러자 아내가 스탠드를 끈다. 어둠과 하나 되어 그 둘은 보이지 않는다. 움직이지 않으면 먼지가 쌓일 것이다.

*

한남동에 살 때부터 집안일을 맡아주었던 고 여사님이 마지막 만찬을 차려놓고 그를 떠났다. 집에서 너무 멀다는 이유로 일을 그만두겠다고 한 것이다. 어느 때보다 도움이 필요하다며 아내의 상태를 설명하고 보수를 좀 더 올려주겠다는데도 고 여사님은 곤란한 표정을 지었다. 손끝이 야무지고 눈치가 빠른 사람이었다. 여러 나라의 음식을 할 줄 알아서 손님을 초대할 때마다 놀라울 정도로 품격 있는 식탁을 꾸며주었다. 냅킨 한 장, 양말 한 켤레조차 세련된 모양으로 접어서 정리해뒀고, 넓은 집은 항상 깨끗했다. 까탈스럽고 결벽증 있는 그의 입에서는 불평 한마디 나오지 않았다. 말을 함부로 옮기지도 않아서 그의 사생활은 밖으로 새나가지 않았다.

그는 점점 멀어지는 고 여사님의 소형 자동차를 물끄러미 쳐다보며 생각한다. 멀다는 건 핑계고 이런 말도 안 되게 작고 허름한 집을 청소하는 게 고 여사님의 품위에는 맞지 않는 거라고. 고 여사님도 집을 본 뒤 내심 놀란 것이다. 누구든 포기하고 싶지 않은 자기만의 품위가 있다. 다행인 건 고 여사님이 그에게 약속 하나를 남기고 떠났다는 것이다. 한남동으로 돌아가면 그때 자신도 돌아오겠다고. 그런데도 그는 아내에게 조금 화가 난다. 그는 멍청하고 촌스럽게 서 있는 2층짜리 건물을 올려다보며 고개를 젓는다. 변두리 헌책방이라니. 어쩔 수 없이 따라오긴 했으나 그가 40년 동안 지켜온 품위를 생각하면 어이가 없어서 쓴웃음이 나온다. 그는 한남동으로 돌아갈 날만을 손꼽아 기다리고 있다. 그에게 여긴 수치를 넘어 치욕이다.

그는 헌책방을 지나 삐걱대는 나무 계단을 타고 2층으로 올라간다. 이 집은 사람이든 바람이든 손대고 밟고 지나가는 대로 소리를 낸다. 살아 있다는 것일까, 진실하다는 것일까. 어느 쪽이든 음악이 아닌 한 그에게는 시끄러운 소음이다. 한편으로 소리를 내지 않고 지내는 아내에게 적응하고 있다는 뜻이라서 안 좋은 징조다. 그는 손을 대든 밟든 고요했던 한남동 집이 다시 그리워진다. 뭘 해도 조용한 곳이라 거기라면 점점 소리가 줄어드는 아내에게 신경이 덜 쓰였을 것이다. 근데 먼지란 놈은 이런 진실한 집에서 소리를 내지 않고 생활하고 있다.

그는 옥상으로 올라간다. 지붕 달린 편백 나무 테이블에 고 여사님의 마지막 만찬이 차려져 있다. 후진 여건에도 애쓴 흔적이 엿보인다. 인근에서 꺾어 온 들꽃과 향초 두 개가 테이블 중앙에 놓여 있다. 레이스 장식의 테이블보는 우아하게 펄럭이고, 음식이 담긴 도자기 재질의 부드러운 식기는 기품 있게 빛난다. 그는 가볍게나마 식사 분위기에 어울리는 면바지와 셔츠로 갈아입었다. 그러나 건조한 낯빛의 아내는 무릎 나온 트레이닝 팬츠에 젖꼭지가 비치는 물 빠진 티셔츠 차림이다. 빗질을 하지 않은 머리는 단정하지도 않다. 그는 아내가 무언가에 대한 불만으로 일부러 그러는 거라고 생각한다. 일견 이런 낙후된 배경에 걸맞기는 하나 그가 알던 아내와 너무도 동떨어진 모습이라 낯설다. 그는 꼬집거나 내색하지 않지만 크게 실망한 눈치다.

오늘의 메인 요리는 세계 3대 수프 중 하나인, 아내가 프랑스 유학 시절 즐겨 먹었던 부야베스다. 주재료인 생선과 해산물에 다양한 향신료를 넣어 맛을 낸 지중해식 스튜로 마르세유 지방의 전통 요리다. 아내는 가장 행복했던 유학 시절이 그리울 때면 부야베스를 먹는다. 그리고 부야베스를 먹으면 행복해진다고 믿는다. 고 여사님은 아내를 위해 특별히 프랑스 요리사로부터 부야베스 만드는 법을 배웠다. 고 여사님은 아내가 프랑스에서 먹던 부야베스와 가장 가까운 맛을 내던 사람이었다. 그도 파리의 전통 레스토랑에서 아내와 먹던 그 맛을 여전히 잊지 못한다.

그는 유학 시절 아내를 만났다. 불문학을 전공한 아내는 학교를 졸업하고 프랑스로 유학을 갔고, 그는 당시 영국에서 유학 중이었다. 그가 아내와 '마주친' 곳은 파리도 런던도 아닌 체코였다. 폭 50센티미터가 안 되는 프라하의 오래된 골목길에서. 그곳은 '비나르나 체크토브카'라는 레스토랑에 가려면 지나야 하는 계단 골목이었다. 한 사람이 겨우 통과할 정도로 비좁은 길이라 양방향에서 동시에 사람이 들어오면 옴짝달싹을 못 해서 어느 한쪽이 되돌아가야만 했다. 그런 불편을 해소하기 위해 레스토랑 주인은 골목 입구에 신호등을 설치했다. 그는 아내를 계단 골목 중간에서 마주쳤다. 누가 신호를 무시했는지는 알 수 없었다. 한참을 서로 자기 쪽이 초록 불이었다고, 자신이 먼저 신호등 버튼을 눌렀으니 양보하라고 우겼다. 뒤에 보행자들이 줄지어 기다리고 있어서 누구든 빨리 되돌아서야 하는 상황이었다. 그는 아내가 향하는 곳으로 등을 돌렸다. 그길로 그는 배낭여행 내내 아내와 같은 방향으로 걸었다. 아내는 언젠가 프라하에 가면 꼭 한 번 그곳에 들르자고 했다. 그러나 지금까지 체코에 갈 일은 생기지 않았다.

그는 디캔팅해둔 와인을 아내와 자신의 잔에 따른다. 지루하고 나른한 눈으로 야경을 보고 있던 아내가 스푼을 들어 오목한 그릇에 담긴 부야베스 수프를 떠먹는다. 그러나 아내는 생선과 해산물은 건드리지 않고 수프만 두어 번 떠먹고 만다. 그마저도 칠칠치 못하게 테이블보와 옷가슴에 흘린다. 별론가 싶어 그도 맛을 본다. 마지막이라는 정성까지 들어가서 고 여사님이 만든 부야베스 중 단연 최고다. 늘 다이어트에 신경 쓰는 아내지만 식탁에 부야베스가 올라온 날만은 칼로리 생각을 접고 두 그릇은 뚝딱 해치웠다. 그런데 벌써 스푼을 놓다니. 그는 다시 겁이 난다. 혹시 일부러 곡기를 끊으려고 하나. 부야베스를 먹으면 행복해진다는 믿음마저 무너지고 만 것일까.

"좀 더 먹어둬. 당분간 못 먹을지도 몰라."

아내는 입맛이 당기지 않는다는 표정을 지으며 입가를 냅킨으로 닦고 화이트 와인을 한 모금 마신다. 못 먹게 돼도 상관없다는 듯 아내는 의자 끄트머리에 한쪽 발을 올리고 야경을 본다. 평소 아내의 행동거지는 아니다.

"하우스 헬퍼는 빨리 구해볼게."

아내는 대답 대신 졸린 눈을 느리게 깜빡인다. 그는 식욕을 돋우는 데 도움이 될지 몰라서 핸드폰을 꺼내 아내가 좋아하는 재즈 한 곡을 튼다. 재즈 선율이 여름밤을 타고 흐르자 아내가 의자 등받이로 머리를 젖히고 눈을 감는다. 청각에 잘 반응하는 아내이기에 입맛을 자극해보려고 그는 좀 과장되게 수프를 후루룩거리고 스푼을 그릇에 자주 마찰시킨다. 다른 식사 자리라면 결코 하지 않을 행동이다. 아내가 눈을 감은 채 말한다.

"소리 좀 줄여줘."

"음악?"

"쩝쩝 소리."

그는 오히려 안도한다. 음악이라고 할까 봐 두려웠는데 아니라서 그는 조용히 식사를 마저 한다. 와인을 절반 정도 마신 아내는 그의 식사가 끝나는 것 같자 그만 방으로 들어가 눕고 싶다며 의자에서 일어난다. 아내는 힘들어하면서도 그를 생각해 자리를 지켜준 것이다. 그러나 아직까진 남아 있는 저 가벼운 예의가 언제 멈추고 느려질지 알 수 없다. 아내는 조심성 없는 사람처럼 플라스틱 슬리퍼를 바닥에 질질 끄집으며 옥상을 내려간다.

테이블에 혼자 남겨진 그는 와인을 들이켜며 촛불을 응시한다. 세상은 멈춘 듯하고 끊임없이 움직이는 건 불꽃뿐이다. 움직인다기보다 몸부림치는 것 같다. 몸부림치는데 소리가 안 나는 것도 이상하다. 이상해서 그는 계속 쳐다본다. 잔상이 생겨 눈을 감아도 두 개의 얼룩이 어둠 속에 오랫동안 떠 있다. 아내도 몸부림치는데 소리만 안 날 뿐일까. 그가 눈을 뜬다. 눈을 떠도 잔상이 보인다. 망막에 새겨져서 안 없어질 것 같다. 사기 받침대로 촛농이 넘쳐서 흘러내린다. 불꽃은 소리를 내지 않는 대신 촛농을 '낸다'. 마치 소리 없이 우는 것 같다. 소리가 없는 것들은 다른 방식으로라도 꼭 소리를 표현하는가. 그러니 소리가 전부일 거라 생각하면 오산인가. 아내가 단지 소리를 내지 않고 몸부림치는 거라면 아내는 대신 무얼 내놓고 있을까. 불꽃 잔상이 사라진 자리를 소리 없이 우는 아내의 잔상이 파고들어 아른거린다. 눈물이 속으로 흘러넘치기를 계속한다면 아내는 녹아버리고 말 것이다. 그는 와인 잔을 비운 뒤 거꾸로 뒤집어서 향초에 씌운다. 불꽃이 조금씩 줄어들다 꺼지고 녹아내림은 멈춘다. 맑았던 와인 잔은 연기가 차서 뿌예진다. 그는 자리에서 일어나 테이블을 치운다. 촛농처럼 굳어버린 아내의 그릇 속 부야베스에 벌써 파리가 꼬인다.

가사를 맡아주던 고 여사님도 떠나버리고 이제는 그가 아니면 식탁을 치울 사람이 없다. 내일이 되고 모레가 되어도 마찬가지일 것이다. 간단한 살림만 옮겨 와서 이 집에는 식기세척기도 없다. 가난한 집이라 그 가난을 살림으로라도 흉내 내야 한다는 생각에 아내는 좋은 물건을 안 가져온 걸까. 그는 셔츠 소매를 걷어 올리고 얼마 만인지 모를 설거지를 한다. 앞치마를 하지 않았더니 설거지를 마쳤을 때

연보라 셔츠 절반이 젖어버렸고, 젖은 부분은 진보라색이 되어 있었다.

그는 부엌을 나간다. 2층은 부엌과 거실 그리고 화장실과 방 하나로 구성되어 있다. 이사를 오면서 2층만 스칸디나비아 스타일로 리모델링했지만 그는 흡족하지 않았다. 일단 너무 좁고, 건물 자체가 많이 낡은 탓에 유명 인테리어 디자이너의 실력을 낡음과 지저분함을 감추는 수준에서 허비한 느낌이 들었다. 거실에는 작은 옷장과 공기청정기, 그가 매우 아끼는 고가의 진공관 오디오뿐이었다. 오디오는 사실 이런 좁은 공간에 전혀 어울리지 않았지만 이런 곳이라 더 고음질의 음악을 포기할 수 없어서 일부러 가져왔다. 그러나 그는 여기서 오디오를 켠 적이 한 번도 없었다.

그는 잠옷으로 갈아입고 안방 문을 연다. 불 꺼진 방. 아내는 침대가 아닌, 이불도 깔지 않은 바닥에 웅크린 채 자고 있다. 옷은 트레이닝 팬츠와 티셔츠 차림 그대로다. 이 집에서 딱 하나 좋은 건 방이 한 개뿐이라는 것이다. 아내는 싫어도 이 방에서 자야 한다. 그는 아내 옆으로 가서 눕는다. 여름인데도 바닥이 차다. 천장을 한참 보고 있던 그가 아내의 등을 향해 돌아눕는다. 숨을 깊이 들이마신다. 헌책이 되어버린 듯 아내의 몸에서 먼지를 품은 오래된 종이 냄새가 난다. 오래된 것에서는 모두 비슷한 냄새가 난다. 시간이 주고 가는 냄새, 시간만이 줄 수 있는 냄새다. 저런 거 말고, 은은하게 풍기던 고급 향수 냄새는 언제쯤 다시 맡을 수 있을까. 윤기 흐르는 머릿결과 걸치는 옷마다 명품이 되던 우아한 몸짓, 그리고 세련된 대화들. 그는 오래된 문장들을 생각한다. 아내의 몸에 새겨져 있던 문장이다. 그가 젊은 시절 반짝거리는 눈동자와 두근대는 심장으로 밑줄 그어놓았던 수십 개의 문장들. 불을 끄지 않은 방에서, 아내의 옷을 천천히 벗겨 그것을 찾아보고 싶다. 아내의 어떤 점이 좋아 줄을 그었는지, 그 문장을 다시 한번 읽어보며 그때의 감정으로 돌아가 아내와 연애를 하고 싶다. 그러나 아내는 토라진 사람처럼 그에게 등을 보이고 누워 있다.

아내의 등 너머로 피아노가 보인다. 그가 가진 두 개의 피아노 중 하나다. 그가 가장 아끼고 사랑하는 스타인웨이 앤드 선스는 한남동 집에 있다. 그랜드 피아노라 이 작고 볼품없는 집에 안 어울릴뿐더러 옮기기도 어렵고 놓을 자리도 없어서 스무 살 때까지 쳤던 피아노를 대신 가져왔다. 하얀 천으로 덮어 창고나 다름없는 지하방에 오랜 시간 처박아둔 피아노지만 지금은 어둠 속에서도 매끄럽게 빛나고 있다. 새까만 피아노는 창문으로 들어온 은은한 달빛에 반짝이기까지 한다. 달빛은 가지런한 건반과 음표가 절반만 채워진 보면대 위 오선지로도 쏟아진다. 그는 순회공연으로 집을 오래 비울 때를 제외하고는 피아노의 뚜껑을 닫아두지 않는다. 언제 어느 때 악상이 떠오를지 모르기 때문이다. 지금은 달빛이 그 자리를 은은한 곡선으로 차지하고 앉아 그 대신 건반을 치고 음표를 그린다. 뚜껑이 열린 피아노는 무슨 말인가를 하려고 입을 벌리고 있는 것 같다. 치아가 고르고 하얘서 아내의 치아를 보는 듯하다.

그는 아내와의 연애 시절을 떠올린다. 당시 아내는 멋진 문장을 많이 가지고 있었다. 사람이 어떻게 저런 근사한 문장을 아무렇지 않게 툭툭 뱉어낼까, 하는 것들이었다. 타고난 것이라서 글을 읽고 쓰는 훈련을 통해 터득할 수 있는 수준이 아니었다. 아내는 그런 문장들을 런던과 파리의 낭만적인 거리에서, 역사가 깃든 카페에 앉아 커피를 마시는 순간에, 그와 주고받는 소소한 잡담과 격렬한 섹스 속에서, 심지어 자신의 눈빛 하나 웃음소리 한 가닥에까지 담아 모두 보여주었다. 그에게 준 아내의 타고난 감성은 음으로 모이고 쌓여 하나의 곡이 되었다. 그렇게 탄생한 첫 번째 연주곡이 그의 데뷔작이었다. 감성을 적신 세기의 연주곡이란 찬사가 쏟아지며 앨범의 반응은 폭발적이었고 공연 섭외가 빗발쳤다. 첫 번째 곡뿐만 아니라 그 뒤로 이어진 성공한 모든 곡이 아내와 그의 이야기였다. 둘 사이에서, 둘이 빚어낸, 오로지 음으로만 이루어진 세계. 가사 없는 연주곡은 그와 아내만 아는 비밀이었다. 그 사실이 무대에서 피아노를 연주하는 그를 매번 흥분시켰다.

그러나 지금 그는 아쉽다. 음으로 모조리 흡수되고 표현된 그 시절 아내의 문장들이 무형의 피아노곡으로만 남아서. 그에게는 글의 형태로 기억하는 아내의 문장이 한 줄도 없다. 있다면 그건 아내의 오롯한 문장이 아니라 그의 생각과 감성이 섞여 그의 문장으로 바뀐 것들이었다. 오해되고 오염되어 변질된 것들. 그는 가끔 음과 더불어 문장으로도 아내와 함께한 시간을 빚어냈다면 어땠을까, 하고 생각했다. 두 사람만이 아닌 세상 사람 누구나 다 알도록. 머릿속 기억은 흐릿해지더라도 문장이 기억하는 감정은 사라지지 않도록. 어떤 마음은 음보다는 언어로 표현했을 때 온전해서 쉽고 빠르게 이해되는 측면이 있었다. 문장은 진심을 분명히 전달하기에 좋고, 더없이 틀림없는 문장이라면 다른 의미로 해석되지 않았다. 그래서 그는 더 늦기 전에 지금이라도 가사가 있는 곡을 쓰려고 한다. 가사를 붙이면 아내는 그 곡들이 자신을 향한 애절한 노래라는 걸 명확하게 알 것이다. 그런데 요즘 아내는 자기 몸에 있는 문장조차 허용하지 않는다. 더는 그에게 새로운 문장을 보여주려고도 하지 않는다. 그는 좀 더 다가가 아내의 등에 차가운 이마를 댄다. 먼지를 품은 오래된 종이 냄새가 짙어진다. 그러나 그 종이는 아직까지 백지다.

*

녹색 책상은 조금 더 구석으로 밀려 있다. 차고 습하고 어두운 쪽으로 옮겨진 만큼 아내는 느려지고 게을러진다. 눈여겨보는 그만 알 뿐이다. 아내는 어제와 같은 옷차림과 빗질 안 한 머리로 권태롭게 앉아 있다. 다만 손님이 드나드는 걸 의식해서인지 속옷을 착용해 브라운 빛 젖꼭지는 비치지 않는다. 자신의 체면을 생각해달라는 그의 부탁에 대한 아내의 짧은 대답이다.

고양이 먼지는 세계문학전집을 쌓아놓은 책 탑 위에 다리를 쭉 뻗고 누워 있다. 고개를 든 채 눈을 감고 조는 중이다. 먼지의 집은 헌책방이다. 먼지가 많은 헌책방은 고양이 먼지에게 잘 어울리고 지내기에도 좋다. 2층으로는 절대 올라오지 못한다. 녀석은 먼지를 먹고 살을 찌우는 동물 같다. 먼지한테 캣타워는 사치다. 높낮이가 들쭉날쭉한 헌책방의 책장과 여기저기 중구난방 쌓인 책 탑이 먼지에게는 맞춤한 타워다. 헌책방은 헌, 책방이다. 모든 게 '헌'이다. 헌문틀, 헌천장, 헌바닥, 헌벽, 헌조명, 헌책장, 헌책, 헌시간. 그리고 그 모든 헌것들 속에서 튀지 않으려고 자꾸 허름해져가는 아내까지도.

'헌'이라는 공통점 말고 좁은 골목길 같은 헌책방에는 질서도 체계도 없다. 새로 들어온 책은 제목만 컴퓨터에 입력해놓고 분야나 장르 구분 없이 마구잡이로 꽂아둬서 찾는 데 시간이 오래 걸린다. 길목도 좁고 불편해서 애를 먹는 편이지만 그걸 즐기는 손님도 많다. 애타게 찾는 책을 오랜 시간 책 골목과 부대낌 끝에 발견했을 때의 희열. 특히 그걸 즐기는 사람은 아내다. 손님이 원하는 책을 찾기 위해 미로 같은 책장 사이를 분주히 오가거나 책 제목에 집중하면, 아내는 그가 기억하는 예전의 모습으로 돌아가 있다. 느리지도 게으르지도 않고, 귀찮아하거나 따분해하지도 않는 아내. 그러니까 헌책방에서 아내를 움직이게 하는 건 손님이다. 책을 사거나 팔러 온 사람들. 아이러니하게 그는 손님이 많아도 걱정이고 없어도 고민이다. 손님이 없으면 아내가 느려져서 위험하고, 많으면 개중 그의 팬이나 알아보는 사람이 있을까 봐 겁난다. 피아니스트의 아내가 도시 변두리에서 헌책방을 한다는 소문이 퍼지면 고아하게 쌓아놓은 그의 이미지가 실추될 수 있다. 때문에 그는 헌책방을 닫는 시간까지 되도록 아래층으로 내려가지 않으려고 한다. 그러나 뜻대로 되지는 않는다. 지금 같은 순간이 자주 발생하기 때문이다.

손님도 없고 점심을 마친 뒤라 무료해진 아내는 저속으로 재생되는 동영상처럼 움직임이 한없이 느려진다. 할 일이 있어도 느려지는 판국에 모든 게 없으니 끝없이 느려진다. 요즘은 한번 그러기 시작하면 주체할 수 없을 만큼 끝모르게 느려진다. 저러다 태엽이 다 풀린 인형처럼 어느 순간 멈춰버릴 것만 같다. 그는 불안해진다. 이럴 때는 그가 나서서 아내에게 할 일을 주어야 한다. 태엽을 감아주는 것이다. 그는 아내에게 다가가 책 제목이 적힌 쪽지를 건네며 찾아달라고 부탁한다. 헌책방이 좋은 점은 오염되거나 훼손될 염려 없이 책을 꺼내 읽은 뒤 아무 데나 꽂아둬도 상관없다는 것이다. 심지어 밑줄을 그어도 되고 책장을 접어도 된다. 여기서 책은 낡아야 가치가 있어 보인다. 아내는 책을 찾으면 가지런히 정리해 2층 그의 피아노 상판에 올려둔다. 하지만 아내가 가져다준 책을 그는 읽지 않는다. 그것은 태엽을 감아주는 역할만 할 뿐이다. 그리고 그 역할을 위해 준비해둔 책 목록은 그의 주머니 속에 가득하다.

그는 아내가 찾아다 준 책을 피아노에 올려놓은 채 피아노를 친다. 피아노 소리는 중간중간 끊긴다. 피아노가 침묵하는 시간에 그는 방금 친 음들이 공중으로 사라지지 않도록 오선지에 음표로 붙들어둔다. 최고의 음을 찾으려다 보니 어떤 음은 지워져서 다른 음으로 바뀐다. 때론 영원히 없어지기도 한다. 그가 손등으로 오선지를 털어내자 검은 지우개 가루가 보면대로 떨어진다. 죽은 음들이다. 수십 개의 멜로디가 여러 장의 오선지에 나뉘어 들어가면 그는 그 중 최고의 음을 선택한다.

이 곡 역시 아내와 그의 이야기다. 곡이 완성되면 가사를 붙일 예정이라 아내는 그가 음악에 어떤 심정을 담으려고 했는지 분명히 알게 될 것이다. 가사는 음을 흡수하고 음은 가사를 허락해야 한다. 이 가사를 표현할 수 있는 음은 그 음뿐이어야 하고, 그 음에 마땅한 가사는 이 가사여야만 한다. 음과 글(말)은 서로 헛돌지 않아야 한다. 어색한 관계는 오래가지 못한다. 그래서 그는 약간의 어려움을 느낀다. 음에서 끝났던 것이 가사에까지 이르러 완벽한 조화를 이뤄야 해서다. 어느 한쪽이 받아주지 않으면 둘 다 존재하지 않게 된다. 존재하더라도 존재하지 않는 것처럼 살게 된다.

그에게는 헌책방을 허락하는 일이 그랬다. 그날은 아내가 유산한 날이었다. 벌써 세 번째였다. 마지막은 네 번의 인공수정 시도 끝에 얻은 아기였는데 잘못되고 말았다. 상심이 컸고, 그는 아내가 이상해지고 있다는 걸 느꼈다. 병원을 나와 집으로 돌아가는 자동차 안에서 메마른 표정의 아내가 느리게 중얼거렸다.

"헌책방……."

뭔가 더 있었으나 차창을 열고 절정에 이른 벚꽃길을 달리던 중이라 바람이 그 뒷말을 가져가버렸다. 아내의 길고 날카로운 머리카락이 자꾸 그의 얼굴로 달라붙었다. 그는 창을 조금 닫은 뒤 되물었다.

"뭐?"

아내의 가물거리는 시선은 여전히 저 먼 바깥을 향해 있었다. 그러나 눈동자는 텅 비어서 아무것도 담으려고 하지 않았다.

"헌책방에 가자고?"

그가 추측해서 말하자 아내는 그를 쳐다보지 않고 들릴 듯 말 듯 기운 없는 목소리를 겨우 내었다.

"하고…… 싶다고."

운전 내내 그는 하고많은 것 중 왜 헌책방일까 궁금했다. 동시통역사인 아내는 다양한 손재주와 관심사를 가지고 있었다. 매장을 열고 싶다면 논현동에서 수입 가구점을 해도 좋았다. 취미 생활을 원하는 거라면 예전부터 도전해 보고 싶다던 칠보공예도 괜찮았다. 아내의 품위에도 그쪽이 맞았다. 집에 도착한 아내는 따뜻하게 데운 우유를 한 잔 마시고 침대에 누웠다. 그는 아내의 차가운 몸에 이불을 덮어주며 물었다.

"왜 헌책방이야?"

아내가 잠이 깃든 눈을 희미하게 깜빡이며 대답했다.

"오래된…… 종이 냄새가…… 좋아."

눈을 감은 아내는 죽음을 앞둔 사람이 낼 법한 목소리로 말했다.

"헌책을 팔고…… 사러 오는 사람들의 표정도…… 좋고."

그는 곡 쓰는 걸 관두고 연주를 한다. 아내를 유인하려고 그의 음악 중 아내가 가장 좋아하는 곡으로 연주를 시작하면 아내는 조용히 방으로 들어와 침대에 허리를 곧추세우고 앉아서 감상했다. 아내는 스타인웨이와 함께할 때의 그를 가장 근사하고, 남자답고, 섹시하다고 생각했다. 연주가 클라이맥스에 달하면 둘의 육체는 누가 먼저랄 것도 없이 뜨거워졌다. 격정은 자연스럽게 애무와 섹스로 이어졌다. 아내를 섹스로 이끄는 것은 그의 음악이었지만, 그의 음악에 이끌려 애무를 먼저 해오는 건 늘 아내였다. 아내가 부드러운 손으로 스타인웨이를 쓸어내리며 천천히 다가와 그의 어깨와 목덜미로 손길을 옮기면 그는 아내의 손을 잡고 일어났다. 침대 위에서 두 사람의 합주는 더없이 완벽했고, 스타인웨이는 고고하게 빛나는 검은 눈동자로 그들의 사랑을 지켜봤다.

연주하는 음은 침묵하지 않고 죽지 않는다. 멈추지도 않는다. 격조 있는 그의 연주는 방을 나와 삐걱대는 계단을 타고 헌책방에 이른 뒤 바람에 실려 바깥까지 여러 갈래로 퍼져 나간다. 그중 몇 갈래는 집마다 활짝 열린 창문을 부드럽게 넘고, 다른 갈래는 나무와 건물 사이를 지난다. 길을 나선 사람들은 생각을 멈추고, 누군가와 이야기를 나누던 사람들은 잠시 대화를 중단하고 연주에 젖어든다. 소리가 닿는 곳은 모두 숨죽여 음악을 듣는다. 아내의 발밑에서 심술 맞은 표정으로 누워 있던 먼지조차 세모 모양의 두 귀를 쫑긋거린다. 녀석도 음악을 아는가.

연주는 세 곡째에 이르고, 그의 기다림은 계속된다. 그런데도 아내는 방으로 올라오지 않는다. 스타인웨이가 아니기 때문일까. 마술에 걸린 사람처럼 아내의 눈에서 초점이 사라지고 눈꺼풀은 무겁게 내려앉는다. 수면제라도 되는지 그의 연주는 아내를 더 나른하고 느리게 만들어버린다. 생각을 마비시키고 기억을 지워버린다. 언어를 잊게 하고 꿈을 떠나게 한다. 아내는 더는 그리워하지 않고 추억에 잠기지도 않는다. 아내는 잊어가는 것 같다. 연주곡마다 담긴 달콤했던 우리의 이야기를. 스탠드가 꺼지고 아내는 책상에 엎드려 눈을 감는다. 아내의 귀에 더 이상 연주는 들리지 않는다. 그와 아내가 같이 알고 있던 연주곡의 비밀은 이제 그 혼자만 안다. 세상은 잠에서 깨어나는데 아내만 깊은 잠에 빠져든다.

*

서울시 주최로 열린 합동 콘서트 '한여름 밤의 꿈'에서 두 곡을 연주하고 돌아온 그의 얼굴은 몹시 지쳐 있었다. 컨디션이 좋지 않아 연주는 흡족하지 않았다. 식사 자리가 준비되어 있었지만 사람들과 섞여 밥 먹을 기분이 아니라서 일찍 빠져나왔다. 예전에는 바쁜 일정이 없는 한 공연이 있을 때마다 아내가 따라다녔다. 스케줄 관리며 의상이며 매니저나 다름없는 역할을 해준 아내는 항상 객석 앞줄에 앉아 그의 연주를 들었다. 공연이 끝나면 연주는 물론이고 표정과 태도, 지나치기 쉬운 사소한 제스처에 대한 평가까지 객관적으로 해주었다. 아내의 모니터링은 그가 무대 매너를 쌓는 데 큰 도움이 되었다. 가사 없는 연주곡의 한계는 대중과의 거리를 좁히기 어렵다는 데 있었다. 아내는 대중과 가까워지기 위해선 세련된 유머가 필요하다며 화술 공부를 권했다. 그 덕에 관객과의 거리는 한층 유연해졌고, 마음이 여유로워지자 공연 때마다 찾아오던 긴장과 불안감도 차츰 줄어들었다. 그러나 아내는 첫 번째 유산을 겪고 더 이상 그의 연주회에 동행하지 않았다. 그때부터 아내의 표정에서 종종 지루함과 무료함이 드러났다. 무슨 일에든

부지런하고 열성적이던 아내는 자꾸 한 박자씩 느려지더니 쉽게 놓쳤다. 그건 그를 놓치는 것이었다. 나른해하다 어느 순간에는 게을러졌다. 그건 그를 지나치는 것이었다. 박자가 달라지자 식사와 취침 시간은 물론이고 자잘한 생활 패턴까지 조금씩 어긋나기 시작했다. 불협화음이 생긴 것이다. 그는 어느 한쪽이 맞추지 않으면 깨져버릴 삶을 맞추려고 노력했다.

영업시간이 지난 헌책방은 불이 꺼져 있다. 불빛 없는 헌책방의 책들은 죽은 책 같고, 헌책방은 축축한 무덤 속 같다. 구석 자리, 아내의 책상에만 침침한 스탠드 불이 켜져 있다. 아내는 자리에 없다. 책상에는 제법 두툼한 노트 한 권과 잉크병에 담가 쓰는 컨버터식 만년필 한 자루가 놓여 있다. 일기장인가. 그는 노트를 열어 보려다 두려움 때문인지 관두고 2층으로 올라간다. 그의 귀가를 알아채는 건 삐걱대는 나무 계단뿐이다. 2층에도 아내는 없다. 그는 배가 고파서 부엌으로 간다. 조리대와 개수대의 물기는 바짝 말라 있다. 바닥에는 채소 부스러기 하나 떨어져 있지 않다. 아내도 저녁을 먹지 않았다는 뜻이다. 그는 지친 몸으로 옷을 갈아입고 식사 준비를 한다. 하우스 헬퍼는 아직 구하지 못했다. 위치를 말하면 변두리라 집에서 너무 멀다며 다들 난색을 표했다. 전에 고 여사님이 핑계를 댔던 게 아닐지도 모르겠다. 그가 할 수 있는 요리는 몇 가지 되지 않는다. 주로 면 요리다. 오늘 저녁은 알리오 올리오 파스타와 오리엔탈 샐러드로 정했다.

그는 요리보다 식탁을 차리는 데 많은 신경을 쓴다. 음식에 어울릴 만한 그릇으로 어떤 걸 꺼내 쓰고, 음식은 어떤 모양으로 담을지, 플레이팅에 관한 것들이다. 포크와 스푼은 바닥에 닿지 않게 받침대를 사용해서 놓아야 하고 냅킨도 준비해야 한다. 식탁에는 식기가 지켜야 하는 예절이 있다. 그는 예절을 지키면 라면에도 품격이 생긴다고 믿는다. 아니 한 끼 식사가 라면이라도 품격 있게 먹는 인생을 살아야 한다고 오래전부터 생각해왔다. 세팅까지 마쳤을 때 나무 계단이 아내의 귀가를 알려준다. 아내는 부엌문 앞에 서서 먼지와 산책을 나갔다 오는 길이라고 말한다. 길고양이라 그런지 녀석은 산책묘 기질이 다분해서 아내와 산책을 가면 강아지처럼 잘 따라다니다 잘 돌아온다. 가끔 혼자 산책을 다녀오기도 한다.

아내한테서 산책길에 묻혀 온 바람 냄새가 시큼하게 난다. 잔디밭에 앉아 있었는지 풀냄새도 조금 난다. 아내는 식사하고 싶은 생각이 없는 눈치인데도 식탁에 앉는다. 아직은 멈추지 않고 느려지지 않은 예의다. 아내는 왼손으로 턱을 괸 채 포크에 파스타 한 가락을 걸어 입에 넣는다. 파스타를 저런 식으로 먹는 건 예절에 어긋나지만 아내 딴에는 애를 쓰고 있는 거라 그는 모른 척한다. 대신 맛은 좀 괜찮아? 하고 물으려는데, 언제 올라온 건지 아내의 발밑에서 먼지가 다리를 가지런히 모으고 앉아 그를 올려다보고 있다. 눈이 마주친 순간 어둠 덩어리 같은 녀석으로부터 섬뜩한 기운이 전해진다. 섬뜩함에 그는 녀석이 털 가진 동물이란 사실을 뒤늦게 알아차린다. 그는 사방에 먼지가 날린다고 느낀다. 목도 좀 칼칼한 것 같다. 벌써 물컵 테두리에 털 한 가닥이 달라붙어서 바들바들 떨고 있다.

"먼지 못 올라오게 해."

파스타 면을 스푼 위에 올려놓고 포크를 오른쪽으로 돌리며 그가 따끔하게 말한다. 이태리에서는 파스타를 왼쪽으로 돌려 먹으면 불운이 찾아온다고 믿는다. 그도 불운이 찾아오지 않게 방향을 꼭 지킨다. 아내가 포크를 파스타 속에 일자로 꽂아 넣고 손을 놓는다.

"공기청정기 돌아가고 있잖아."

아내가 느리게 말한다.

"봐. 벌써 물에 털이 둥둥 떠 있어."

확인시켜주겠다는 듯 그가 자신의 물컵을 비스듬히 기울여 아내에게 들이민다.

"루미야."

아내가 조금 커진 목소리로 말한다. 그가 아내를 똑바로 쳐다본다.

"얘 이름은 루미라고. 왜 자꾸 먼지라고 불러?"

"나한텐 먼지일 뿐이야."

아내는 바닥을 긁듯 의자를 뒤로 밀고 일어난다. 그러고는 먼지를 들어 올려 품에 안고 부엌을 나가버린다. 아직 남아 있다고 믿었던 가벼운 예의가 멈춘다. 가벼웠으므로 언젠가 멈출 거였다. 녀석이 아내의 어깨 너머로 표독한 두 눈을 내밀고 그를 득의양양하게 쳐다본다. 그는 기이한 형태로 포크가 꽂힌 아내의 파스타에 시선을 떨군다. 그것은 마치 무덤 위에 세워둔 비석 같다. 그는 아내의 포크를 집어서 받침대에 놓아두고 식사를 마저 한다. 끝까지 품위를 잃지 않고 혼자 식사를 한다. 불운이 찾아오지 않게 파스타를 오른쪽으로 돌리면서.

그는 불을 끄고 바닥에 누워 있다. 배가 더부룩해서 소화제를 먹었다. 습기를 머금은 바람이 분다. 서쪽 창문, 속이 비치는 하얀 커튼은 둥그렇게 부풀어 올랐다 느리게 가라앉는다. 한숨 같다. 바람이 한참 불지 않을 때 커튼은 주름 형태로 머문다. 다시 바람이 분다. 풍선 같다. 세상에서 풍선을 가장 잘 부는 건 바람일 것이다. 바람은 커튼으로 풍선을 불기 위해 창문 입구에 주둥이를 대고 입김을 불어넣는다. 커튼이 조금씩 부풀어 오른다. 제아무리 크게 불어도 터지지 않을 것이므로 깜짝 놀랄 일은 없다. 바람이 잠잠해지자 커튼은 다시 주름으로 돌아가고, 속이 비치는 그 주름 사이로 달이 아련하게 떠 있다. 잠자리에 들 시간이 지났는데 아내는 방으로 들어오지 않는다. 책상에 앉아 먼지와 함께 졸고 있거나 만년필을 잉크병에 담갔다가 꺼내어 뭔가를 끄적이고 있을 것이다. 일기일까. 아내는 일기를 쓰지 않는다. 대단한 능력을 타고났지만 자신의 문장을 글의 형태로 어딘가에 남기지 않았다. 적더라도 금방 없앴으므로 그의 음악처럼 비밀스러웠다. 무엇에일지는 모르겠으나 그것은 많은 부분에서 손해이자 손실이었다. 노트가 일기장이라면 그 안에 아내의 문장이 있을 것이다. 아내의 몸에 있던 문장이 종이로 옮겨진 거라면 그는 아내의 옷을 벗기지 않고도 문장을 읽을 수 있을 것이다. 밑줄 긋고 싶을 만큼 마음에 드는 문장을 찾으면 곡의 가사로 옮겨 와도 좋을 것이다. 정말 일기일까. 일기가 맞다면 아내는 왜 비밀스러움을 드러내려고 할까. 그는 자신과 비슷한 이유일 거라고 생각한다. 더 이상 사라지지 않도록 명확하게 남겨야 한다는 걸 뒤늦게 깨달은 것이다. 그러자 흥분된다. 그런데 간절한 그와는 반대로 부정적이고 어두운 내용이라면. 그러자 두려워진다.

생각이 길어진 사이 속이 비치는 커튼 뒤에는 이제 아무것도 없다. 다시 바람이 불고, 커튼의 주름은 사라진다. 그때까지도 아내는 방으로 들어오지 않는다. 그는 눈을 감고 긴 아내 꿈을 꾼다. 꿈속에서 그는 아내와 체코행 비행기를 타고 있다.

*

아내의 책상은 구석에 완전히 닿아 있다. 완전하게 차고 습하고 어두운 곳이다. 아내는 이제 더는 밀릴 데가 없다. 더는 느려지고 게을러질 수 없어서 완전히 멈춘다. 여기서 옮겨질 데가 더 있다면 그건 죽음일까. 아내는 죽은 사람처럼 왼쪽 어깨와 머리를 벽 모서리에 집어넣듯 두고 앉아 있다. 그곳은 관의 모서리 같다. 책상에서는 삐걱대는 소리조차 나지 않는다. 그는 다급하게 피아노 앞에 앉아 곡을 쓴다. 곡을 쓸 때 아내는 방에 들어오지 않는다. 연주와 달리 완성된 게 아니라서 아직은 음들이 끊기고 부러진 상태이기 때문이다. 그런데 이제는 연주할 때도 들어와 보지 않는다. 두 번째 유산을 겪고 어느 날 침대에 앉아 그의 연주를 듣고 있던 아내가 눈을 여러 번 비비기 시작했다. 자꾸 꾸벅거린다 싶더니 졸음을 못 이기고 혼자 침대에 누워 자 버렸다. 그날 아내는 흔들어 깨워도 일어나지 않을 정도로 깊고 오랜 잠을 잤다.

그는 건반을 두드리며 최상의 음을 찾아내 오선지에 연필로 옮긴다. 음이 높아지면 심장 박동도 빨라져서 숨이 찬다. 낮아지면 숨은 고요해진다. 문학의 기승전결과 문체는 음악에서 음의 높이, 세기, 음색, 빠르기로 구현된다. 단어를 촘촘히 엮어 이야기를 쓰는 게 문학이면 음으로 짓고 짜내어 쓰는 이야기는 음악이다. 하지만 이번 곡들은 멜로디와 화음에서 끝내지 않고 단어로도 엮어야 한다. 말해지는 음악. 글이 끌고 가는 노래. 그는 두 마디의 멜로디를 수십 번 반복해서 치며 음들의 마음을 문장으로 번역하려고 애

쓴다. 그런데 이상하게 머릿속이 백지가 된 것처럼 어떤 단어도 떠오르지 않는다. 그 음에 완벽하게 어울리는 문장이 생각나지 않는다. 멜로디와 이미지는 있는데 언어는 없다. 그것은 말을 할 줄 모른다. 표현할 줄 모른다. 읽을 줄도 모른다. 마음도 생각도 고통도 모른다. 다 안다고 생각했는데 어느 것 하나 알지 못한다. 그것은 가진 게 아무것도 없다. 그러자 음은 죽음이 된다. 그는 연필과 오선지, 핸드폰을 집어 들고 아래층으로 숨이 차도록 뛰어 내려간다. 아내의 얼굴을 보면 뭐라도 떠오를 것이다.

아내는 결국 죽었나. 몇 번을 불러도 대답이 없어서 그는 차고 습하고 어두운 책상 앞에 서서 아내의 말라비틀어진 어깨를 쥐고 흔든다. 반응이 없자 손에 힘을 실어 다시 한번 크게 흔든다. 멈춰 있던 아내의 유리알 같은 눈동자가 달그락, 구른다. 느리지만 움직이고는 있다. 아내는 흔들어 주면 움직인다. 그는 자주 흔들어줘야겠다고 생각한다. 그 정도는 얼마든지 할 수 있다. 아내가 눈을 치켜떠 그를 쳐다본다. 아내의 책상에는 노트가 펼쳐져 있다. 일기인가. 그가 보려고 하자 아내는 약간 빠르다 싶게 노트를 덮는다. 일기인 것 같다. 저걸 읽을 수만 있다면. 아내가 그를 다시 쳐다본다. 그는 핸드폰에 녹음해 온 연주곡을 튼다. 아내는 눈을 감고 듣는다. 그는 곡이 진행되는 동안 허리를 굽혀 아내의 얼굴을 가까이 들여다본다. 아내의 숨이 코끝에 닿을 정도로 가까운 거리다. 아내는 숨을 쉰다. 숨에서 단내가 난다. 계속 이렇게 있고 싶어서 곡이 끝나지 않으면 좋겠다고 생각하지만 금세 끝나고 만다. 다 끝났는데도 아내가 눈을 뜨지 않자 그는 아내의 어깨를 손바닥으로 움켜쥔다. 아내가 눈을 뜬다.

"어때?"

멈춰버린 듯 아내는 한참 동안 대답이 없다.

"떠오르는 게 있으면 뭐든 좋아. 단어도 좋고 문장도 좋아. 어떻게 시작하는 게 좋을까?"

"뭘?"

느리지만 아내가 말을 한다. 그는 마음이 놓인다.

"가사를 붙일까 해."

"가사?"

"응."

"거추장스럽게 왜?"

"응?"

"당신 음악은 연주곡일 때 가장 아름다워."

그는 말이 없다.

“목소리가 들어가면 피아노 연주가 죽어.”

“그게…….”

그때 그의 손에 들린 핸드폰이 울린다.

후배한테서 걸려 온 전화다. 그를 잘 따르는 후배는 그와 같은 영국의 대학을 나왔다. 분야는 조금 다르다. 그는 실용음악을 전공한 세미 클래식 연주자고 후배는 전통 클래식을 전공했다. 스물여덟이라 그와는 띠동갑이다. 그는 전화를 받으며 책방을 나가 출입문 옆에 놓인 의자 끝에 엉덩이를 살짝 걸치고 앉는다. 성당이나 교회에 가면 흔하게 볼 수 있는 가로로 긴 나무 의자다. 처음부터 이곳에 있던 물건인데 아내는 치우지 않고 그대로 두었다. 앉으려고 할 때마다 앉아도 되나 걱정될 정도로 낡아 있다. 나무가 많이 삭아서 의자는 먼지가 낀 것처럼 하얗게 보인다. 이사 오던 날 너무 흉해서 치우자고 했더니 아내는 새된 목소리로 건드리지 말라고 했다. 오늘 그는 여기 처음 앉는다. 핸드폰 속 후배가 명랑하게 말한다.

“존경하는 선배님, 도착했는데요.”

“어딜?”

"어디긴요. 선배님 댁이죠."

"나 지금 한남동에 없는데?"

어디선가 클랙슨이 울리고 그가 고개를 돌려 본 곳에서 후배의 빨간색 포르쉐가 천천히 다가오고 있었다. 후배가 환하게 웃으며 그를 향해 손을 흔들어 보인다. 감추고 싶었던 걸 들킨 듯 그는 몹시 당황한 얼굴이다. 자동차가 서서히 다가와 그 앞에 멈춘다. 캐주얼한 차림의 후배는 차에서 내려 그에게 예의와 존경을 갖춰 인사한다. 그러고는 차 뒷좌석에서 고급스럽게 포장된 작은 화분을 꺼내 건넨다. 그는 어리둥절한 표정으로 화분을 받는다.

"개업 인사가 늦었죠?"

"개업? 어, 응."

후배가 사 온 화분은 머니트리다. 우리말로 하면 금전수. 돈나무라고도 한다. 돈이 들어온다는 의미 때문에 개업식이나 집들이 선물로 많이 하는 화분이다. 두툼한 진초록 잎사귀는 유난히 반질반질 윤이 나고 깨끗해서 꼭 조화 같다. 아니란 걸 알면서도 그는 후배 몰래 손으로 살짝 이파리 한 장을 만져본다. 부드럽고 촉촉하다. 이어 엄지손톱으로 살며시 긁어본다. 손톱 밑에 초록 물이 밴다.

"이런 인사치레 싫어하시는 거 잘 아는데, 그래도 빈손으로 올 수가 없어서요. 대신 평범한 걸로 준비했어요."

그도 평범하다고 생각한다. 그나마 마음에 드는 건 개업이란 글자가 적힌 촌스러운 분홍색 리본이 달려 있지 않은 것이다.

"갑자기 여긴 어쩐 일이야?"

"어, 잊으셨어요? 오늘부터 봐주기로 하신 거."

"그게 오늘이었어?"

"서운합니다. 아까 문자도 보냈는데."

"그래? 미안. 중요한 작업 중이라 요즘 정신이 없어."

그는 일주일에 두 번, 두 달 동안 작곡 교습을 해주기로 했다. 두 달이면 여름도 끝나 있을 것이다. 후배는 클래식 연주자지만 수많은 피아니스트와 경쟁하기에는 실력이 뛰어나지 않았다. 유학도 부모의 체면 때문에 억지로 간 것이었고, 어렸을 때부터 아는 거라곤 피아노뿐이라 어쩔 수 없이 클래식을 전공했다. 천재가 아니란 걸 인정하고 노력을 많이 하는 편이지만 뜻대로 안 될 때가 많아 괴로워했다. 최근엔 무대에서 치명적인 실수를 연달아 한 뒤 구설에 올라 전향을 고민 중인 듯했다. 남이 만든 곡을 앵무새처럼 치는 것에도 염증을 느끼는지 자기 곡을 만들어 연주하고 싶어 했다.

"왜 여기로 온 거야?"

"집으로 오라고 하셨잖아요."

그랬던 것 같은데 그때의 집은 한남동을 두고 한 말이었다. 그는 이곳을 집이라고 생각해본 적이 한 번도 없다. 여기가 어딘지 설명해야 한다면 그는 목소리를 잃는 편을 택할 것이다.

"여기 있는 건 어떻게 알고? 아무한테도 말 안 했는데."

"제가 선배님 사생팬이잖아요. 근데 웬 헌책방이에요? 그것도 변두리에. 선배님 같은 분이 어쩌다 여기까지."

후배의 마지막 말이 그의 심기를 건드린다. 그는 멍청하고 촌스럽게 서 있는 2층 건물을 올려다본다. 헌책처럼 낡고 오래된 그것은 처음부터 헌책방이나 하려고 삐뚤빼뚤 아무렇게 막 지은 것 같았다. 아내가 저런 건물을 어떻게 알고 있었는지 신기했다. 아내가 헌책방을 하고 싶다고 했을 때 그가 매입하려고 생각해둔 건 용산의 3층짜리 건물이었다. 지어진 지 얼마 안 된 노출콘크리트 건물로 한남동 집에서 가깝고 투자 가치도 있었다. 그러나 아내는 헌책방을 하기엔 너무 크고 부담스럽다며 자기가 봐둔 곳으로 그를 데려갔다. 아내의 말이 맞긴 했다. 그런 비싼 건물에 헌책방을 차리면 세상 사람들 모두가 비웃을 것이다. 그런데 아내가 봐뒀다는 헌책방은 마주하기 민망할 정도로 허름하고 구질구질했다. 아내가 그의 체면을 전혀 고려하지 않은 것 같아서 기분이 좋지 않았다. 며칠 동안 설득했지만 아내는 단념할 생각이 조금도 없었다. 리모델링이라도 하자고 했더니 아내는 '싫어'도 아니고 '안 된다'고 했다.

"근사하네요."

후배가 낡은 간판을 올려다보며 말한다.

"뭐가?"

"헌책방이요. 돌쩌귀 하나에서도 세월이 느껴지는 게. 그건 누구도 무시 못 하는 거니까요."

"저절로 가는 게 세월이야."

"에이, 그런 건 아니죠, 선배님. 이만큼 버틴 거잖아요."

클래식을 못 버티고 전향하려는 후배 눈에는 그렇게 보이기도 하겠구나 싶어서 그는 아무 말도 하지 않는다. 대신 이렇게 대꾸한다.

"여름 끝나면 당장 떠날 거야."

그는 여기 오래 머물 생각으로 온 게 아니었다. 휴가차 잠깐 방문한 여름 별장 정도로 여겼다. 그렇게라도 마음먹지 않으면 버티기 힘들었다. 생활하는 데 여러 가지 불편한 점도 많아서 아내의 상태가 하루빨리 호전되기를 바랄 뿐이었다. 그는 후배와 함께 문을 열고 헌책방 안으로 들어간다. 후배는 책장에 가로로 누워 게으름 피우는 먼지를 발견하고 다가간다. 먼지의 까만 코끝을 검지로 가볍게 톡 치며 말한다.

"네가 루미구나."

"그걸 어떻게 알아?"

그가 조금 놀란 듯 묻는다.

"루미 SNS에서 유명해요."

고양이가 있다는 소문을 듣고 다녀간 손님이 SNS에 사진을 올린 것이다. 후배도 그런 경로로 여기를 알게 된 것 같다. 그는 부끄러움과 민망함이 한꺼번에 밀려와 잠시 눈을 감고 한숨을 내쉰다. 약간의 현기증이 인다. 그는 한쪽 팔을 뻗어 책장을 짚으며 말한다.

"그래봤자 헌책방이나 지키는 고양이야. 그게 뭐 대단하다고."

"근데 대단하게 인기가 좋아요, 손님들한테도. 책보다 루미 보러 간다는 사람이 더 많은 걸요."

그는 모르는 사실이고 관심도 없다. 그러나 손님이 꽤 된다는 것은 그한테 반가운 소식이 아니었다. 후배가 손끝을 가지런히 모아 먼지의 턱밑을 간질이자 녀석은 세상에서 가장 순진한 얼굴로 웃는다.

"조심해. 할퀼지도 몰라"

"순한데요."

후배는 먼지의 정수리도 만지고 털도 쓰다듬고 발도 잡고 흔든다. 그런데도 수염이 올라가지 않는다. 수염은커녕 배를 뒤집고 드러누워 후배와 손장난을 친다.

"자기가 호랑이인 줄 아는지 나랑은 눈만 마주쳐도 어흥대."

음흉하게 녀석은 아내가 보고 있을 때는 그와 눈이 마주쳐도 어흥대지 않는다. 얌전하고 착한 척 군다. 간혹 학대받는 짐승처럼 주눅 든 표정을 짓기도 한다. 그런데 후배 앞에서도 녀석은 세상에 없는 순한 고양이처럼 행동한다.

"잘 대해주세요. 장난감으로 종종 놀아도 주고요. 그러면 선배님을 좋아하게 될 거예요."

"시간 없다. 올라가자."

그는 후배를 구석으로 데려간다. 선물로 가져온 화분을 아내의 책상 한쪽에 올려놓고 후배를 소개해준다. 노트를 들여다보고 있던 아내가 고개 들어 후배를 쳐다본다. 지난봄, 데뷔 10주년 기념 연주회에서 잠깐 본 적이 있고, 후배의 붙임성 덕에 인사는 어색함 없이 마무리된다. 다행히 후배 눈엔 아내가 이상하게 보이지 않는 것 같다. 어쩌면 아내가 그 순간 조금 빠르게 움직여줘서 눈치채지 못한 건지도 모른다. 아니 후배는 눈여겨보지 않았다. 눈여겨보는 그만 안다. 그는 후배와 2층으로 올라간다.

*

아내는 죽었나. 그는 지방 리사이틀에서 연주할 셋 리스트를 짜다 말고 아래층으로 내려가는 계단 끝에 쪼그리고 앉아 있다. 아내는 녹아버렸나. 밑에서 눅눅한 책 냄새가 열기처럼 올라온다. 오래되어 먼지 낀 종이 냄새다. 아내는 이 오래된 종이 냄새가 좋다는데 무엇이 좋은 것인지 그는 모른다. 나쁜 건 아니지만 좋다고 말할 수도 없다. 벽 뒤에 몸을 숨긴 채 관심 있게 살폈지만 헌책을 팔고 사러 오는 사람들의 표정 어디가 좋은지도 그는 아직 모른다. 알 수 없어서 아내에게 물어봤는데 대답해주지 않았다. 쓸데없이 자리만 차지하는 책을 처분해서 홀가분한 표정이 좋은 것인지, 갖고 싶었던 책을 싼값에 구한 가난한 자들의 소박한 얼굴이 마음에 든 것인지. 헌책방은 아이러니한 곳이다. 누군가 버리고 간 걸 누군가는 필요로 한다. 그것이 한곳에서 이루어진다.

아내는 죽었나. 책상을 죽음으로 옮긴 것인가. 그는 아내의 책상에서 소리가 나는지 귀를 기울인다. 어서 소리가 나라. 안심하고 돌아가 피아노를 치게. 무엇을 하든 좋으니 움직여라. 느려도 좋으니 움직이기만 해라. 멈추지만 말아라. 걱정을 멈추고 방으로 돌아가 곡을 쓰게. 죽지만 마라. 세 번째 유산을 겪고 통역 일마저 관둔 아내가 왜 헌책방을 하려고 했는지 그는 안다고 생각했다. 헌책방은 지금 같은 아내의 건강 상태와 기분으로 하기에 괜찮은 일로 보인다. 먼지를 닦지 않아도 되고 청소를 꾸준히 한다거나 환기에 신경 쓰지 않아도 되기 때문이다. 헌책다운 것. 헌책방에 어울리게 책은 습기 차고 눅눅하고 먼지가 끼어야 진짜가 된다. 여기서 더 헌책이 되는 것. 여기서 더없이 헌책을 만들려는 아내. 손님은 가게가 더러워도 더럽다고 인상 쓰며 나가지 않는다. 이곳은 원래 그런 데다. 주인이 좀 게으르고 느려도 되는 곳이다. 그렇지 않으면 오히려 이상한 데다.

아내는 죽었나. 그는 주머니 속에 준비해둔 책 목록을 생각하며 계단을 내려간다. 차고 습하고 어두운 헌책방 가장 안쪽에 아내가 있나. 꺼진 스탠드 때문에 침침한 곳이 더 침침해져서 아내는 잘 보이지 않는다. 그는 불안하게 눈을 부릅뜬다. 시간이 지나자 아내가 숲속의 안개에 잠긴 것처럼 흐릿하게 보인다. 책상과 그 위에 늘어져 있는 고양이 먼지도 보인다. 그러나 어두워서 그림자처럼 형태만 비칠 뿐이다. 아내는 먼지로 빚은 듯 회색빛이다. 조명이 비추지 않아서일까. 죽어서 먼지가 쌓여 먼지가 된 것일까. 움직이라고 가서 어깨를 잡고 흔들어줘야 하나. 그러나 손가락을 가져다만 대도 아내는 먼지처럼 공중으로 흩어져버릴 것 같다. 그는 선뜻 다가가지 못하고 멀리서 지켜만 본다.

아내는 죽었나. 죽지 않았다면 책상을 죽음으로 옮기고 싶은 것인가. 방금 무언가가 느리게 움직였다. 아내인가. 그는 눈을 더 부릅뜬다. 같은 것이 같은 곳에서 또 한 번 움직인다. 끝이 뾰족한 것이, 바람에 문이 들썩이는 소리를 듣고 움직인 먼지의 귀다. 그가 실망하던 차에 이번엔 다른 쪽에서 다른 무언가' 움직인다. 아내인가. 하지만 또 먼지의 긴 꼬리다. 녀석은 죽지 않은 게 분명하다. 아내는 언제 움직이려나. 죽어버렸나. 안 죽었으면 조금이라도 움직일 텐데. 주머니에서 책 목록이 적힌 종이를 꺼내야 할 때가 되었나.

그가 주머니로 손을 집어넣어 종이를 만지작거린다. 꺼내어 아내에게 가려는데 스탠드가 켜진다. 희미하지만 아내가 보이고, 아내는 먼지의 털을 세심하게 어루만진다. 주머니 밖으로 나오지 못한 그의 손이 종이를 움켜쥐어 구긴다. 아내는 안 죽었지만 그에게 아내는 죽은 것 같다.

*

그는 2박 3일 일정의 지방 순회 리사이틀을 마치고 돌아왔다. 돌아오는 길은 끝없이 멀고 복잡했다. 길도 마음도 생각도. 도착했는데도 한참 더 가야 할 것 같아서 한동안 차 안에 머물렀다. 유리 너머로 헌책방이 보인다. 한낮에도 기괴하고 한밤에는 더 기괴하다. 자정이 다 된 시간에 불이 켜져 있어서 그런 것 같다. 그는 저 건물을 마주할 때마다 몰락하지 않았는데도 몰락한 기분이 들었다. 오래 머물다가는 진짜 몰락할지도 모른다. 그는 이대로 운전대를 한남동으로 돌리고 싶다. 그러나 아내를 저런 흉한 곳에 혼자 두고 갈 수는 없다. 그는 그만 차에서 내려 헌책방 문을 열고 들어간다.

책상에 아내는 없다. 이 늦은 밤에 산책을 나갔나. 그때 나무 계단에서 신나게 내려오는 먼지와 마주친다. 신나게 내려오는데도 소리가 나지 않는다. 그래서 그동안 들키지 않은 것이다. 그가 집을 비운 사흘 동안 녀석은 사는 게 아주 신났을 것이다. 녀석은 그와 눈이 마주친 지점에서 굳어버린 듯 멈춰 있다. 앞다리 하나가 계단 한 개를 짚고 있는 어정쩡한 자세다. 오랫동안 대치가 이어진다. 먼지는 눈싸움하듯 그의 눈을 응시한 채 아내의 책상이 있는 쪽으로 천천히 움직이며 어흥거린다. 그도 천천히 계단이 있는 곳으로 방향을 틀어 먼지를 노려본다. 서로 등을 보이지 않고 각자가 원하는 곳으로 조금씩 이동한다. 먼지가 수염을 높이 들어 올려 흉기를 드러낸다. 그가 공격 자세를 취하면 달려들어 할퀴고 물어뜯을 기세다.

"네 사룟값이 어디서 나오는 줄 아니?"

녀석은 슬금슬금 뒷걸음쳐 차고 습하고 어두운 곳과 가까워지고, 그는 어렵사리 계단에 이른다. 녀석은 그때까지도 어흥 소리를 멈추지 않는다. 녀석이 어둠 속으로 자취를 감추자 드디어 긴 대치가 끝난다. 그러나 그가 고개를 틀며 오른쪽 발로 첫 번째 계단을 딛는 순간, 녀석이 기습적으로 튀어나와 그의 왼쪽 발목을 깨물고 높은 곳으로 도망친다.

물린 자리에 이빨 자국이 나고 피도 약간 맺혔다. 그는 이마를 찌푸리며 다리를 조금 끌고 2층으로 올라간다. 소독해야 하는데 처치할 만한 비상약이 없다. 그가 할 수 있는 건 샤워하며 물로 여러 번 씻어내는 정도다. 녀석을 용서하지 않을 것이다. 손가락이라도 물었으면 어쩔 뻔했는가. 아찔하다. 다음에는 진짜 손가락이 될지도 모른다. 어쩌면 목을 물지도. 그전에 조치를 취해야 한다. 그는 절뚝이며 욕실을 나와 집을 둘러본다. 급한 대로 사흘에 한 번 집안일을 봐줄 하우스 헬퍼를 구해서 그나마 집은 깨끗하다. 냉장고는 신선한 식재료로 꽉 채워져 있고 빨래는 단정하게 개어 있다. 개수대에는 아내가 밥을 먹은 흔적이 남아 있다.

그는 방으로 들어간다. 아내는 자고 있다. 덥다며 침대가 아닌 바닥에 이불도 없이 누워 있지만 몸은 추운 듯 새우처럼 구부리고 있다. 누가 건드리거나 펴기라도 할까 봐 아내는 몸을 잔뜩 오므린다. 그는 아내 옆에 눕는다. 아내가 잠자리를 피한 지는 오래됐다. 이젠 아기가 생길까 봐 두려워한다. 그 아이가 다시 한번 잘못되면 돌이킬 수 없을 정도로 멈춰버릴까 봐 그렇다. 아내는 지금의 속도와 지루한 삶에 만족하는 것일까. 무엇에도, 새로운 것에도 관심을 두지 않고 자신을 한 조각씩 잃어가는 것도 모른 채 사는 게 정말 괜찮은 걸까. 끝이 있다면 거긴 어디쯤일까. 아내의 몸에서는 여전히 헌책방 냄새가 나고, 헌종이에는 아무것도 쓰여 있지 않다. 그 많던 빛나는 문장은 어디로 사라졌을까. 다채로운 시절들은 어디로 가버린 걸까. 지운 것인지, 잊은 것인지, 다른 데 둔 것인지, 서로를 버린 것인지. 그는 아내의 등에 대고 말한다. 아내 없이 보낸 2박 3일 동안 그가 겪었던 이런저런 일에 관한 것이다. 아내가 잠을 자는지 깨어 있는지 알 수 없지만 그는 계속 말한다. 들리지 않아 대답을 안 하는지 듣고도 대답이 없는지 알 수 없지만 그는 멈추지 않고 얘기한다.

"아까 계단 올라오는데 먼지가 내 발목을 깨물고 달아났어."

"……."

"피도 났어."

"……."

"지금은 약간 부어올랐어."

"……."

"다음에는 손가락을 물지도 몰라."

"……."

"아니 목을 물 거야."

"……."

"위험한 놈이야."

그때 아내가 느리게 대답한다.

"거짓말 마."

"거짓말 아니야. 상처를 보면 되잖아."

"사람 무는 애 아니야."

"누가 봐도 고양이 이빨 자국이라고."

"다른 데서 다쳐놓고 그러지 마."

"아니래도. 방금……."

"당신 밖에서 잘 다쳐오잖아."

"오늘은 밖에서 안 다쳤어."

"말 못하는 동물이라고 그런 식으로 뒤집어씌우면 안 돼."

"사실을 말한 거야."

"쫓아내려고 그러는 거 다 알아."

"진짜 아니라니까."

"불쌍한 애야."

그는 더 이상 말하지 않는다. 아내는 방금 한 대화가 잠꼬대라도 되는 듯 새근거리는 소리를 내며 금세 잠이 든다.

먼지한테 물린 게 분한 것인지, 자신의 말을 믿어주지

않는 아내에게 섭섭한 것인지 그는 새벽 2시가 넘도록 잠을 이루지 못한다. 그는 조용히 방을 나와 식탁에 앉아 와인을 마시다 아래층으로 내려간다. 발목을 물린 게 두고두고 생각나서 도저히 가만히 앉아 있을 수 없다. 그는 경계를 늦추지 않으며 계단을 조심스럽게 내려가 불을 켠다. 책들도 한밤에는 잠을 잔다. 불을 켜자 잠자고 있던 책 냄새가 한꺼번에 깨어나 그에게 달려든다. 냄새에 취한 것인가. 그는 먼지를 찾다 의도치 않게 천장까지 가득, 조금은 아무렇게 쌓인 고서를 올려다본다. 오래된 것, 시간이 지난 것들이다. 그 자리에도 오래 있었던 듯하다. 그 옆의, 그보다 더 오래된 책과 더불어. 서로가 서로를 오랫동안 지탱하며. 책마다 옆자리 책이 기대어 생긴 얼룩이 바랜 채로 남아 있다. 그 책은 옆에 있던 책이 없어지면 한동안 얼룩으로 짝꿍을 기억할 것이다. 서로의 몸에 얼룩을 새기려면 얼마나 많은 시간이 필요할까. 어떤 건 진득진득하게 들러붙어 있다. 무너지지 않으려고 붙어 있는 것일까. 오래된 것들은 무너지지 않는가.

그는 책방을 한 바퀴 둘러보다 아내의 책상이 있는 가장 안쪽에 이른다. 불빛이 닿지 않고 어두컴컴해서 꼭 아내가 앉아 있는 것 같다. 그는 아내가 있는지 없는지 살피듯 한참을 두리번거리다 책상 가까이 다가간다. 뒤돌아 아내가 내려오는지도 한 번 더 확인한다. 그는 의자를 소리 나지 않게 빼고 앉는다. 조심했는데도 헐거운 상태라 어쩔 수 없이 마찰음이 난다. 소리를 내지 않고 생활하는 아내가 신기할 따름이다. 책상에 앉아 있을 때 아내는 영혼으로 존재하나. 어떤 물질에도 영향을 미치지 못하는 가볍고 투명한. 차고 습하고 어두운 곳이라 그는 차고 습하고 어둡다고 느낀다.

그는 스탠드를 켠다. 책상 위는 깨끗하게 치워져 있다. 공간을 분리하려고 옆에 세워둔, 천장까지 닿는 책장의 네 번째 칸에 머니트리가 놓여 있다. 일부러 거기 두려고 위쪽 선반을 없애고 책도 전부 비운 것 같다. 팔을 뻗으면 닿는 거리다. 그는 팔을 뻗지 않고 서랍을 더듬는다. 차가운 잉크병과 만년필이 만져지고 옆에 노트가 있다. 차고 습하고 어두운 데 있어서 노트도 좀 서늘하다. 당겨서 꺼내기까지 시간이 걸린다. 그것을 펼치는 데도 시간이 조금 흐른다.

침침한 스탠드 불빛이 만년필로 쓴 정갈한 글씨를 비춘다. 처음에는 문장이 아닌 글씨만 보인다. 아내의 글씨체.

'ㅇ'을 크게 써서 글씨는 전체적으로 둥글고 귀엽다. 쓰다가 느려지거나 게으름을 피우지는 않은 것 같다. 글씨를 흘려 쓴 곳이 한 군데도 없을 정도로 정성이 들어가 있다. 잉크가 많이 흘러나와서 어느 한 곳의 글자가 너무 굵다거나 뭉개져 있지도 않다. 잉크가 번져서 얼룩진 부분도 없다. 어쩌면 문제가 생긴 페이지는 아예 찢어서 버렸는지도 모른다. 아내의 글씨가 노트 한 면을 가득 채우고 있는 건 처음 본다. 그리고 드디어 그는 문장을 읽는다. 일기인가. 날짜는 없다. 날짜 없는 일기도 있으므로 그는 문장을 계속 읽는다. 일기라면 연애할 때처럼 아내의 마음에 밑줄을 그을 수 있을 것이다. 심장이 뛴다. 연애하듯 두근대서 그는 오랜만에 가슴이 설렌다.

그러나 그것은 아내의 일기가 아니다. 아내의 문장도 아니다. 누군가 이미 써놓은 글이다. 써놓은 글을 노트에 옮겨 적은 것뿐이다. 문장이 끝나는 곳마다 책 제목과 작가의 이름이 적혀 있다. 그는 노트를 덮고 허무하게 천장을 올려다본다. 먼지가 음영 진 책장 귀퉁이에 숨어서 아까부터 그를 지켜보고 있다.

*

창문으로 들어온 더운 바람은 속이 비치는 커튼을 연주하고, 은행나무 속 매미는 그물 진 반투명 날개를 비벼 여름을 연주한다. 피아니스트인 그는 사랑하는 스타인웨이가 아닌 스무 살때까지 쳤던 피아노로 음악을 연주한다. 스타인웨이도 아니고 아내마저 방으로 올라오지 않지만 그는 여전히 피아노를 칠 때마다 흥분된다. 아내를 떠올리면 더욱 그렇다. 요즘의 아내가 그의 음악에 감응을 못하는 건 음으로 짓고 짜낸 이야기가 지루해서가 아니라 가사가 없기 때문이란 생각에서 그는 여전히 벗어날 수 없다. 문장으로 곡을 표현하면 자꾸 느려지고 멍해지는 아내를 깨울 수 있지 않을까. 아내가 노트에 문장을 정성 들여 옮기는 것도 그에게 의미를 주고 있었다. 그는 연주를 멈추고 가사 쓰기에 다시 집중한다. 아내에게 부탁하거나 도움을 받지는 않을 것이다. 가사를 붙인다는 건 음마다 그에 어울리는 모양과 색상의 단추를 다는 일과 같다. 그는 날이 저물어 바람이 가벼워진 것도 매미가 울음을 멈춘 것도 모른 채 음에 글을 입힌다. 음에 단추를 단다.

아내는 음식을 가져다 책상에서 저녁 식사를 한다. 가벼웠던 예의가 멈춘 후 아내는 그와 식탁에 마주 앉아 밥을 먹지 않는다. 식사하는 시간도 달라졌다. 그는 아내가 일부러 시간을 어긋나게 만든다고 생각한다. 생활 패턴을 깨지 않으려고 예전처럼 그가 달라진 아내의 패턴에 따르면 아내는 배 안 고파, 하며 시간을 다른 쪽으로 비틀어버렸다. 비틀린 시간은 조금씩 늘어나고 있고, 아내는 그 시간에 느려지는 게 좀 덜하다. 아내와 가까운 곳에 앉아 밥을 먹는 건 고양이 먼지다. 아내는 마치 먼지가 밥 먹는 시간에 자기 식사를 맞추는 것 같다. 털이 빠지는 동물과 나란히 밥을 먹다니 그는 이해할 수 없다.

아내가 식사를 하다 말고 아내답지 않게 자리에서 벌떡 일어난다. 책상도 놀란 듯 제법 크게 삐걱댄다. 늦은 시간에 손님이 들어왔기 때문인가. 책 골목을 어슬렁거리던 손님이 아내의 책상까지 소리 없이 다다르자 놀란 것인가. 손님은 땅딸막하고 배가 볼록 튀어나온 중년의 남자다. 아내는 반찬 냄새를 약간 부끄러워한다. 어떤 냄새도 허용될 것 같은 헌책방에서. 오랫동안 감지 않은 머리와 남루한 옷차림의 남자한테서는 그보다 더 불쾌한 냄새가 나는데도. 아내는 책방을 찾는 모든 손님에게 그러했던가. 행색도 몰골도 행동거지도 어딘지 수상해 보이는 남자에게 아내는 친절하다. 책을 도저히 안 읽게 생긴 남자는 정말 책을 사러 왔을까. 훔치거나 해코지하려는 건 아닐까. 오래 머물지 않을 거라 CCTV 설치도 보안업체에 시스템 경비 신청도 하지 않은 게 후회된다. 아니 그는, 헌책방에 보안시스템을 둔다는 것 자체가 어울리지 않아서 미처 생각하지 못했다. 헌책을 누가 훔쳐 갈 것이며 헌책은 훔칠 만한 가치가 없다고 여겼다. 오히려 훔쳐 가도 상관없는 물건이라고 생각했다.

그는 계단 끝에서 남자를 주시한다. 아내는 입을 가리고 남자에게 찾는 책이 있느냐고 묻는다. 책을 사러 온 게 맞는지 아내가 컴퓨터 자판을 두드린다. 두 사람은 어딘가에 있을 책을 찾으러 돌아다닌다. 두 사람의 거리는 가까워졌다 멀어지고, 멀어졌나 싶으면 금세 또 가까워진다. 가까워지면 무슨 말인가를 소곤거리듯 주고받는다. 찾고 있는 책에 관한 얘기이고, 아내는 볼품없는 남자가 추천하는 그 책을 언제가 꼭 읽어보겠다고 대답한다. 어떤 책이기에 읽어보겠다는 것일까. 방금, 아내가 살짝 웃었다. 먼지만 웃게 하던 아내가 낯선 남자 앞에서. 손님이라 웃은 걸까. 무슨 말에 웃은 걸까. 짧은 시간, 책 한 권으로 어울리지 않는 두 사람은 쉽게 친해진다. 아니 지금 아내의 행색과 남자는 잘 어울린다. 주인답게 책을 먼저 찾아낸 사람은 아내다. 아내에게 책을 건네받은 남자는 음산한 인상을 남기고 헌책방을 떠난다. 그도 남자의 책을 기억해뒀다 읽어볼 생각이다.

저녁 식사를 마저 끝내고 아내는 문장 옮겨 쓰기를 다시 시작한다. 잉크병에 만년필을 푹 담가 잉크를 가득 채운 뒤, 화장지로 한 번 닦아주고 노트에 펜촉을 갖다 댄다. 문장이 되고 남은 잉크는 이제 조금밖에 없고, 문장이 될 잉크는 잉크병 바닥에 가는 선으로 남아 있다. 펜촉이 종이를 긁고 지나가는 소리가 사각사각 아내의 청각을 자극한다. 검은색 잉크는 하얀 종이 속으로 침잠하듯 부드럽게 스며든다. 꼭 몸에 문신을 새기는 것 같다. 아내는 자기 몸에 새기고 싶은 문장을 종이에 대신 새기는 중일까. 그래서 저토록 정성을 쏟으며 집중하는 것일까. 아내의 문장은 멀찍이 거리를 두고 보면 사이사이 여러 갈래의 길이 나 있다. 미로 같기도 하고, 지름길 같기도 하다. 그건 어떤 언어로 된 문장이든 다 있는 길이다. 어떤 길은 쭉 뻗은 듯 곧고, 어떤 길은 갈팡질팡 종잡을 수 없게 제멋대로다. 잘 가다 막히거나 끊기는 길도 있다. 그러나 문장이 끝나지 않는 한 그 길은 끝없이 이어진다. 길이 이어지려면 문장도 계속되어야 한다. 아내가 만년필로 하고 있는 건 문장을 옮기는 게 아니라 길을 내는 일이다. 아내가 가고 싶은 길은 어디고, 그 길 끝에는 무엇이 있을까. 결국 글을 쓰거나 읽는 건 길을 찾는 여정일 테지.

손이 아픈지 아내는 만년필을 내려놓고 노트를 덮는다. 책은 원래 있던 곳이 아닌 내키는 곳에 아무렇게 꽂아둔다. 밤이라 손님은 더 이상 오지 않고, 여름밤은 무덥고 습하다. 그는 아내가 문을 닫고 2층으로 올라오길 기다린다. 그러나 밤 외출을 나간 고양이 먼지가 아직 돌아오지 않았다. 아내는 먼지를 기다리며 젖은 수건을 가져다 머니트리 이파리를 한 장 한 장 느리게 닦는다. 직사광선이 아닌 밝은 그늘에서 기르는 식물인 그것은 아내와 가장 가까운 책꽂이에 놓여 있다. 아내의 책상이 마침 그늘진 데라 그 옆에 둔 것이다. 방금 잘못 들었나. 아내가 콧노래를 흥얼거린다. 이제 막 먼지가 닦인 잎사귀들은 기름을 발라놓은 것처럼 반지르르하고 싱싱하다. 스탠드 불빛을 받으니 새 동전처럼 반짝거린다. 먼지를 쌓이게 두는 헌책방에서 아내가 먼지를 닦는다. 아내는 책상 위에 수건을 놓고 턱을 괴고 앉아 머니트리를 오랫동안 쳐다본다. 생김새를 관찰하는 것 같다. 그러고는 잠시 후 다시 노트를 펼쳐서 아까 옮겨둔 문장을 읽는다. 다 읽어갈 즈음, 혼자 밤 산책을 나갔던 고양이 먼지가 돌아온다. 다리를 절뚝거리며.

아내는 새벽 2시쯤 불 꺼진 방으로 조용히 들어와 바닥에 눕는다. 아내의 몸에서 이젠 오래된 종이 냄새가 섞인 잉크향이 난다. 그는 생각한다. 무너지지 않기 위해 서로를 오래 지탱하며 사는 게 부부라면 아내와 나는 서로의 몸에 얼룩을 새길 만큼 오래 살아왔나. 오래 살았다면 아내의 몸에는 내 얼룩이 있을까. 내 몸에는 아내의 얼룩이 있나. 책처럼 얼룩이 눈에 보인다면 서로를 기억하고 있다는 사실을 잊지는 않을 텐데. 그때 등을 보이고 누운 아내가 잠이 깃든 목소리로 말한다. 아내가 먼저 그에게 말을 건네는 건 참으로 오랜만이다. 그가 잠을 자는지 깨어 있는지 알 수 없지만 아내는 계속 말한다. 들리지 않아서 그가 대답을 안 하는지 듣고도 대답이 없는지 알 수 없지만 아내는 멈추지 않고 얘기한다.

"루미가 다쳤어."

"……."

"외상은 없는데 다리를 좀 절어."

"……."

"내일 병원 좀 데려가 줘."

"……."

"운전을 못하겠어."

아내는 당분간 운전도 안 할 생각으로 한남동 집 차고에 자신의 차를 두고 왔다. 아내는 요즘 같은 기분으로 차를 몰면 죽음 쪽으로 운전대를 꺾어버릴 것 같다고 말한 적이 있었다. 자동차뿐만 아니라 아내는 지금까지 자신의 품격을 지켜주었던 모든 것들을 한남동에 두고 왔다. 고급 향수와 화장품, 유명 브랜드의 옷과 구두, 명품 가방 등등. 두고 온 것이지 버린 것은 아니다. 그는 그렇게 믿는다. 그는 아내와 빨리 한남동으로, 다 있는 그곳으로 돌아가 바쁘고 정상적인 삶을 살고 싶다. 스타인웨이가 홀로 남겨진 그의 집으로.

"예약은 돼 있어."

"……."

"마침 내일 중성화 수술 받기로 한 날이야."

"……."

"같이 다녀오면 가까워질 거야."

아내는 더 이상 말이 없고, 그는 깊은 잠에 빠진 듯 아무런 대답도 하지 않는다.

*

그는 아내의 부탁을 들어주고 돌아오는 길이다. 고양이 먼지는 중성화 수술을 무사히 마쳐서 앞으로 씨를 퍼뜨리지 못하게 되었다. 더 이상 수컷이라고 할 수 없는 것이다. 거세된 고양이. 다리를 절뚝이던 건 발바닥에 유리가 박혀서였다. 유리 조각을 빼내자 녀석은 금방 좋아졌다. 그는 운전 중 걸려 온 아내의 전화를 받아 먼지의 상태에 대해 자세히 설명했다. 그러나 딱 한 가지 말을 못 한 게 있었다. 그 한 가지 때문에 그는 녀석과 가까워진 느낌을 받았다. 그러나 아내는 반대로 멀어진 느낌을 받게 될지도 모르겠다. 그는 기대감을 안은 채 차에서 내려 헌책방으로 들어간다. 아내의 책상에 케이지를 올려놓고 문을 연다. 녀석이 느린 걸음으로 케이지에서 나오자 아내가 비명을 지른다. 근래 들어 아내가 가장 빠르게 움직인다. 빠르게 두 손으로 입을 가리고, 빠르게 구슬 같은 눈을 커다랗게 뜬다. 그리고 크고 빠른 말투로 묻는다.

"어떻게 된 거야?"

다급한 아내와 달리 그는 한참을 머뭇거리다 대답한다.

"병원에서 일한 지 일주일밖에 안 된 의사가 실수를 좀 했어."

"어쩌다?"

"내 말을 잘못 이해했나 봐."

"무슨 말을?"

"맡겨놓고 점심 먹고 왔는데 저렇게 해놨더라고."

"뭐라고 했냐고!"

"난 분명히 길고양이'였'다고 했는데 길고양이로 알아듣고 저렇게 한쪽 귀를 잘라버렸어."

완벽한 대칭으로 뾰족했던 녀석의 오른쪽 귀 끝이 반듯하게 잘려 있었다. 중성화 수술을 받았다는 걸 표시하기 위해 의사는 수술을 마치면 길고양이의 귀 끝을 자르게 되어 있었다. 그는 아내 앞에서 고개를 못 들 정도로 미안한 표정을 짓는다. 그러나 속으로는 조금도 미안하지 않았다.

"대신 수술비 안 받았어."

"지금 그깟 게 문제야!"

의사의 실수일까, 그의 실수일까. 아니 실수일까, 고의일까. 아내가 속상한 표정으로 녀석의 얼굴을 어루만진다.

눈가에 눈물까지 맺힌다. 감정이 없는 사람처럼 그동안 어떤 일에도 눈물 한 방울 흘리지 않던 아내가 운다. 완전히 말라버렸다고 생각했는데 아내가 젖어든다. 그는 못마땅하다. 오랜만에 보는 아내의 눈물이 녀석으로부터 비롯된 것이. 그는 녀석을 노려본다. 이번에는 고작 한쪽 귀 귀퉁이가 사라졌지만 다음에는 더 큰 게 사라질지도 모른다. 어차피 다시 길고양이로 돌아가야 할 테니 미리 표시해두는 것도 나쁘지 않다. 녀석은 못마땅하지만, 지금 이 순간만큼은 아내가 울 줄 아는 예전의 아내로 돌아온 것 같아서 그는 무척 기쁘다. 어깨를 쥐고 흔들지 않아도 된다고 생각하자 안심까지 된다.

안심이 되다 보니 긴장이 풀려서 잠이 쏟아진다. 그는 잠시 눈을 붙이려고 방으로 올라가 눕는다. 막 잠에 빠지려는 순간 아래층에서 리코더 소리가 들려온다. 아득히 먼 데서 들려오는 소리 같지만 아내가 부는 것이다. 누구나 다룰 줄 알지만 아무도 불지 않는다는 싸고 가벼운 악기. 그는 눈을 가물거리며 리코더 소리를 듣는다. 마음을 편하게 해주는 음색이라며 아내는 종종 리코더를 불곤 한다. 그러나 음계가 많지 않아서 그걸로 연주할 수 있는 곡은 한정되어 있다. 아내는 주로 동요를 분다. 음악 교과서에 실린 노래들이다. 아내는 피아노를 치지 못한다. 어렸을 때 다른 형제들은 다 배웠는데 혼자서만 배우지 않았다. 피아노 정도는 기본으로 치며 자랐을 것 같은데 너무 의외라 연애 시절 그는 왜 배우지 않았느냐고 가로수 길을 걷다 넌지시 물었다. 아내는 그냥 건반 수가 너무 많아서 무섭고 복잡해 보였다고 말했다. 그러면서 배우지 않기를 잘한 것 같다고 했다. 배우지 않아서 피아노를 잘 치는 그에게 반했다고. 결혼 후 그가 피아노를 가르쳐주겠다는데도 아내는 그러고 싶지 않다고 했다. 끝까지 모른 채 살고 싶다고. 그는 그 말을 당신에게 계속 반하고 싶다는 뜻으로 이해했다. 악기라면 아내는 리코더 하나에 만족했다. 아내는 아마 한쪽 귀를 잃어버린 고양이 먼지를 위해 리코더를 불고 있을 것이다. 아내에게 저 리코더는 만파식적 같다. 파도와 바람을 잠재우고 먼지의 잘린 귀가 돋아나길 바라는 마음으로 부는 피리. 적어도 먼지는 리코더 소리를 들으며 잔인하고 길었던 하루를 잊고 잠에 빠져들 것이다. 그도 피리 소리를 듣다 아득하게 잠이 든다. 그는 꿈속에서 스타인웨이를 치며 아내에게 자기가 만든 노래를 불러주었다.

*

고양이 먼지는 이제 그와 눈이 마주쳐도 어흥대지 않는다. 수염을 올리고 흉기를 드러내지도 않는다. 오히려 눈치를 슬슬 보며 그를 피해 다닌다. 수컷으로서 힘도 잃었고, 자기 꼴이 아주 우스워져버렸다는 걸 똑똑히 안 것이다. 거울이라도 본 걸까. 그의 눈에도 먼지의 외모는 안쓰러울 정도로 우스꽝스럽다. 그는 먼지를 볼 때마다 자기도 모르게 키득거린다. 나중에는 좀 측은하고 처량한 마음이 든 것도 사실이다. 그래서 먼지와 마주치는 일이 그에게 더는 불쾌하거나 섬뜩하지 않다. 시간이 갈수록 아내의 말대로 가까워지는 기분이 든다.

문제는 다른 사람과도 가까워진다는 것이다. 아니 더 가까워진다. 먼지의 사연을 전해 들은 헌책방 손님들은 안타까운 표정을 지으며 침울해하는 먼지를 여러 번 쓰다듬어주고, SNS에 더 많은 사진을 올린다. 사연과 함께 퍼져나간 먼지의 사진에 좋아요를 누른 사람의 수는 그의 팬카페 회원보다 많다. 책은 뒷전이고 귀 잘린 집고양이를 직접 보려고 헌책방을 찾는 손님도 늘었다. 녀석은 귀를 멀쩡하게 달고 있을 때보다 인기가 더 좋아졌다. 사람들은 신기하고 특이한 것에 이상한 관심을 보이고 환호하는 법이니까. 작곡 레슨을 받으러 온 후배도 먼지를 가여워한다. 의기소침하지 말라는 듯 후배는 먼지의 콧잔등에 입을 맞추며 '우리 루미 이제 보니 의젓하구나'부터 '넌 세상에서 제일 멋진 고양이야'라는 낯간지러운 말까지 서슴없이 한다. 아내는 먼지한테 신경을 훨씬 많이 쓴다. 아내가 느려지고 게을러지지 않을 때는 먼지한테 신경을 쓰는 순간뿐이다. 귀가 멀쩡할 때보다 더 진지한 사랑과 관심과 정성을 쏟아서 그는 나머지 한쪽 귀마저 똑같은 모양으로 잘라주고 싶은 충동이 인다. 대칭을 이루면 안쓰러움이 덜 할 게 아닌가. 균형을 찾으면 사람들의 맹목적인 동정에도 중심이 조금 잡힐 게 아닌가. 혹시 두 짝 다 잘리면 더욱 신기하고 특이해져서 인기가 올라가려나.

늦은 밤까지 이어진 레슨 때문에 후배를 위한 저녁 식사 자리가 마련된 지금도 아내는 먼지를 품에 안고 있다. 녀석은 불쌍한 표정까지 짓고 있다. 아내는 손가락으로 녀석의 먼지 빛 털을 쉼 없이 만지작거린다. 그는 털이 날아들지 않을까 식탁을 살핀다. 고 여사님에는 못 미치지만 새로 온 하우스 헬퍼는 그런대로 최선을 다해 음식을 차려 냈다. 혼자 밥을 먹다 여럿이 식탁에 앉아 보는 것도 오랜만이었다. 한남동에서 지낼 때는 일주일이나 보름에 한 번 정도는 꼭 지인들을 집으로 초대해 식사를 했다. 날씨가 좋은 날은 정원에서 와인 파티를 하거나 그릴에 바비큐를 구워 먹었다. 그동안 가든파티를 할 수 없어서 매우 아쉬웠는데 후배 덕에 조촐하나마 비슷한 기분을 내는 중이라 그는 모처럼 즐겁다.

오늘 아내는 자리에 맞는 옷으로 갖춰 입었고, 머리도 단정하게 빗어 올린 상태다. 샤워를 해서 불쾌한 냄새도 나지 않는다. 식욕은 없는 것 같지만 한 번씩 포크를 집어 들어 음식을 맛본다. 다리를 의자에 올린다거나 혼자 다른 데를 쳐다보는 행동도 하지 않는다. 물론 자리에서 먼저 일어나는 실례도 하지 않는다. 그는 아내가 후배 앞에서 품위 없는 행동을 하지 않아서 다행이라고 생각한다. 잠깐이지만 남 앞에서라도 예의를 차려주어 고맙기도 하다. 그는 아내가 자신을 위해 노력하고 있다고 여긴다. 그렇다고 완전히 마음을 놓은 건 아니다. 아내가 조금 이상하다는 걸 후배가 눈치챌까 봐 그는 신경 쓰이고, 저러다 갑자기 돌발적인 행동을 할까 봐 조마조마하다. 고양이 먼지의 존재가 식사 예절에 맞지 않고 풍경을 훼손하는 것도 불만이다. 그러나 그만 그렇게 생각하는 것 같다. 아내와 후배는 식사 내내 포크를 쥔 손으로 먼지를 쓰다듬고, 먼지의 응석을 받아주거나 먼저 장난을 건다.

옥상 어디선가 풀벌레 우는 소리가 음악처럼 끊임없이 들린다. 밤하늘은 맑고 어두워서 별이 또렷하게 빛난다. 열대야 때문에 공기는 후텁지근하다. 식사가 어느 정도 끝나고 각자의 손에는 와인 잔이 들려 있다. 후배가 건배를 청하자 그와 아내가 잔을 식탁 가운데로 모아 부딪친다. 쨍, 하고 무언가가 갈라지고 깨지는 듯한 소리가 공기 속으로 퍼진다. 와인을 한 모금 들이켜고 잔을 식탁으로 내려놓은 후배가 아내를 쳐다보며 말한다.

"형수님은 왜 헌책방을 하는 거예요?"

술이 약한 후배는 벌써 좀 취했다. 아내는 당돌하게 질문한 후배를 말없이 쳐다본다.

"오래된 종이 냄새가 좋고, 헌책을 팔고 사러 오는 사람들의 표정도 좋대."

그가 대신 대답한다.

"에이, 그러니까 왜 그런 게 좋냐고요. 계기가 있을 거 아니에요."

"왜 그런 걸 묻고 그래?"

그가 입에 머금고 있던 와인을 급하게 삼키며 말한다.

"궁금하니까요."

"왜 궁금하냐고 그러니까."

"아무도 안 물어봤을 것 같아서요."

"물어봤어. 내가."

"뭐라고요?"

"왜 헌책방이냐고."

"에이, 선배님도. 그거랑 이거랑 질문 색깔 자체가 다르잖아요."

"뭐가 달라?"

"다르니까 형수님이 대답을 안 해주셨겠죠."

"그런 거야, 여보?"

그가 와인 잔을 움켜쥐고 말한다. 돌이켜보니 그는 후배 말대로 왜 그런 게 좋냐고까지 묻지 않았던 것 같다. 어째서 생각이 거기에 미치지 못했을까. 아내가 느리지 않은 눈으로 그를 쳐다본다. 아내의 눈동자가 순간 생기롭게 반짝였다고 그는 느낀다.

"왜 그런 게 좋아요, 형수님?"

후배가 아까보다 더 취기 오른 목소리로 묻는다. 아내

는 대답하지 않을 것이다. 그는 대답하지 않기를 바란다. 하지만 아내는 와인 잔을 단숨에 비우고 입을 연다. 여름 열기만큼이나 다소 긴 대답이었다.

아내는 어릴 때 꿈이 헌책방 주인이었다고 정상적인 속도로 말한다. 초등학교에 들어가기 전이니 여섯 살쯤 됐을 것이다. 아내는 역사학자였던 아버지를 따라 헌책방에 간 적이 있었다. 아버지가 발해사를 연구하는 데 꼭 필요한 책을 구하러 나선 길이었다. 자동차를 오래 타고 갔으므로 집에서 꽤 먼 거리였다. 고서점은 노부부가 운영하고 있었다. 머리는 하얗고 등과 허리가 초승달처럼 구부러진 사람들이었다. 가게 안은 좁고 복잡하고 어수선했다. 어린 아내는 가게가 아름답지 않다고 생각했다. 그 가게 안은 노부부만큼 오래되고 낡은 책들로 가득했다. 천장 가까이 닿은 책들은 잘못 건드리면 와르르 무너질 것처럼 위태로웠다. 그러면서도 서로가 서로를 의지하고 있는 것처럼 느껴졌다.

노부부는 한없이 느린 걸음과 움직임으로 아버지가 원하는 책을 꽤 오랫동안 찾으러 돌아다녔다. 너무 느려서 가끔 멈춘 듯했고 게으른 것도 같았으며 나중에는 죽었나 싶을 정도로 조용했다. 적막한 시간 속에서 가만히 있기가 심심했는지 막 한글을 뗀 아내도 책을 찾는 데 동참했다. 좁은 고서점을 깡충거리며 보물찾기하듯 책등에 적힌 제목을 큰 소리로 읽어가며 찾아다녔다. 아내의 글 읽는 소리가 책으로 낸 좁은 길목을 쩌렁쩌렁 파고들었다. 노부부는 대견하단 표정으로 한 번씩 소리 내지 않고 웃었다. 그때 '여깄다!' 하고 먼저 소리친 사람은 아내였다. 파란색 양장으로 된 그 책은 고서점에서 가장 구석진 곳, 차고 습하고 어두운 쪽에 있었다. 게다가 다른 책들을 떠받치는 주춧돌처럼 맨 밑바닥에 있었는데, 아내가 그것을 찾을 수 있었던 건 키가 작아서였다. 노부부는 합심해 책 탑을 무너뜨리지 않고 아버지가 원하는 책을 바닥에서 끄집어냈다. 아버지는 보석을 얻은 것처럼 행복해하며 책을 펼쳤다. 먼지가 풀풀 날렸고 오줌이라도 싼 듯 누레진 종이에는 글씨가 깨알보다 작게 적혀 있었다. 아버지가 책장을 넘길 때마다 갈피에 숨어 있던 오래된 종이 냄새가 퍼져 나왔다. 처음 맡아보는 냄새였다. 아버지는 한 번 더 좋아했고, 그걸 본 노부부가 환하게 웃었다. 어린 아내의 눈에 헌책방에서 책을 사 간 사람들은 모두 행복해하는 것 같았다. 헌책방에서 오래된 종이 냄새를 맡으며 늙어가는 노부부도 그렇게 보였다. 아내는 살면서 가끔 그 고서점의 풍경과 냄새가 그리웠다.

그런데 고서점이 아직까지 있을 줄은 몰랐다. 아버지에게 물어보고 기억을 더듬어 찾아간 그곳에 그대로. 그때도 낡았는데 지금도 낡은 채로. 아니 지난 세월만큼 낡지는 않았다. 그때 이미 너무 낡아 있었으므로 더는 낡아질 수 없어서였다.

오래된 종이 같은 얘기를 마친 아내는 자리에서 일어나 먼지를 데리고 방으로 내려간다. 그는 아내에게 서운하다. 아내는 헌책방에 얽힌 얘기를 그가 묻지 않아서 안 해준 걸까, 물었어도 안 해줬을까. 방금 아내의 긴 말들은 그한테 한 게 아니라 후배한테 한 것 같다. 그래서 그는 안 들은 걸로, 모르는 걸로 하고 싶어진다. 그와 후배는 조금 더 앉아 있다, 디캔터에 남은 와인까지 모두 마시고 후배의 차를 운전해줄 대리기사가 도착하자 일어선다. 그는 비틀거리며 걷는 후배를 배웅한다. 그러다 차에 타려는 후배의 팔을 붙잡고 묻는다.

"아까 식사할 때 집사람 이상해 보이지 않았어?"

"어디가요?"

"아파 보인다든가…… 좀 느리다든가."

"괜찮던데요."

"눈여겨보지 않은 거 아니야?"

"눈여겨봤어요. 식사 내내. 아름다우시던걸요."

후배가 차에 타고 후배를 실은 포르쉐가 어둠 속으로 사라진다. 그는 뒤돌아 헌책방을 여러 번에 걸쳐 둘러보며 숨을 깊이 들이마신다. 지금까지와 조금 다른 종이 냄새가 폐 깊숙이 파고든다. 여섯 살 때 맡았다던 저 냄새가 현재 아내를 안정시켜주는 유일한 장치일까. 아내의 폐에 각인된 그때의 종이 냄새가 아내를 여기로 끌어당긴 것인가. 그래서 아내는 행복해지고 있을까. 그날의 노부부와 장인어른처럼.

그는 식탁을 치운 뒤 설거지까지 마치고 방으로 들어간다. 아내는 불을 끄고 바닥에 누워 있다. 고양이 먼지를 품에 안고. 먼지는 먼지가 많은 헌책방이 자기 집인데 이젠 당당하게 방에서 잔다. 그는 아내 옆에 누워 잉크만큼 새까만 머리카락으로 뒤덮인 아내의 등을 바라본다. 아내한테서 종이 냄새보다 고양이 먼지 냄새가 먼저 난다. 그는 반대로 돌아누워 아내가 집을 비우는 날을 다시 노려본다.

*

손님도 없고, 가격표 붙일 책도 없는 깊은 밤. 아내는 무언가를 기다리는 사람처럼 책상에 앉아 만년필로 문장을 눌러 종이에 입힌다. 읽지는 않고 누군가 밑줄 그어놓은 책을, 누군가의 노고와 선택이 깃든 책을 꺼내어 만년필로 베낀다. 책상에 앉아 열심히 옮겨 적는 아내를 볼 때면 헌책방을 하려는 이유가 그것이었을까, 하는 생각이 든다. 밑줄 그어진 새 책은 없으니까. 아내는 사람들의 마음을 울리거나 그들의 가슴에 와닿은 문장을 손쉽게 수집하고 싶은 것일까. 그 문장이 자신의 심장에도 닿기를 바라면서. 아내에게 밑줄을 긋고 싶을 정도로 좋은 문장이란 어떤 것일까. 삶은 아름답다거나 살아 있다는 건 기쁜 일이란 걸 느끼게 해주는 문장일까. 지금의 아내를 살게 하는 것은 다른 무엇도 아닌 '문장들'일까. 안타까운 건 이제 아내는 자신만이 만들 수 있던 문장은 한 줄도 꺼내놓지 않으면서 다른 사람이 써낸 문장을 책상에 앉아 베끼기만 한다는 것이다. 그건 누구나 할 수 있는 일이다.

그는 아래층의 아내를 생각하며 최근에 완성한 곡을 연주한다. 아내를 기다리며 피아노를 치지만 아내는 올라오지 않는다. 오히려 그의 연주에 나른하게 느려져 책상에서 움직이지 않는다. 느려지고 느려져 문장을 옮기는 만년필마저 멈춰서 종이 위에 블랙홀 같은 검고 둥근 점이 생긴다. 점이 점점 축축하게 번져 방금 쓴 문장의 절반이 알아볼 수 없게 지워져버린다. 삼켜버린다. 축축함이 새끼손가락에 닿자 정신이 돌아온 아내는 얼른 만년필을 노트에서 뗀다. 뒷장까지 젖어서 노트 두 장을 찢고 다시 쓴다. 2층에서 그는 아내에게 들려주려고 같은 곡을 여러 번 연주한다. 그러다 갑자기 연주하던 두 손을 멈춘다. 하얀 건반에 먼지빛 털이 달라붙어 파르르 떨고 있다. 검은 건반과 검은 피아노는 검어서 알 수 없지만 하얀 건반에 붙은 털은 검은색에 가까워서 또렷하게 보인다. 건반마다 먼지의 털이 엉켜 있다. 떼어내도 정전기가 일어서 끈질기게 다시 들러붙는다. 보이지 않을 뿐 검은 건반과 검은 피아노에도 녀석의 털이 덕지덕지 붙어 있을 것이다. 스타인웨이였다고 생각하면 더 끔찍하다. 아내는 언제쯤 집을 비우려나. 그는 쿵쾅대며 아래층으로 내려간다. 2층으로 먼지를 데리고 올라오지 말라고 주의를 줄 참이다. 그러나 아내의 책상 앞에 선 그는 다른 말을 한다.

"방금 연주한 곡 들었어?"

그의 목소리가 조금 떨린다. 아내가 문장 적는 걸 멈추고 그를 쳐다본다.

"방금 연주한 거 들었냐고. 최근에 완성한 곡인데."

"원래 있던 곡 아니었어?"

아내가 미간을 찌푸리며 말한다.

"아닌데."

"미안. 자세히 못 들었나 봐. 다시 한번 쳐줄래?"

그는 알았다고 말하고 방으로 올라갔지만 다시 연주하지 않는다. 아내는 정말 자세히 못 들은 걸까, 미안해서 둘러댄 것일까. 원래 있던 곡. 아내가 제대로 듣고 내린 평가라면 그는 아내가 새 문장을 보여주지 않아서 새로운 곡이 나오지 않은 거라고 생각한다. 그것은 그저 옛날 곡을 닮았을 뿐이다. 그러나 이 곡에 가사를 붙이면 전혀 다른 곡이 될 거라고 그는 여전히 믿는다. 지금의 아내를 살게 하는 게 타인의 문장이라면 그의 문장 또한 아내를 살게 할 거라고. 어쩌면 그를 살게 할 거라고. 그는 곡에 붙일 가사를 마저 생각한다.

*

연주를 하고 있는 방으로 아내가 들어와서 그는 깜짝 놀란다. 스타인웨이도 아닌데 침대에 앉아 들으려고 올라온 걸까. 아내가 가까이 다가온다. 느리지도 게으르지도 않은 걸음걸이로. 그것만으로도 설레어 그의 심장이 갑자기 뛴다. 아내는 침대에 앉지 않고 피아노 위로 팔을 걸치고 부야베스가 먹고 싶다고 말한다. 점심때 사다 줄 수 있느냐고. 전통 부야베스를 사려면 청담동까지 가야 한다. 포장을 해주는지 알 수 없고, 해준다 해도 너무 멀어서 오는 길에 다 식어버릴 것이다. 아내는 데워 먹으면 된다며 상관없다고 말한다. 아내의 식욕이 돌아오고 있는 것일까. 그는 프랑스 요리를 전문으로 하는 레스토랑에 전화를 걸어 포장 가능 여부를 확인한다. 어렵다는 말에 아내의 사정을 구구절절 늘어놓자 특별히 요리해주겠다는 대답이 돌아왔다. 지금 다녀와야 점심시간에 맞출 수 있어서 그는 서둘러 출발한다. 그는 문득 아내가 아기를 가졌을 때 밤늦게 음식을 구하러 돌아다녔던 날들이 떠올라 가속페달을 밟는다.

돌아오는 차 안에서 그는 아내를 생각한다. 부야베스가

먹고 싶다고 말하던 아내의 생기 띤 얼굴. 아내가 자신의 문장을 다시 보여주기 시작했다고 그는 생각한다. 그는 멜로디를 흥얼거리며 그에게 가까이 다가오던 아내만을 떠올리고 또 떠올린다. 그러자 머릿속에서 아내가 그의 음에 문장을 입힌다. 그 음에 꼭 그 마음이어야 하는 글을 잉크로 새긴다. 아내가 바늘을 들고 음에 단추를 단다. 이틀 동안 쥐어짜도 나오지 않던 가사를 머릿속 아내가 금세 써낸다. 그는 속도를 높인다. 빨리 도착하지 않으면 그 문장을 잃어버릴 것 같아서 서두른다. 저 멀리 아내의 헌책방이 보인다. 그는 차를 세운 뒤 부야베스를 품에 안고 내린다. 속도를 낸 덕에 음식이 완전히 식지는 않았다. 그는 헌책방 출입문을 열려다 말고 옆으로 물러나 가로로 긴 의자에 주저앉는다. 숨이 차서가 아니다. 다리에 힘이 풀릴 정도로 놀라서다.

아내는 책 세 권을 든 채 책장에 기대고 서 있다. 턱을 들어 올려 천장 쪽을 바라보고 입술은 살짝 벌어져 있다. 출입문 상단의 유리를 통해 들어온 빛이 아내의 얼굴을 환하게 비춘다. 바닥까지 곧게 뻗은 한 뼘 넓이의 빛은 너무 밝아서 날리는 먼지까지 속속들이 보여준다. 아내는 따뜻하고 부드럽고 환한 빛 속에서 근래 본 적 없는 표정을 짓고 있다. 과거 그 앞에서 수없이 지었던 홍조 띤 얼굴이다. 침대에 꼿꼿한 자세로 앉아 그의 피아노 연주를 들을 때의 아내다. 그제야 그의 귀에 피아노 소리가 들린다. 거실 오디오를 틀어놓았나. 그러나 저것은 오디오 음질과 다른 연주다. 누가 치는 걸까. 피아노 소리는 2층 그의 방에서 흘러나오고 있다. 후배인가. 어제 후배는 대리기사와 통화를 끝낸 뒤 깜빡 잊고 테이블에 핸드폰을 놓고 갔다. 점심때 들르겠다더니 온 것인가. 그는 연주에 집중한다. 후배의 클래식 연주가 맞다. 후배가 연주하는 건 브람스의 소나타 3번 1악장이다. 아내는 눈을 지그시 감고 입가에 미소를 띠며 감상하고 있다. 아내는 왜 저런 터무니없고 기술적으로도 한참 부족한 연주에 빠져드는가. 스타인웨이로 치는 것도 아닌데. 연주는 매끄럽지 않고 심지어 어떤 음은 틀리기까지 한다. 그런데도 아내는 가는 허리를 얼마나 곧추세우고 있는가. 지루하기 짝이 없는 클래식에 왜 심취하는가. 아내는 느려지지도 나른해지지도 않는다. 생의 기쁨을 되찾은 사람처럼 환희에 차 있다. 밝은 곳에 서 있는 아내는 그와 연애할 때 자주 보이던 웃음을 한 번씩 수줍게 짓기도 한다. 후배가 연주하는 곡은 그가 눈 감고도 치는 곡이다. 후배의 연주가 클라이맥스에 이른 순간, 아내의 표정도 절정에 달한다. 숨이 넘어갈 듯 아내의 고개가 살짝 뒤로 꺾이고, 아내의 표정에 경도되어 그도 같은 지점에서 절정을 맛본다. 그라면 이쯤에서 아내와 알몸으로 뒤엉켜 있어야 한다. 그렇다면 아내는 지금 누구와 침대에 있을까. 그는 오랜만에 보는 아내의 흥분된 모습이 아름다워서 방해하고 싶지 않다. 그도 아주 오랜만에 덩달아 흥분하며 지금의 절정이 계속되길 자신도 모르게 바라고 있다. 그때 후배의 연주가 잔잔한 구간으로 들어섰고 그의 절정은 순식간에 끝나버린다. 그러나 아내의 희열은 끝나지 않는다. 후배의 새로운 연주가 시작되고 있기 때문이다. 이번에는 대중적으로 잘 알려진 베토벤 소나타 8번 1악장 비창이다. 그는 차로 돌아가 식어버린 부야베스를 허겁지겁 해치운다. 양이 많아 배가 터질 것 같은데도 다 먹는다. 국물 하나 남김없이 그릇을 싹 비우는 동안에도 후배의 연주는 끝나지 않는다. 그는 더 이상 참을 수 없어서 헌책방 출입문을 열고 들어간다. 그 순간, 그의 귀가를 알아차리기라도 한 듯 후배의 연주가 갑자기 뚝 끊긴다. 아내는 최면에서 풀린 사람처럼 눈을 깜빡이며 들고 있던 책을 책꽂이에 꽂는다. 조심성 없게 신발을 끄집으며 지나가는 그를 보고 아내가 말한다.

"왜 이렇게 늦었어? 부야베스는? 배고파 죽겠어."

"오다가 엎질렀어."

그는 아내의 얼굴을 쳐다보지 않고 곧장 2층으로 올라간다. 차 안에서 아내가 입혀주었던 문장을 그는 이미 잊어버렸다. 단추들은 떨어져 나가고 없었다.

밤이 깊도록 잠이 오지 않는다. 그는 방을 나와 냉장고에서 찬 맥주 한 캔을 꺼내 들고 아래층으로 내려간다. 어두운 계단을 더듬더듬 내려와서도 불은 켜지 않는다. 잠을 자는지 그렇게 진하던 종이 냄새가 나지 않는다. 암흑 속에서도 보이는 건 구석에 놓인 아내의 책상과 사방으로 기세등등하게 가지를 뻗은 머니트리다. 그는 저 가지가 넝쿨처럼 기어올라 헌책방 전체를 뒤덮는 상상에 빠져든다. 헌책의 먼지와 냄새를 빨아들이고, 아내의 가는 발목과 허리를 감아 조이는 상상. 그만큼 머니트리는 싱싱하고 맹렬한 속도로 자라는 중이다.

그는 더듬거림 없이 차고 습하고 어두운 곳으로 곧장 걸어가 스탠드를 켠다. 침침한 불빛은 아내의 책상과 그 부근의 화분만 간신히 비춘다. 그는 화분 앞으로 다가가 잎사귀를 손가락으로 툭툭 치다 꼬집듯 두 장을 한꺼번에 잡아

비튼다. 동전을 주운 것처럼 주머니에 잎사귀를 집어넣고 맥주 세 모금을 화분에 쏟아붓는다. 그는 하얀 거품이 흙으로 천천히 스며드는 걸 지켜보며 아내의 책상에 앉는다.

그는 남은 맥주를 마신 뒤 책상의 희미한 낙서를 둘러보다 빈 캔을 옆으로 치운다. 맥주캔 때문에 차가워진 손을 서랍 속 어둠으로 집어넣고 더듬는다. 두꺼운 노트가 만져진다. 꺼내어 책상 위에 놓는다. 이건 일기일까. 아내는 자기 마음을 대변해주는 남의 글을 빌려 와 여기에 쓴 것인가. 이것은 남의 글을 위장한 아내의 실제 생각이고 심정이고 감정일까. 그렇다면 이걸 아내의 일기로 봐도 무방할까. 그는 두려워진다. 이 안에 남편이 싫다는 얘기나 이별을 간절히 원하는 문장이 여러 번 나올까 봐 열어 보기가 겁난다. 그는 그저 베껴 쓴 문장일 뿐이라고 되뇌며 노트를 펼쳐서 한 권의 책을 보듯 긴장을 놓지 않고 읽어 나간다. 문장 끝에 적힌 작가 이름과 책 제목은 무시하고 건너뛴다. 그러자 이상하게도, 다른 책에서 나온 글들을 한곳에 모아놓은 것뿐인데 마치 한 사람이 쓴 것처럼 일관되게 진행되고 이어진다는 느낌을 받는다. 조각난 헝겊을 이어 붙여 보자기를 만들 듯 아내는 작가의 문장들을 이야기가 되도록 치밀하게 설계하고 계산해 엮고 있었다. 문장들을 기워놓은 아내의 노트는 이대로 한 권의 책이라고 봐도 될 만했다. 그렇게 생각하자 이야기의 결말이 어떤 작가의 문장으로 마무리될지 궁금해졌다.

어느새 헌책방 유리로 열어진 새벽빛이 푸르스름하게 스며든다. 곧 아침이 될 것이다. 그때까지도 그는 아내의 노트를 읽고 있다. 다행히 튀어나올까 걱정했던 문장은 보이지 않는다. 노트는 거의 다 써서 빈 종이가 몇 장밖에 남아 있지 않았다. 아내가 옮겨 적은 문장은 그의 추측대로 살아 있고 살아가는 것에 관한 단상들이었다. 그는 노트를 덮고 한참을 가만히 앉아 있다 고개를 돌려 의자도 없이 텅 빈 옆자리를 본다. 그는 노트를 서랍 깊숙이 집어넣고 스탠드를 끈다. 어둠에 익숙해지기를 기다렸다 빈 캔을 챙겨 들고 2층으로 올라간다. 웬일인지 나무 계단에서 소리가 나지 않는다. 그의 몸이 가벼운 영혼이라도 된 것처럼.

*

이틀 사이 누군가 태엽을 감아준 듯 느렸던 아내의 시계가 조금 빠르게 간다. 정상은 아니지만 그가 주머니 속에 넣어둔 책 목록을 꺼낼 필요가 없을 정도다. 손님이 원하는 책을 찾아다니는 것만으로도 책방의 하루는 분주하다. 많은 시간을 녹색 책상에서 보내는 건 변함없지만 움직임이 예전만큼 느리거나 게으르지 않아서 지내는 시간이 많지 않은 것처럼 느껴지기도 한다. 그럼에도 그는 여전히 뭔가 허전하고 불안하다. 아내의 생활 패턴이 그와 비슷해지면 같은 시간에 일어나고 잠들 수 있는데도. 아내가 자기 문장을 보여주게 될지 모르는데도. 그가 곡에 가사 붙이는 수고를 하지 않아도 될 텐데도. 그는 연주를 멈추고 대신 아내의 시계 초침 소리에 귀를 기울인다. 음악처럼 리듬과 박자가 생기기 시작한 아내의 시계 소리를, 밤이 깊어지도록.

아내는 혼자 밤 산책을 나간 먼지를 기다리며 머니트리에 물을 주고 책상에 앉아 문장을 옮겨 적는다. 아내에게는 휴식 시간이다. 삶에 대한 문장을 찾고, 그것을 새기듯 백지에 베끼면서 삶을 붙들어야 할 이유를 찾는 거라고 그는 생각한다. 오늘 밤 아내는 책상에서 밤을 새울 작정인가. 새벽 3시가 넘었는데도 방으로 올라오지 않는다. 그는 아내를 기다리며 여러 번 몸을 뒤척이다 속이 비치는 하얀 커튼의 주름을 응시한다. 에어컨 바람에 가벼이 흔들릴 뿐 펴지지는 않는다. 무거워진 눈꺼풀이 내려앉고 안개 빛 지루한 커튼이 꿈결이 되려는 순간, 눈을 뜨자 아내가 등을 보이고 누워 있다. 아내의 어깨가 바람 부는 날의 커튼처럼 부풀어 올랐다 가라앉는다. 한숨이다. 몇 번 그러다 아내가 말을 잇는다.

"루미가 돌아오지 않아."

"……."

"바닥에 루미 목걸이가 떨어져 있었어."

"……."

"이름도 집도 놓고 가버렸어."

"……."

"스스로 나간 걸까."

"……."

"떠밀려 나간 걸까."

"……."

"당신이 그런 건 아니지."

"……."

"아닐 거라 믿어."

"……."

"잘린 귀 때문에 떠나버린 건지도 몰라."

"……."

"길고양이한테 어울리는 귀를 가졌잖아."

"……."

"죽은 건 아니겠지."

'죽은 건 아니겠지'가 그에게는 '죽인 건 아니겠지'로 들린다. 그는 아무 말도 하지 않는다. 알고 있는 것도, 짐작 가는 것도. 희망적인 말도. 소리를 내지 않고 살더니 녀석은 떠날 때도 소리 없이 떠났다.

*

고양이 먼지는 다음 날에도 그다음 날에도 돌아오지 않았다. 손님들은 먼지의 안부를 걱정했고, 각자의 방식으로 걱정의 메시지를 SNS에 남겼다. 먼지가 사라진 후 헌책방에는 먼지가 많아졌다. 먼지를 먹고 살기라도 했다는 듯 녀석이 없는 자리에 먼지가 수북하게 쌓였다. 먼지가 없는데도 그의 피아노 건반에는 먼지 빛 털이 여전히 달라붙어 있었다. 녀석이 떠나기 전에 남긴 것이었다. 가만히만 둬도 며칠 지나면 다 날아갈 것이다.

그는 밖으로 새나가지 않도록 창문과 방문을 닫고 노래를 부른다. 잊어버렸던 가사를 포기하고 다른 단추, 아니 다른 문장을 집어넣었더니 더 마음에 드는 곡이 되었다. 그는 먼지 때문에 걱정이 많은 아내에게 노래를 불러줄 것이다. 연주는 하지 않을 것이므로 피아노 소리가 노랫말에 죽을 일은 없다. 아내는 느려지지도 게을러지지도 않을 것이다. 그는 가사가 들어간 그의 첫 번째 곡을 아내가 어떻게 평가할지 궁금해진다. 밑줄 그어진 문장처럼 과연 노트에 옮겨 적고 싶어 할까. 그는 연주복으로 갈아입고 방을 나간다.

계단을 두 개쯤 밟고 내려갔을 때 아래층에서 웃음소리가 들려왔다. 아내의 웃음소리다. 아내는 누군가와 이야기를 나누는 도중에 크게 웃는다. 헌책방에는 헌책을 팔고 사러 오는 사람들이 많다. 그는 계단 벽 너머로 고개를 살짝 내민다. 후배다. 가게 밖에 후배의 포르쉐가 세워져 있다. 세차를 하고 왔는지 눈이 부실 정도로 반짝거린다. 레슨이 있는 날이지만 후배는 아침 일찍 전화를 걸어와 급한 사정이 생겨서 못 갈 것 같다고 거듭 사과했다. 후배는 아내의 책상에 엉덩이를 걸치고 앉아 아내의 얼굴을 한 번씩 쳐다보며 얘기를 주고받고 있다. 후배가 유명 셰프한테 특별히 부탁해서 가져온 부야베스를 나눠 먹으며. 점심때라 그도 배가 고프다. 부야베스를 먹었으니 아내는 행복해질까. 후배의 젊고 명랑한 기운이 그가 서 있는 계단까지 침입하듯 올라온다. 그 기운이 그를 뒤로 떠밀자 엉덩방아를 찧는다. 쿵, 소리가 너무 크게 나서 그들의 웃음과 대화가 갑자기 멈춘다. 그는 발꿈치를 들고 방으로 급하게 들어간다.

후배가 노크를 하고 방으로 들어온다. 후배는 그 몫의 부야베스를 침대에 내려놓는다. 보냉 그릇에 담겨 있어서 데우지 않아도 되었다.

"선배님, 죄송해요."

후배가 말한다. 아내와 희희낙락한 게 죄송한 것일까.

"뭐가?"

"일이 잘 해결돼서 펑크 안 내려고 과속했는데도 좀 지각했어요. 저건 죄송하다는 제 마음입니다. 부야베스 오다가 엎질렀다면서요. 그날 형수님 엄청 속상해하시더라고요. 저도 부야베스 좋아하거든요. 아직 점심 전이시죠?"

"다음 주부터는 여기로 올 필요 없어."

"네?"

"내가 너희 집으로 가든 아니면 장소를 다시 정하자고."

"몇 번 남지도 않았는데, 갑자기 왜요?"

"여기까지 오려면 너무 멀고 또……."

"전 여기가 좋아요."

"뭐?"

"오래된 종이 냄새도 좋고, 조용하고."

그에게는 조용하고 오래된 종이 냄새가 나는 아내가 좋다는 말로 들린다.

"드라이브라고 생각하면 그렇게 안 멀어요. 다신 안 늦도록 할게요. 전 선배님이 제주도로 오라고 해도 갈 수 있어요. 근데 선배님, 아까부터 궁금했는데요……."

"뭘?"

"왜 연주복을 입고 계세요?"

레슨이 끝나갈 무렵 후배는 최근에 작곡했다는 곡을 친다. 특별함이라곤 없는, 그저 그런 평범한 곡이다. 어떠냐는 듯 자신만만한 얼굴로 후배가 그를 힐끗 쳐다보며 뭐라고 중얼거린다. 그러나 피아노 소리에 묻혀 무슨 말인지 들리지 않는다. 그가 못 들었다는 표정을 짓자 후배가 건반에 손가락을 올려둔 채 다시 말한다.

"곡에 가사를 붙이려고요."

후배의 의욕 넘치는 목소리가 피아노 음이 사라진 방에 크게 울려 퍼진다.

"왜?"

그의 말투는 약간 날이 서 있다.

"좋은 가사를 붙이면 평범한 곡도 특별해지잖아요."

"특별한 곡에 특별한 가사도 붙는 거야."

"그건 맞죠. 전 그냥 마음을 전하고 싶어요. 연주곡은 심심하고 답답한 면이 없잖아 있잖아요."

"생각해둔 가사는 있어?"

"누군가를 떠올리며 쓰는 중이에요."

그는 목이 타는 듯 마른 침을 삼킨 뒤 묻는다.

"누구?"

"생각이 많은 사람이에요."

그 사람을 떠올리는지 후배는 미소를 지으며 피아노를 마저 연주한다. 다부진 어깨로 열심히 연주하지만 역시 특별할 것 없는, 그저 그런 평범한 곡이다. 어떤 좋은 가사를 붙여도 평범함으로 그칠.

후배를 보내고 방에 홀로 남은 그가 피아노를 친다. 그러나 그의 연주는 훌륭하지도 부드럽지도 않다. 어떤 음은 약하게 나고, 어떤 음은 휘청거리다 뭉개지고, 어떤 음은 목적을 잃은 듯 갑자기 끊긴다. 땀에 젖어 축축해진 손가락은 자꾸 건반 가장자리로 미끄러지고 오른쪽 관자놀이는 바늘로 찌르는 것처럼 콕콕 쑤신다. 스타인웨이가 아니어서일까. 그는 손바닥으로 건반을 한꺼번에 누르고 일어나 피아노 뚜껑을 소리 나게 닫는다. 입을 다물어버린 듯 뚜껑이 굳게 닫힌 피아노는 어디서도 본 적 없는 짙은 밤 같다.

짙은 밤, 그는 아내의 등을 보고 누워 있다. 아내의 시계가 정상에 가깝게 흘러가는 소리가 들린다. 아내의 고른 숨을 따라 초침이 움직인다. 느리지도 게으르지도 않다. 자주 움직여서 몸에는 먼지가 쌓이지 않는다. 진실한 이 집은 아내가 손대고 발 딛는 곳마다 소리를 내준다. 그 때문에 청각이 예민한 그는 방에서도 아내가 무얼 하는지 알 수 있다. 지금 이 속도라면 아내는 멈추지도 죽지도 않을 것이므로 그는 겁나지 않는다. 몸에서 나던 냄새도 점점 옅어지고 있다. 오래된 종이 냄새가 나긴 하지만 그건 아내가 아래층에서 묻혀 온 냄새다. 아내는 먼지를 벌써 잊은 듯 찾지 않는다. 그렇다고 느리고 게으른 먼지를 기다리는 것 같지도 않다. 대신 아내는 가끔 먼지가 누워 있던 자리에 쌓인 먼지를 닦는다. 그는 아내를 위해 가사를 붙인 곡을 부른다. 입을 방긋거릴 뿐 소리를 내지는 않는다. 내더라도 아내가 깊이 잠들어서 들리지 않을 것이다. 아내는 그의 문장이 필요할까.

그는 방을 나와 아래층으로 내려간다. 불을 켜지 않아도 아내의 책상이 있는 곳까지 어려움 없이 갈 수 있다. 차고 습하고 어두운 곳으로 가 스탠드를 켠다. 관리를 잘 받은 머니트리는 그새 더 자라 싱그러워졌다. 그는 더 자라지 못하게 머니트리 이파리를 가지째 툭 끊은 다음 여러 번 꺾어 주머니에 넣고 돌아선다. 아내의 책상 오른쪽에 의자가 생겼다. 언제부터 있었던 것일까. 마저 구한 것일까. 어딘가에 숨겨뒀던 걸 꺼내 온 것일까. 책상은 이제 완벽한 짝을 이루고 있다. 두 명이 앉게 되어 있는 책상에는 두 개의 서랍이 있고, 두 개의 의자가 있다. 그는 새로 생긴 의자를 빼서 앉는다. 그러고 왼쪽 서랍에 손을 집어넣어 노트를 꺼내 펼친다. 몇 장 안 남았던 빈 종이까지 문장으로 다 채워져 있다. 그는 지난번에 봤던 부분에 이어 헝겊 조각 같은 문장들을 읽어 내려간다. 시간은 오래 걸리지 않는다. 마지막 페이지의 마지막 문장은 이렇게 끝나고 있다.

나의 문제가 모든 인간의 문제이다.

_ 데미안(헤르만 헤세)

그는 서랍을 더듬어 새로 장만한 노트가 있는지 살핀다. 새 노트는 없다. 새 잉크도 없다.

*

그는 아내를 생각하며 피아노를 친다. 밥도 먹지 않고 창밖이 어두워질 때까지 피아노만 친다. 몇 번의 황홀이 찾아오자 그는 아내에게 불러주기로 했던 곡을 친다. 노래로 부르지 않고 연주곡으로만 반복해서 친다. 앞으로도 그럴 것이다. 아내는 이 곡에 어떤 문장을 입혔는지 모를 것이다. 아래층에서 책상과 의자가 삐걱대는 소리가 들린다. 무엇을 하면 책상이 저토록 크고 신나게 삐걱댈 수 있을까. 차고 습하고 어두운 곳은 은밀하게 속삭이기에 좋다. 저렇게 열심히 움직이면 먼지가 쌓이는 일은 없을 것이다. 먼지 냄새도 나지 않을 것이다. 그는 계속 피아노를 친다. 아내가 한없이 느려지고 게을러지다 멈춰버리라고. 아무것도 느끼지 못하고 생각도 못 하게. 누구도 떠올리지 못하게. 박제나 죽은 사람처럼 웃지도, 울지도, 말도 못 하게.

속이 비치는 하얀 커튼 뒤로 귀 한쪽이 잘려나간 먼지빛 고양이가 비친다. 바람이 가볍게 분 풍선 모양으로 커튼이 부풀어 오르자 주름은 사라지고, 고양이 먼지가 창틀에서 소리 없이 뛰어내린다. 긴 꼬리를 살랑거리며 천천히 다가온 먼지는, 두 다리를 모으고 허리를 꼿꼿이 세우고 앉아 그의 연주를 듣는다. 고양이 먼지는 음악을 안다. 그의 음악을 멀리서부터 들어 알고 있다. 스타인웨이는 아니지만 피아노 소리의 흐름과 높낮이에 따라 먼지의 잘린 귀가 쫑긋거린다. 그의 연주를 열심히 듣고 있는 먼지는 느려지지도 게을러지지도 않는다. 그는 비로소 고양이 먼지와 가까워짐을 느낀다. 끈적끈적했던 여름도 다 끝나가고 있다.

고전적인 시간

"집이 오랫동안 혼자되면 귀신이 들어와 살아. 지금쯤 드글드글 할 거야."

정말 그런가. 언니 말대로 오랫동안 혼자였던 집은 귀신이 나올 것처럼 으스스했다. 낮이면 괜찮을 텐데 밤이라 그녀는 도저히 들어갈 엄두가 나지 않아서 머뭇대기만 했다. 황금연휴로 여기까지 차를 몰고 오는 데만 꼬박 다섯 시간이 걸렸다. 그리 바쁜 것도 아니고, 지금일 필요도 없는데 왜 오늘 내려왔을까. 그녀는 후회가 됐다.

집은 분별없는 어둠에 잠겨 있었다. 기와지붕과 담벼락에 뿌리를 내린 풀들은 땅바닥까지 줄기를 늘어뜨려 존재를 과시했다. 그 모습이 마치 머리를 앞으로 헝클어뜨린 처녀 귀신 같았다. 풀들이 바닥을 건드려서인지, 저희끼리 몸을 비벼대서인지 더운 바람이 지나갈 때마다 흐느끼는 듯한 소리가 들렸다. 누군가의 눈에는 한여름 흉가 체험을 하러 온 사람으로 보이겠지만 저 집은 그녀한테 무서워서는 안 되고, 무섭게 굴어서도 안 된다. 자신의 몸처럼 속속들이 아는 집이 허름해진 옷을 입었다고 두려울 게 무어랴.

장시간 운전으로 몸은 무겁고 눈꺼풀도 처지고 오늘 밤 잘 데라곤 저곳뿐이라 더는 망설일 수 없었다. 집에 들고 나려면 일단 문부터 열어야 한다. 집에서 가장 먼저 하는 일. 집이 집이 되는 일. 우선은 사람이 있어야 하고, 그 사람이 문을 열면 집은 비로소 집이라고 부를 수 있었다. 부지런한 사람이 하나만 있어도 문은 자주 열렸다. 굳이 젊고 부지런할 필요도 없었다. 청춘을 전부 살아 느릿하고 굽은 움직임으로 하루를 다 채우는 노인이라도 괜찮았다. 누구든 문을 열면 바람이 지나가고, 햇볕과 달빛이 들어오고, 그림자가 졌다. 계절마다 질감과 빛깔과 위치가 달라서 그것만으로도 지루하지 않게 흘러가는 시간의 걸음걸이였다. 젊지도 늙지도 않은 사람, 그녀가 다가가 대문을 열었다. 커다란 대문을 지나 풀이 웃자란 마당을 헤치고 작은 방문을 삐그덕 열자 그믐밤과 7월의 자연 앞으로 잊혔던 시그널이

전해졌다. 그리고 답장은 늦지 않게 도착했다.

형광등이 나가서 방에 불은 들어오지 않았다. 바깥에서 들어오는 인공 불빛조차 없어서 방 안은 극도로 어둡고 더웠다. 그녀는 창문을 열려고 틀을 잡고 밀었다. 오랜 침묵으로 입이 잘 떨어지지 않는 듯 약간의 저항이 느껴졌다. 그녀가 손아귀에 힘을 더 보태자 말문이 터진 것처럼 끽, 하고 창문이 열렸다. 방충망으로 된 덧문은 그대로 두었다. 그녀는 반대쪽 창문도 열었다. 그러자 방 안의 모든 문으로 바람이 지나가고, 귀뚜라미와 개구리 울음소리가 사이좋게 들어오고, 별빛이 또렷하게 쏟아졌다. 어쩌면 아까 그녀처럼 밖에서 머뭇대었을 갈 곳 없는 혼령도. 왠지 유리창으로 뭔가가 어른거린다는 느낌도 들었다. 방이 방이 되려면 우선 사람이 들어와 밥을 먹고 잠을 자야 한다. 그것은 방이 가장 많은 시간을 할애하는 부분이었다. 다행히 혼자가 아니라면 방에서 이야기도 나누고, 더러는 싸우기도 할 것이다.

사람과 일에 지치고 시간에 치이는 삶이 죽을 때까지 끝나지 않을 것 같던 어느 날, 그녀는 시계와 달력과 가구가 없는 정갈한 방에서 몇 달만 조용히 지내고 싶다고 생각했다. 걸려 오는 전화가 없고, 티브이나 라디오도 없어서 책만 읽고 지내다 이따금 연필로 무언가를 적으며 사는 게 전부인 시간들. 밤을 새우다 방석 귀퉁이에 머리를 대고 눕고, 이른 시간 눈이 떠지면 다시 잠들지 않고 그대로 하루가 시작되는 일상. 시간의 질서가 깨져서 지키지 않고 살아도 아무렇지 않은 무중력 같은 나날들. 살다 보니 단조롭지만 엄살스럽지 않은 권태를 스스로 원하는 순간이 찾아왔다. 누구나 홀로 감당해야 하는 자기 몫의 외로움이 있듯이, 그것은 고독한 시간의 형태로 찾아왔다. 그때는 아무도 도와줄 수 없었다. 그녀는 혼자가 되지 않으려 하는 것도 고칠 필요가 있는 질병이라고 생각했다. 그러고 보니 이 방에 시계와 달력이 있었던가. 오래되어 기억나지 않았다. 그녀는 소리에 집중했다. 달력은 모르겠으나 시계 침 소리는 들리지 않았다. 있는데 봐주는 사람이 없어서 죽어버린 걸까. 그렇다면 몇 시 몇 분에 멈췄을까. 날이 밝으면 자연스레 알게 될 것이다. 잠이 왔다. 어딘가에 이불 한 채 정도는 있을 테지만 그녀는 맨바닥에 드러누워 눈을 감았다. 한여름이라 춥지는 않았다. 비로소 그녀가 있어서 방은 방이 되었다. 꿈도 꾸지 않을 것 같은 적요한 밤이었다.

현관문 우유 투입구로 조심성 없게 들어오던 도심의 신문 배달 소리가 아닌 운율이 있는 새의 지저귐에 눈을 떴다. 푸르스름한 새벽빛이 방을 비췄다. 그녀는 일어나지 않고 고개를 돌려 방 안을 이리저리 살폈다. 달력은 없고 창문 위에 기념품으로 받은 동그란 모양의 촌스러운 시계가 걸려 있었다. 금박 입힌 글자에 먼지가 잔뜩 끼어서 어떤 단체로부터 받은 건지는 알 수 없었다. 다만 죽은 건 분명했다. 신기하게도 바늘 세 개가 모두 숫자 5에 멈춰 있었다. 그래서 바늘이 하나밖에 없는 것처럼 보였다.

이 방은 두 오빠가 썼던 방이었다. 필요한 물건은 각자의 집으로 가져가고 쓸모없는 건 전부 처분해서 구석에 좌식 책상 하나만 달랑 놓여 있었다. 책상 위에는 세계문학전집이 꽂혀 있었다. 시계와 달력과 가구가 없는 정갈한 방에서 책을 읽으며 조용히 지내고 싶다던 그녀의 오랜 바람을 이룰 수 있을 것 같았다. 언니와 같이 썼던 그녀의 방은 오래전에 없어졌다. 언니가 제주도로 시집을 가고 그녀도 서울에 정착하자 부모님은 자매가 썼던 방에 싱크대와 식탁, 냉장고를 들여서 입식 부엌으로 만들었다. 불을 켜지 않으면 한낮에도 어두워서 불편했던 원래 부엌은 화장실 겸 세탁실로 개조했다. 아들은 결혼을 해도 언제나 찾아와야 하는 사람이고, 딸은 한번 집을 떠나면 돌아오기 힘들 거라 생각해서 내린 결정 같아 서운했다. 하지만 막상 집을 떠났을 때 그녀도 비슷한 생각을 했다. 돌아오기 힘든 게 아니라 돌아올 일이 없을 거라고. 이토록 작고 볼품없는 집이라서 더.

아침이 되려면 멀었지만 그녀는 다시 눈을 붙이지 않고 일어났다. 둘러보며 확인할 것도 있었고 해야 할 일도 많았다. 그녀는 덧문을 열고 마루로 나갔다. 내디딘 발을 뗄 때마다 밀가루를 뿌려놓은 듯한 먼지 위로 발자국이 찍혔다. 발바닥은 금세 시커메졌다. 먼지가 얼룩덜룩 닦인 자리로 마룻바닥의 본래 색깔과 무늬가 드러났다. 그녀가 기억하는 그대로였다. 찾아보면 어딘가에 못으로 긁어 낙서한 흔적도 있을 것이다. 7년 동안 아무도 머물지 않고, 다녀가지 않은 집은 엉망진창이었다. 밤새 어둠이 숨겼던 것을 새벽빛이 무력하게 드러내주니 해골에 고인 물을 마신 기분이었다. 그러자 밤에 찾아오길 잘했다는 생각마저 들었다. 흉가처럼 물건들이 난장판으로 흩어져 있어서가 아니라 꿉꿉한 분위기와 냄새 때문에 그렇다는 것이다. 물건들은 오히려 제자리에 잘 놓여 있어서 정리정돈을 따로 할 필요는 없었다. 방이라곤 부엌까지 포함해 세 곳뿐이고 세간도 단출해서 먼지만 닦아 내도 지낼 만할 것 같았다.

그녀가 가장 먼저 한 일은 돌아다닐 것도 없는 집을 돌아다니며 문이란 문을 모조리 여는 것이었다. 그러자 온 집이 아가미처럼 벌렁이며 숨을 쉬기 시작했다. 싱싱한 시간이 쏟아져 들어와 먼지 낀 묵은 시간과 눅눅한 냄새를 몰아냈다. 집에서 문은 숨구멍이었다. 구멍이 막혀 있으니 집이 건강할 리 없었다. 추레하게 창백했고, 윤기 없이 허약했다. 그 숨구멍을 때에 맞춰 여닫는 게 사람의 일이었다. 덥고 습하면 문을 열어 환기를 시키고, 춥고 건조하면 불을 지펴 온기를 불어넣어야 집이 오래 산다. 그게 바로 사람의 온기고 사람의 환기다. 사용하지 않는 집이 깨끗하고 튼튼할 거란 건 착각이다. 집은 방치할수록 빠르게 낡아가고, 아무리 좋은 자재로 지은 집이라도 사람이 살지 않으면 저절로 쇠락해간다. 그러니까 집이란 오랫동안 혼자 두면 금방 고장나고 사람이 들어와 머물러야 건강해지는 것이다.

마루 끝 대나무 바구니에 수건을 잘라 만든 걸레가 들어 있었다. 먼지를 뒤집어쓴 채 굳어서 잘 펴지지도 않았다. 수돗가로 가 물을 틀자 쓰지 않은 시간만큼 녹물이 한참 빠져나온 뒤에야 차고 깨끗한 지하수가 쏟아졌다. 빡빡 주물러 빤 걸레로 마루부터 닦고, 장판과 세간들을 문질렀다. 그 사이 세숫대야 물을 열 번은 족히 간 것 같았다. 부엌방 냉장고를 콘센트에 꽂고 잘 돌아가는지 소리로 종종 확인하며 냄비들을 씻었다. 그릇과 수저는 팔팔 끓여 소독했다. 가스레인지와 타일벽에 눌어붙은 기름때를 닦은 다음 안방 장롱에서 이불을 끄집어냈다. 들썩일 때마다 이불은 나프탈렌 냄새와 매캐한 먼지를 뿜어냈다. 여름 이불은 세탁기에 넣어 돌렸고, 두꺼운 이불은 고무 다라이에 가루 세제를 풀어 담가 뒀다 발로 자근자근 밟았다.

그러고 나서야 허리를 펼 수 있는 시간이 주어졌다. 그녀는 발을 구르며 고개를 들었다. 해가 머리 위에 떠 있으니 점심때쯤 됐을 것이다. 공기에 잠긴 뜨거운 햇살이 아지랑이로 피어오르며 세상을 구겨놓고 있었다. 주름진 햇빛을 보다 그녀는 문득 자신의 나이를 헤아렸다. 엊그제 마흔을 넘었는데 벌써 다 산 기분이 들었다. 꼬부랑 노인이 되면 이미 죽은 느낌일까. 그녀를 둘러싼 네모진 수돗가. 어릴 때는 그토록 넓고 높았던 것이 거짓말처럼 좁고 낮아져버렸다. 무더워지면 수챗구멍을 양말로 틀어막고 물을 받아 여기서 수영을 했었다. 언니 오빠들까지 알몸으로 들어와 물장구를 쳐도 작다는 생각을 하지 않았는데. 나이를 먹는다는 건 결국 작아지고 낮아지고 무뎌지고 시시해지고 시큰둥해지는 것일까. 어쩌면 그게 죽음을 준비하는 고전적이고 생래적인 방식일지도 모르겠다. 두려울 것도 새로울 것도 없어야 미련을 남기지 않고 생을 마칠 수 있기에 주름으로 새기는 나이의 비의(悲意). 주름을 많이 가진 노인이 지쳐 보이는 건 그 때문일 것이다. 지친 사람한테 우리는 분발하라고 하지 않는다.

그녀는 맑은 물이 나올 때까지 이불을 여러 번 헹궜다. 누군가 반대쪽에서 같이 비틀어 짜주면 좋겠지만, 혼자라서 물기가 저절로 빠지라고 고무 다라이를 뒤집어 놓고 그 위로 이불을 끄집어 올렸다. 그것도 만만치 않았는지 벌써 숨이 찼다. 식사라곤 어제 휴게소에서 먹은 우동 한 그릇이 전부라 허기가 찾아오고 현기증도 일었다. 그녀는 지하수를 한 바가지 퍼서 벌컥벌컥 들이켰다. 얼음장처럼 찬 기운이 창자 끝까지 훑고 지나가자 그녀는 정신이 번쩍 들어 다시 움직일 수 있었다. 물이 빠질 동안 마당에 쳐놓은 빨랫줄을 걸레로 훔치고, 세탁기가 빨아준 여름 이불을 그 줄 위로 한가득 널었다.

물기는 어느 정도 빠졌지만 혼자서 저 무거운 이불을 어떻게 빨랫줄까지 옮길까 걱정하며 숨을 고르고 있을 때였다. 누군가 열린 대문으로 들어섰다. 집에 사람이 있으면 사람이 들어온다. 그 사람은 상황을 한눈에 읽어낸 뒤 말없이 이불을 반대쪽에서 잡고 비틀어주었다. 물이 많이 빠졌다고 생각했는데 한 동이가 더 나왔다. 그들은 한층 가벼워진 이불을 나란히 들고 해가 노랗게 걸린 빨랫줄로 갔다. 볕이 좋아서 이불은 금방 마를 것이다.

집에 사람이 있으면 사람이 찾아온다. 그 사람이 마루에 앉아 방을 쭈뼛쭈뼛 들여다봤다. 그 사람은 그녀의 초등학교 동창이다.

"대접할 게 없네."

"대접은 무슨. 집 앞에 못 보던 승용차가 있어서 와봤는데 반갑다 야."

잠깐 어색한 침묵이 흘렀다.

"언제 내려왔는데?"

은주가 물었다.

"어제저녁에."

"밥은 먹었나?"

그녀는 고개를 저으며 대답했다.

"묵은쌀밖에 없어."

"좀 있어 봐라."

그녀가 남은 이불감을 세탁기에 넣고 돌리는 사이, 몸빼 차림의 은주는 빠른 걸음으로 대문을 나갔다가 쟁반을 들고 다시 나타났다. 은주는 양은 쟁반을 마루에 내려놓고 초록색 상보를 걷었다. 꾹꾹 눌러 담은 따뜻한 밥 두 공기와 돼지고기를 넣고 끓인 김치찌개, 멸치볶음, 두부조림, 깻잎김치, 오목한 접시에는 세 종류의 나물이 정갈하게 담겨 있었다. 은주가 그녀에게 수저를 건네며 말했다.

"먹자. 나도 점심 혼자 먹기 그랬는데 잘됐다. 입맛에 맞을지는 모르겠지만."

그녀는 청양고추를 송송 썰어 넣고 된장에 무친 메밀나물을 손으로 집어 먹었다.

"음, 맛있다."

"내가 음식을 좀 하제. 그나저나 이제야 사람 사는 집 같다 야."

은주가 입을 오물거리며 기웃기웃 집을 연신 살폈다.

"아직 더 치워야 해."

"저 방 창문 위에 걸려 있는 시계, 우리 집 거랑 똑같은 거네."

그녀는 일부러 시계 유리에 낀 먼지만 닦지 않았다.

"우리 다녔던 초등학교 30주년 개교기념일 때 교사 증정품으로 나온 기다. 아마 20년은 지났을걸."

먼지에 까맣게 가려져 있던 금박 글씨의 정체가 은주의

말을 통해 깨끗하게 닦인 듯 드러났다.

"시계가 20년을 가기도 하는구나."

"저래 조악해 보여도 은근히 튼튼하더라. 고장 났나 싶어도 건전지 갈아주면 다시 가고, 방향을 틀어주면 기특하게 또 가고. 이젠 우리 집 가보가 돼서 고장 날까 겁난다."

20년이 지났으면 50주년 개교기념일 때는 무엇을 증정품으로 내놓았을까.

"그러니까 고장 난 건 아니고 약이 없어서 안 가는 걸 거다. 우리 집에 노는 건전지 많은데 갖다 줄까?"

그녀는 잠시 고민하다 대답했다.

"괜찮아. 당분간 저렇게 두려고."

"안 답답하나."

"답답한 게 좋아."

"특이한 건 여전하네. 그래 뭐, 고장 난 시계도 하루에 두 번은 맞는다니까."

대화가 끊기자 둘 사이에 약간의 어색함이 다시 감돌았다. 그들은 식사에 한참을 열중했다. 나물은 신선하고, 잡곡밥은 입안에서 풍성하게 풀어지며 씹혔다. 은주는 밥을 먹으면서도 계속 집 안을 이리저리 살폈다. 그때 문제를 발견한 은주가 그녀에게 다급히 알려주려다 밥알이 마룻바닥으로 툭 튀어나왔다. 은주는 밥알을 주워 마당에 버리며 말했다.

"저 가로등 전구 갈아야겠네. 여가 끄트머리 집이고 그날 이후로 오는 사람도 지나가는 사람도 없어서 그냥 뒀다던데 당장 고치라고 해야겠다. 우리 남편이 청년회장이다. 마흔도 여기선 청년이더라."

가로등이 있었다면 어젯밤 대문 앞에서 망설이는 시간이 길지 않았을 거라고 그녀는 생각했다. 유난히 어두웠던 건 가로등이 고장 나서였는데, 저 자리에 가로등이 있다는 것도 몰랐을 정도였다.

"너 결혼했구나."

"10년 전에 했지."

"애는?"

"아직 없다. 안 생기더라."

은주가 콧잔등을 찡긋거렸다.

"아, 미안."

"괜찮다. 무자식이 상팔자라 안 하나."

그렇지만 은주의 표정은 어딘가 쓸쓸하고 허전했다.

"니는? 니는 했나."

"아니. 앞으로도 안 하지 싶어."

"해보니까 그거 꼭 할 필요는 없겠더라. 글고 요즘은

마흔도 젊다. 내가 이 나이 돼보니까 그렇게 늙은 게 아니더라고. 김광석의 〈서른 즈음에〉란 노래 있제? 서른에 청춘이 멀어져간다고 서글퍼하다니. 지금은 마흔 즈음에라고 해야 안 맞나."

"쭉 여기서 산 거야?"

"결혼하고 도시에서 살다가 3년 전에 들어왔다. 몸은 좀 불편해도 맘은 편하더라. 이런 게 진짜 집이지 뭐가 집이겠노."

여기는 대체로 인색한 게 없었다. 물질적인 게 아니라 마음이 그렇다는 뜻이다. 그녀는 두부조림을 젓가락으로 절반 자르며 은주의 말에 가만히 고개를 끄덕였다. 그러고는 은주의 얼굴을 찬찬히 들여다봤다. 눈 밑으로 낀 거뭇한 기미 때문에 은주는 제 나이보다 많아 보였다. 그러나 아기를 낳지 않아서인지 몸매는 아직도 처녀 같았다.

"니는 여기 며칠이나 있을라고?"

"살아보려고. 나도."

"진짜로? 쉴라고 내려온 게 아이고?"

동그래진 은주의 눈동자는 좀처럼 줄어들지 않았다.

"뭐 하고 살 건데?"

5년 사귄 애인과 헤어지고, 고향 집으로 내려오던 날

그녀는 15년 동안 다녔던 잡지사에 사직서를 냈다. 취업난에도 대학을 졸업하자마자 운 좋게 들어간 첫 직장이었고, 무엇보다 그녀가 오래전부터 갈망하던 일이었다. 물론 적성에도 맞았고, 이상에도 부합했다. 우리나라에서 다섯 손가락 안에 드는 인테리어 전문 잡지사에서 취재기자로 시작해 2년 전에는 편집장 자리까지 올랐다. 회사 설립 이래 최연소 기록이었다. 하지만 정말 열심히 일해 그 분야에서 성공했는지 몰라도 건강은 그렇지 않았다. 몸 여기저기 조금씩 고장 나더니 정신 건강까지 심각할 정도로 나빠졌다. 휴직이 아닌 사직을 선택한 걸 두고 주변에서는 다들 이해할 수 없다는 반응이었다. 그녀라고 자신을 이해할 수 있는 건 아니었지만 세상을 살다 보면 그런 일들투성이었다. 불가해한 일도 받아들일 줄 알아야 삶은 튼튼한 심장과 단단한 두 다리를 갖게 된다. 심장과 다리. 그거면 당분간은 버틸 수도 있을 것이다.

“일단 밭을 일궈볼까 해. 그러면서 천천히 생각해보려고. 앞으로 뭘 할지.”

그사이 허기로 시작했던 점심은 풍족하게 끝났고 그릇들은 깨끗하게 비워졌다.

그녀는 설거지를 한 그릇들을 양은 쟁반에 담아 마루로 나왔다.

"그냥 줘도 되는데."

은주가 쟁반을 받으며 말했다.

"배고팠는데 정말 맛있게 먹었어."

"혹시 뭐 도와줄 건 없나?"

그녀는 해가 지기 전에 마당 정리를 할 생각이었다.

"안 바빠?"

"시간 많다."

그녀는 창고에서 호미 두 자루를 들고 나왔다. 얼굴이 타지 않도록 모자에 두를 수건과 목장갑도 준비했다. 호미는 녹이 시커멓게 슬어 있었다. 손으로 가볍게 만졌을 뿐인데 녹이 부서지며 뚝뚝 떨어졌다. 물건이란 자주 써도 고장 나지만 쓰지 않고 가만히 내버려둬도 망가지는 법이었다. 몇 년 전 세계 최대 온라인 쇼핑몰 아마존에 호미가 베스트셀러로 등극했다는 얘기를 들은 적이 있었다. 우리나라에만 있는 전통 농기구인 호미는 외국에서도 한글 이름 그대로 불린다고 했다. 무딘 삽으로 조경 작업을 하던 세계 원예인들이 끝이 뾰족한 호미의 섬세한 구조와 기능에 반해 버렸다고. 호미. 이름도 참 예쁘다고 생각하며 그녀는 호미로 마른 땅을 찍었다.

서로 멀찍이 떨어진 채 은주와 그녀는 무성하게 자란 풀들을 뿌리째 뽑아 군데군데 쌓아두었다. 잡초에 가려졌던 마당이 점점 드러나고 둘 사이의 거리가 한 번씩 좁혀질 때마다 은주가 질문을 해왔다. 곤란하거나 아픈 질문도 있었지만 오래 준비해온 대답에 누군가 한 번쯤 물어주길 바랐던 것도 있었다. 그녀는 망설이거나 숨기지 않고 은주가 한 모든 질문에 대답했다.

"아버지 소식은 아직 없나."

은주가 무뎌진 호미로 땅 깊이 뿌리를 뻗은 풀들을 끈질기게 뽑아내며 물었다. 어릴 때부터 뭐든 끝장을 보고야 마는 성격은 여전했다.

"응."

어머니가 당뇨 합병증으로 돌아가시고 6개월 후 아버지가 집에서 사라져버렸다. 실종이었다. 7년 전 이맘때 태풍이 불어서 마을에 홍수가 크게 난 적이 있었다. 아버지는 감자밭을 살피러 집을 나갔다 급류에 휩쓸리고 말았다. 목격자들의 증언에 따르면 아버지 스스로 의지를 갖고 불어난 강물로 걸어 들어가는 것 같았다고 했다. 흙탕물에 떠내려간 아버지의 시신은 아직도 찾지 못했다. 어머니는 분명 아버지한테 이렇게 말했을 것이다. '죽어서야 떨어지니까 살판났구만 금세 그렇게 따라오면 어쩌자는 거요!' 어머니의 통박에도 아버지는 그저 좋아서 이빨 빠진 얼굴로 허허 웃었을 것이다. 그해 가족들은 두 번의 초상을 치렀다. 아버지는 어머니 무덤 옆에 가묘를 썼다. 장례를 치르고 두 분이 썼던 물건을 태워 매운 연기에 실려 보내고 났더니 살림살이는 절반으로 줄어 있었다. 그날 이후 가족 중 집을 찾아오거나 들여다본 사람은 아무도 없었다. 이상하게 다들 그랬다. 명절에도, 보름달이 뜬 날에도, 비가 오고 눈이 날리고 봄꽃이 피는 계절에도, 홍수가 지고 폭풍우가 치는 밤에도 오랫동안 집은 혼자였다. 아무도 없는 집을 지키고 살아간 건 결국 시간이었다.

마당을 끝내고 담벼락 틈새로 뿌리를 내린 잡초도 모조리 거둬 낸 다음 나무 사다리를 타고 지붕으로 올라갔다. 싹을 틔우기엔 흙도 마땅치 않고 수분도 마당보다 훨씬 적어 척박한 지붕에서도 풀은 아랑곳하지 않고 잘 자랐다. 사람이 없는 집은 자연이 주인이 되었다. 이럴 때 인간은 자연과 가장 먼 단어 같았다. 그늘이 한 조각도 없는 지붕이라 볕은 뜨거웠지만 한 번씩 부는 바람은 톡 쏘는 사이다처럼 청량했다. 이불 속 목화솜을 뭉텅뭉텅 뜯어 놓은 듯한 구름이 해를 가리면 바람은 더 시원해졌다.

지붕 뒤쪽 풀까지 뽑아 마당으로 던지고, 그들은 잠시 지붕에 나란히 앉아 마을을 내려다봤다. 마을 초입에는 200년 수령의 향나무가 있었다. 친구들과 녹슨 면도칼을 나눠 들고 쑥을 캤던 산기슭이 나무 뒤로 멀찍이 펼쳐져 있었다. 그 옆으로 여름에는 헤엄을 치고 겨울에는 썰매를 탔던 강물이 반짝이며 흘러가고 있었다. 띄엄띄엄 흩어져 있는 집과 집을 연결해주는 여러 갈래의 길은 지도를 확대해 놓은 것처럼 보였다. 그 길 한가운데서 아이들은 흙먼지를 일으키며 고무줄 놀이를 하거나 땅바닥에 그림을 그리며 자랐다. 유독 마을에 해바라기가 많았는데 올해도 그것은 어슬렁대는 키다리 아저씨처럼 길가에 한 뭉치씩 피어 있었다. 커다랗고 샛노란 얼굴을 볼 때마다 그녀는 해를 찾아 해바라기가 고개를 돌리는 게 아니라 해바라기를 따라 해가 자전한다고 생각했다.

"니 서울로 전학 간다고 했을 때 진짜 부러웠는데."

그녀는 여기서 초등학교를 3학년까지 다니다 언니 오빠들이 사는 서울로 전학을 갔다. 부모님의 교육열이 남다르다거나, 사람은 큰물에서 놀아야 한다는 철학을 가졌던 것은 아니었다. 집안 형편도 그렇고 애초에 장남 하나만 서울로 올려보낼 생각이었을 뿐 나머지 자식은 고향에서 거작저작 교육을 시킬 계획이었다. 동생들을 서울로 모조리 불러들인 건 큰오빠였다. 지금 생각해보면 넉넉지 않은 가정 형편에도 장남을 서울로 보낸 것 자체가 동생들을 책임지라거나, 그럴 뜻이 조금이라도 있다면 너의 결정에 따르겠다는 의중이 숨어 있었던 게 아닌가 싶다.

"나도 전학 가게 해달라고 엄마한테 졸라보기도 하고. 밤마다 울었잖아. 소꿉친구가 가버려서."

은주는 회상에 잠긴 표정으로 마을을 내려다봤다.

"나도 한동안 많이 울었어. 놀아주는 친구가 없어서."

그녀는 시골에서 전학 왔다고 따돌림당했던 지난 시간들을 떠올리며 씁쓸한 미소를 지었다.

"니 방학되면 한 번씩 내려왔잖아. 그때는 또 엄청 꼴보기 싫더라."

은주가 그녀를 슬쩍 쳐다보며 피식, 웃었다.

"왜?"

"분 바른 것처럼 얼굴이 희끄무레해진 것도 얄밉고, 올라간 지 얼마나 됐다고 꼬박꼬박 서울말 쓰는 것도 눈꼴시고. 배신감이 들더라니까."

"기억나. 그때부터 우리 사이 멀어진 거."

그녀도 피식, 웃었다.

"철이 없어서 그랬다."

그들은 해가 낮아질 때까지 지붕에서 옛날얘기를 주고받았다. 돌아보면 그때가 참 좋았다. 아무리 가난하고 비루한 과거라도 과거는 늘 현재나 미래보다 나았다. 좋은 것이든 나쁜 것이든. 좋은 일은 좋은 채로, 나쁜 일은 지나가버렸기에. 그것은 사직서를 제출하던 날 무수히 많은 장소 가운데 그녀의 발길이 이곳으로 향한 이유와도 같은 것이었다.

시내에서 이것저것 장을 보고 돌아오는 길이었다. 주차를 마친 그녀는 트렁크에서 봉지 세 개를 꺼내 들고 대문으로 들어섰다. 시내 나갈 일이 당분간 안 생기도록 잔뜩 샀더니 봉지가 꽤 무거웠다. 어제처럼 어두웠지만 풀이 말끔히 제거된 집은 어제만큼 무섭지는 않았다. 그저 익숙한 느낌이었다. 그녀는 인간에게 익숙함이란 감정이 없거나 약하다면 어떻게 될까 상상했다. 금방 좌절하거나 쉽게 포기 못 하거나, 아마 그렇게 될 것이다.

그녀는 봉지를 식탁에 올려 두고 소변이 급해서 화장실로 들어갔다. 청소하지 않은 걸 알면서도 변기 뚜껑을 열었다. 7년 동안 사용하지 않은 변기는 검은 띠를 두른 채 바짝 말라 있었다. 고장이 났는지 레버를 눌러도 헛돌기만 할 뿐 물은 나오지 않았다. 화장실에서 나온 그녀는 마당을 가로질러 대문을 잠그고 수돗가에 쭈그리고 앉아 오줌을 누었다. 어렸을 때도 재래식 화장실에서 일을 보는 게 무서우면 밤에 몰래 나와 여기다 오줌을 싸곤 했다. 흔적을 없애려고 물을 세 바가지나 퍼부어도 온전히 씻겨 내려가지 않아서 바닥은 늘 누렇게 찌들어 있었다. 어머니는 쌀을 씻다 지린내가 날 때면 오줌 싼 놈을 기어코 찾아내 빗자루로 두들겨 팼다. 그러곤 솔에 치약을 묻혀서 욕으로 바닥을 문질렀다. 그녀가 기억하기로 언니와 오빠들도 여기에 오줌을 싸서 많이 맞았다. 심지어 아버지도. 그러니까 세 바가지나 물을 퍼부어도 냄새가 가시지 않았던 건 너무 많은 가족이 같은 자리에 오줌을 싸서였다. 한 번도 서로에게 들키지 않으면서. 이쯤에서 그녀는 궁금해졌다. 가족들을 그토록 두들겨 팼던 어머니는 한 번도 싸지 않았을까.

화장지가 없어서 그녀는 지하수 한 바가지로 뒷물을 했다. 부들부들 떨릴 정도로 찬물이 온몸을 자극하자 갑자기 피곤해졌다. 그녀는 팬티를 올리고 방으로 들어갔다. 형광등과 안전기를 사 왔지만 내일 설치하기로 하고 바닥에 누웠다. 불이 들어오지 않는 어두운 방, 그리고 시계가 멈춘

방에서 그녀는 하루를 더 보냈다. 어쩌면 내일과 모레도 이렇게 보낼 수 있겠다는 생각이 들었다. 그럼에도 그녀는 싫지 않았다. 불편하지도 않았다.

오늘은 시끄러운 새들도 그녀를 일찍 깨우지 못했다. 그녀는 점심시간을 훌쩍 지나 방을 나왔다. 수돗가에서 소변을 누고 들어와 어제 봐 온 장들을 냉장고에 정리했다. 쌀을 씻어 밥을 안치고, 밥이 되는 동안에는 반찬 몇 가지를 만들었다. 밥은 마루에 앉아서 먹었다. 공기가 맑아 찬이 두 가지뿐인데도 밥맛이 좋았다. 이곳의 공기는 타락하지 않았다. 한 그릇을 뚝딱 해치우고 한 번 더 밥을 퍼다 버터에 간장을 넣고 쓱쓱 비볐다. 간장버터밥을 다 먹고 나서는 옥빛 다기에 녹차를 우렸다. 바싹 마른 녹차 잎사귀가 뜨거운 물속에서 오후의 햇살처럼 나른하게 몸을 풀었다. 얇게 풀어진 찻잎들은 투명한 초록 빛깔을 찻잔 속으로 내주었다. 은은한 찻물이 입술과 혀를 적시자 저절로 눈이 감겼다. 녹차의 진정한 맛을 처음으로 느낀 표정이었다. 그녀는 눈을 뜨며 오늘 마저 청소해야 할 곳을 찾았다. 마루에 걸터앉은 그녀의 한쪽 다리로 시선이 갔다. 마루 밑이었다.

마루 밑은 신발장이자 창고이면서 쓰레기통이었다. 집

에서 가장 더럽고 쓸모없는 건 마루 밑으로 들어가거나 모이는 경향이 있어서 끄집어낼 게 많았다. 그래서 숨기에도 좋았다. 마루 밑 구석에 숨어 있던 고양이 세 마리가 놀란 눈으로 그녀를 쳐다보고 있었다. 어미와 새끼 고양이 두 마리였다. 그런데 도망가지는 않았다. 철없는 새끼들은 아직 인간이란 게 뭔지 몰라서이고, 어미는 이곳을 자기 집이라고 생각해서인 것 같았다. 덩치가 큰 녀석은 7년 동안 여기 머물렀을 것이다. 그녀는 저 고양이를 7년 전부터 알고 있었다. 어미 얼굴의 기이한 무늬는 너무 독특해서 서너 번 봤을 뿐인데도 잊을 수 없었다. 녀석은 새끼 때부터 도둑고양이로 살면서 그녀의 집을 몰래 드나들곤 했다. 결국 이 집에 아무도 없었던 건 아니었다. 7년이란 시간 앞에 그녀는 돌연 침입자가 되고 말았다. 그리고 그런 위치는 온당했다. 집이란 지키고 지내온 자의 것이었다.

그녀는 고등어 한 마리를 구워 마루와 좀 떨어진 곳에 놓아두었다. 그동안 제대로 먹고는 살았을까. 쥐를 잘 잡았을까. 생선 냄새를 맡은 어미 고양이가 자세를 최대한 낮추며 살금살금 마루 밑에서 나왔다. 그녀는 관심 없다는 듯 일부러 딴청을 피웠다. 녀석은 아주 조심스럽고 소리 나지 않게 주변의 정적을 감싸며 접시로 다가갔다. 어슬렁거리듯 두어 번 동태를 살핀 후 균형 잡힌 몸을 둥그렇게 휘고 앉아 경계심 없이 먹기 시작했다. 아무리 배가 고파도 허겁지겁 먹는 법을 모르는, 고양이 특유의 기품 있는 속도를 견지하며. 고등어를 덥석 물고 안 보이는 곳으로 숨을 줄 알았는데 한낮의 밝음 속에서 고즈넉한 모습으로. 뒤이어 새끼고양이들도 어미가 있는 곳까지 따라 나와 접시에 머리를 모았다. 셋 다 꼬리가 길어서 물음표 모양이 춤을 추듯 엉켰다. 그녀는 그 틈을 놓치지 않고 빠른 손놀림으로 마루 밑에서 더럽고 쓸모없는 것들을 끄집어냈다. 먹이를 챙겨 주면 약간은 가까워질 수 있을 것이다. 사이가 좋아지면 침입자가 아니라 동거자로 인정받게도 될 것이다. 녀석은 현명해 보였다. 고양이다운 생활 방식을 지키고 본성을 잃지 않도록 유지하면서 사람과 너무 가까워지지 않게 적당히 신경도 쓸 줄 아는 것 같았다. 고양이는 한 걸음 물러나 지켜보게 하고, 또 그렇게 해주길 바라며, 그런 풍경이 어울리는 동물이었다. 그녀는 수첩 어딘가에 적어둔 '여름은 고양이의 졸음을 닮았다'라는 문장을 떠올렸다. 그 문장처럼 그녀에게 많은 졸음이 예고되고 있었다.

오랜 바람처럼 그녀는 시계와 달력과 가구가 없는 방에

서 세계문학을 읽었다. 날이 어두워져도 신경 쓰지 않았고, 해가 완전히 저물어 글자가 안 보일 때까지 고개 한번 들지 않고 계속 읽었다. 안전기가 고장 난 상태라 불을 켤 수도 없지만 한 장만 더, 더 하다 보니 어느 순간 방 안이 어둠으로 꽉 차 있었다. 그녀는 연필을 갈피에 끼워 두고 책을 덮었다. 그때 고개 들어 봐주길 기다렸다는 듯 창밖에 노란 가로등이 환하게 켜졌다. 그녀는 아련한 표정으로 불빛을 오랫동안 바라봤다. 한 사람을 위해 가로등이 저토록 밝게 빛나고 있다고 생각하자 그녀는 왠지 잘 살고 싶어졌다. 저 불빛으로 책을 한 페이지만 더 읽으려는데 누군가 노크하듯 마룻바닥을 느리게 두 번 두드렸다. 그녀는 책을 내려놓고 방을 나갔다. 웬 남자가 등을 지고 마루 앞에 서 있었다. 그녀가 누구세요? 하고 묻자 남자가 등을 돌렸다. 그러나 어두워서 얼굴은 자세히 보이지 않았다. 그녀는 안방 문을 열어놓고 불을 켰다. 방에서 흘러나온 불빛이 마루와 마당을 지나 대문까지 드리웠다. 노란 불빛으로 이루어진 길쭉한 액자 속에서 얼굴이 검게 그을린 남자가 환한 웃음을 지으며 말했다.

"나다. 기영이. 권기영."

"권기영?"

"기억 안 나나?"

그녀는 생각에 잠겨 눈을 깜빡였다.

"우리 초등학교 3년 내내 같은 반이었잖아. 3학년 2학기 때 내가 반장하고 니는 부반장이었고."

"아, 기영이! 알지."

그녀는 놀란 표정으로 기영이 내민 손을 잡고 흔들었다. 악수를 하며 자세히 뜯어보니 얼굴이 까매진 것만 빼면 어릴 적 그대로였다. 웃을 때 한쪽 입술이 올라가는 버릇이며, 짙은 눈썹과 짝짝이 눈, 그리고 큼지막하고 하얀 치아까지.

"정말 반가워."

그녀가 손을 놓으며 말했다.

"은주한테 내려왔다는 소식 들었다."

"은주?"

"응."

"그럼 혹시 은주 남편이……."

기영이 멋쩍은 표정을 지으며 머리를 긁적였다.

"너였구나. 방금 가로등 고친 것도."

"이제 환하지?"

그녀는 가로등을 한번 쳐다본 후 말했다.

"기영이 넌 어릴 때 그대로다."

"니도."

"들어와 차라도 마실래?"

그녀가 손으로 안쪽을 가리켰다.

"금방 가 봐야 해서."

"아쉽네."

"차는 다음에 은주랑 같이 마시고, 고장 난 거 있으면 말해봐라. 고쳐줄게."

그녀는 조금 망설이다 대답했다.

"그럼 변기 좀 봐줄래? 물이 안 나와."

기영과 그녀는 부엌방을 거쳐 화장실로 들어갔다. 원래는 부엌이었던 곳이라 화장실치고 제법 넓어서 조그마한 소리에도 공기가 민감하게 울렸다. 기영은 변기 수조 뚜껑을 열고 그 안으로 손을 집어넣어 요리조리 살폈다.

"변기를 교체할 필요까지는 없고. 물구멍을 열고 닫아주는 탱크 볼이란 게 있는데 그 마개랑 레버를 연결하는 체인이 삭아서 끊어진 기다. 우선은 철사로 연결해놓고 체인 사서 한 번 더 봐줄게."

그녀는 기영의 부탁으로 창고에서 철사를 가져왔다. 기영이 끊어진 체인을 철사로 연결하는 와중에 불쑥, 느닷없다는 느낌으로 말했다. 고장 난 변기에 대해 설명할 때보다 한층 작아진 목소리였다.

"니 내가 좋아했던 거 아나?"

"어?"

장난기가 섞인 말인데도 그녀는 조금 당황했다.

"내가 니 좋아했었다고."

"아니."

"하긴."

민망한지 기영은 시선을 변기에만 두고 있었다. 서먹해진 분위기 탓에 그녀는 자신도 모르게 더 작아진 목소리로 물었다. 소리가 울리는 화장실이 괜히 신경 쓰였다.

"은주도…… 알아?"

"모른다. 코흘리개 때 얘기니까."

기영이 레버를 연속으로 두 번 내렸다. 이젠 헛돌지 않고 꽉 잡아주는 듯한 탄력이 느껴졌다. 변기 속으로 깨끗한 물이 빠졌다가 다시 차올랐다. 그래도 수돗가에서 한 번씩 오줌을 누게 될 것 같다고 그녀는 생각했다. 수조 뚜껑을 닫고 화장실을 나온 기영이 식탁에 놓인 안전기와 새 형광등을 발견하고 말했다.

"형광등도 나갔나 보네."

"그런 줄 알고 안방 형광등을 빼서 끼워봤는데도 불이

안 들어오더라고. 안전기가 아예 고장 난 것 같아."

"저 방이야?"

기영이 작은방을 턱짓으로 가리켰다.

"괜찮아. 몇 번 해봐서 그 정도는 나도 할 수 있어."

"은주가 다 고쳐주고 오라고 했다. 걔 성질머리 알제? 두꺼비집이나 내려봐라. 십자드라이버도 갖다주고."

그녀가 두꺼비집을 내리고 손전등과 드라이버를 찾아온 사이 기영은 식탁 의자를 번쩍 들고 어두운 방으로 들어갔다. 형광등 아래에 의자를 놓고 올라가자 우지직거리는 소리가 들렸다. 그녀는 기영이 고장 난 안전기를 뜯어내도록 옆에 서서 손전등으로 천장을 비춰주었다. 어두워서인지 생각보다 시간이 좀 걸렸다.

"내일 밝을 때 교체할 걸 그랬나 봐."

"다 됐다. 전선만 연결하면 된다."

안전기 나사를 조인 기영은 전선을 연결하고 형광등을 끼웠다.

"한번 켜봐라."

그녀는 두꺼비집을 올리고 방문 앞 스위치를 눌렀다. 시동이 걸리듯 텅, 소리와 함께 몇 번 끄먹거리다 불이 들어왔다. 눈이 부시도록 밝아서 그녀는 눈살을 찌푸렸다.

"저 시곈가 보네."

기영이 의자에 선 채 창문 위에 걸려 있는 시계를 쳐다보며 말했다.

"은주 말대로 진짜 신기하게 바늘이 다 5에 멈춰 있네."

그러고는 바지 주머니에서 금속 빛이 나는 뭔가를 꺼내 그녀에게 건넸다. 건전지 두 개였다.

"마냥 저래 둘 수는 없잖아. 갖고 있다 갈고 싶을 때 써라."

기영은 의자를 부엌에 갖다 놓고 바로 돌아갔다. 기영을 대문 밖까지 배웅하고 돌아선 그녀는 건전지 두 개를 손바닥에 놓고 쥐었다 펴기를 반복했다. 그러면서 불빛으로 환한 작은방 창문을 오래 쳐다봤다.

시골의 밤은 귀가 먹었나 싶을 정도로 적막했다. 저녁 하늘은 시력이 좋아졌나 착각할 만큼 선명했다. 책을 읽다 목이 말라서 나온 그녀는 정작 물 마실 생각은 않고 마당에 서서 밤하늘을 올려다봤다. 금기가 풀린 듯, 밤에 활발해지는 고양이들은 마당을 뛰어다니며 뭉쳐 있던 낮의 근육을 풀었다. 귀신들은 죽음의 한을 풀고자 등골이 오싹해지는 바람을 일으켰다.

아버지 명의의 집을 이대로 계속 둘 수 없어서 어떤 식으로든 처분하려고 했을 때 언니와 오빠들은 하나같이 그녀한테 알아서 하라고 했다. 결론은 아무도 물려받고 싶은 생각이 없다는 것이었다. 누구는 1가구 2주택이 되면 세금 부담만 는다는 이유로, 그런 낡고 볼품없는 집을 내놔봤자 누가 사려고 할 것이며 팔아봤자 부동산으로 가치가 얼마나 되겠냐며 달가워하지 않았다. 아버지가 어느 날 갑자기 돌아오기라도 하면 지낼 곳이 있어야 하는 거 아니냐는 이상적인 말도 오갔다. 하나같아서, 누구 입에서 그런 말이 나왔는지조차 기억나지 않았다. 그녀는 이 집에 깃든 각자의 추억에 대해 한마디씩이라도 해주길 바랐으나 그런 형제는 아무도 없었다. 그래서 그녀가 갖기로 했다. 그렇다면 그녀는 그들과 뭐가 다를까.

그녀는 집에 대해 자기만큼 잘 아는 사람은 없다고 자신했었다. 실제로 많은 집을 만났고, 그 집에 얽힌 사람들의 이야기를 경청한 뒤 직업적인 문장으로 꾸며서 먹고살았다. 크고 비싼 집과 그 집에 사는 격조 있는 사람들의 이야기를 오랫동안 쫓아다녔지만 그녀가 한 시절 살았던 이런 집이 잡지에 나온 적은 없었고, 나올 수도 없었다. 그림이 예쁘지 않기 때문이었다. 인테리어 잡지는 집의 아름다움을 시각적으로 제시해야 하는 매체였다. 그 안에 사는 사람들의 이야기가 아무리 건강하고 특별해도 아름답지 않은 집은 깨끗한 사진과 힘껏 치장한 문장의 주인공이 될 수 없었다.

세상에 부끄러운 집이 어디 있겠는가. 비바람을 막아주고, 한여름에는 그늘을 주고, 밤에 잠자리를 주면 누구에게나 집은 똑같은 것이다. 들여다보면 그 집에서 이루어지는 생활이란 것도 다 비슷비슷했다. 그 똑같고 비슷한 걸 그녀는 간과했다. 집이라고 다 같은 건 아니라고 우기기도 했다. 그건 사람이 다르다고 말하는 것과 같은 이치였다. 집이 다르면 사람도 다른 거라고. 집이 달라져도 사람은 달라지면 안 되는 건데도. 10억짜리 집에서 흘러나오는 웃음이 1000만 원짜리 집에서 피어나는 웃음보다 더 비싼 건 아니었다. 1000만 원짜리 집에서 겪는 고통이라고 더 싼 것도 아니었다. 집에는 슬프면 똑같이 울고, 아프면 똑같은 고통을 느끼는 인간만 있을 뿐이었다. 사람의 가치는 집이 좌우하는 게 아니지만 집의 가치는 사람이 좌우할 때가 있었다. 그녀는 이 낡은 집에서 태어났고 고민과 걱정이 없는 어린 시절을 보냈다. 그리고 아마 옛날 방식대로 살다가 이 집에서 늙고 죽을 것이다. 집은 사람보다 오래 사니까. 그녀는 북극성을 바라보며 생각했다. 살 만하게 쓸고, 닦고, 고쳐놓으면 언니 오빠들도 찾아와 볼까.

집에 사람이 있으니 사람이 계속 찾아왔다. 점심으로 콩물 국수를 해 먹으려고 불려 둔 노란 콩을 수돗가에 앉아 씻고 있을 때 은주가 들어왔다.

"어디 갔었나? 한 시간 전에 와 보니까 없데."

"고양이 사료 사러 시내에 좀 다녀왔어."

노랗게 투명한 콩 껍질이 물길을 따라 수챗구멍으로 우르르 빨려 들어갔다.

"무슨 고양이?"

그녀가 젖은 손으로 마루 밑을 가리켰다. 낯선 사람이 얼굴을 쓱 내밀자 졸고 있던 어미가 놀란 표정을 지었다. 신나게 장난치며 놀던 새끼들도 어미 품으로 달려들었다.

"귀엽다. 적적하진 않겠네."

은주가 수돗가 앞에 쭈그려 앉으며 말했다.

"콩물 국수 할라고?"

"먹고 가."

"니 저번에 메밀나물 잘 먹길래 무쳐 왔는데."

은주가 플라스틱 반찬통을 열자 그녀는 젖은 손을 옷

섶에 닦고 나물을 집어 먹었다. 된장에 무친 미끈한 메밀이 식욕을 자극했다.

"그럼 밥도 먹고 국수도 먹자."

그녀는 점심 준비를 서둘렀다. 그녀 혼자라면 콩을 맷돌에 넣고 천천히 돌렸겠지만 얼른 상을 차려야 해서 믹서기로 순식간에 갈았다. 고소하고 걸쭉한 노란 콩물에 생면을 말고 얼음을 동동 띄운 후 오이채와 삶은 달걀을 올렸다. 마지막으로 검은깨를 솔솔 뿌리고 밥도 한 공기 담아 부엌을 나갔다. 걸레로 마루를 훔치던 은주가 상을 받았다. 은주는 상을 내려놓으며 무언가를 찾듯 마루를 이리저리 둘러봤다.

"뭐 찾아?"

"낙서."

"무슨 낙서?"

"내가 옛날에…… 여기 어디쯤이었는데."

은주가 무릎걸음으로 자리를 옮겨가며 마루를 샅샅이 살폈다. 잠시 후 마루 끝 지점을 손가락으로 짚으며 지그시 웃었다. 그녀는 은주 곁으로 다가가 고개를 낮게 숙이고 그곳을 들여다봤다. 구석이라 눈길이 닿기 힘든 곳에 많이 닳아서 희미해진 이름 두 개가 소심할 정도로 조그맣게 새겨져 있었다. 그녀와 은주의 이름이었다.

"아무도 없을 때 몰래 들어와서 내가 적어놓고 갔다."

"왜?"

그녀가 은주의 얼굴을 아리송하게 들여다봤다.

"이렇게 나란히 적어두면 니랑 단짝 먹을 수 있을 것 같아서."

은주가 아직도 있네, 하고 중얼거리며 마루를 아련하게 쳐다봤다.

"아직도 이렇게 있어서 다시 만났나 보네."

"그런가."

"국수 불겠다."

그녀가 은주의 팔을 붙들고 말했다. 그들은 국수가 불지 않게 얼른 상으로 가서 앉았다.

후루룩, 후루룩. 국수 먹는 소리가 여름 한낮의 더위를 10월로 옮겨주었다. 점심을 마치고 마시는 아이스 커피는 은주에게 3년 전 도시 생활을 생각나게 했다. 도시를 떠난 후 커피도 자연스레 멀리하게 됐다는 은주는 오랜만에 맛보는 원두커피에 흠뻑 빠져들었다. 그녀가 한결 살가워진 말투로 물었다.

"왜 기영이가 남편인 거 말 안 했어?"

“놀랐나?”

“놀라기도 하고 재밌기도 하고.”

그녀가 커피 잔을 든 손목을 천천히 돌리자 얼음 부딪히는 소리가 시원하게 났다.

“자연스레 아는 게 좋을 것 같아서 그랬다. 너무 서운해하지 마.”

“같이 차 한잔하면 좋을 텐데.”

“조만간 같이 올게. 글고 고장 난 데 있으면 바로 연락해래이. 손재주가 좋다.”

“어릴 때부터 그랬잖아. 뭐든 요술쟁이처럼 뚝딱 잘 만들어내고.”

그녀는 잔을 들여다보며 그때를 떠올렸다.

“나무젓가락으로 자기 집 똑같이 만들어 왔던 거 기억나나? 여름방학 숙제로.”

은주가 커피 잔을 입에서 다급히 떼며 말하자 그녀는 거기에 자기 기억을 덧붙였다.

“고장 나서 한쪽으로 기울어진 대문까지 그대로였잖아. 찰흙으로 사람 얼굴은 또 얼마나 잘 빚었는데.”

“기억난다. 예쁜 여자애 얼굴.”

그런 얼굴을 기영이 빚은 적이 있었던가. 그녀는 눈을

치켜뜨며 고개를 갸웃거렸다.

“니 전학 갔을 때…….”

갑자기 느리고 낮아진 은주의 목소리에 그녀가 은주의 얼굴을 지그시 쳐다봤다. 은주는 아이스 커피 잔에 맺힌 물방울을 엄지손가락으로 연신 닦아냈다.

“내가 많이 울었다고 했잖아.”

“응.”

“그때 위로해준 게 기영이야.”

마치 유리 속에서 솟아나는 것처럼 물방울은 닦아내도 계속 차올랐다.

“나한테는 눈길도 안 주던 놈이 등을 토닥여주는데…….”

그녀는 얼음을 입에 넣고 천천히 녹여 먹었다.

“가슴이 싱숭생숭해지더라. 아마 그때부터였지 싶다.”

어느 순간 얼음은 그녀의 입안에서 감쪽같이 사라졌다.

“니 질투 안 하게 된 게.”

얘기하면서 둘 다 자기도 모르게 다리를 흔들고 있던 모양이었다. 새끼 고양이가 마루 밑에서 기어 나와 움직이는 발을 잡으려고 장난을 쳤다.

어느 시인의 책에서 읽은 ‘중국 사람들은 고양이의 눈에서 시간을 본다’라는 문장처럼 어느새 호미의 눈에도 해가 저물고 별이 떴다. 오랜 시간 잡담을 풀어내던 은주가 돌아가고, 어쩌면 귀신도 사라졌을지 모를 시간에 그녀는 설거지를 마치고 작은방으로 들어갔다. 형광등을 켜자 창문 위로 허기지게 걸려 있는 시계가 보였다. 다가가 팔을 뻗어 벽에서 그것을 내렸다. 그녀는 물수건으로 테두리며 유리를 오랫동안 닦았다. '서림초등학교 30주년 개교기념일 증'이라 새겨진 금박 글씨가 선명해질 때까지 문지른 뒤, 책상 서랍에서 새 건전지를 꺼내 끼웠다. 숫자 5에 모여 있던 바늘이 흩어지면서 시계가 가기 시작했다.

나의 루마니아어 수업

그해, 가을 날씨는 그녀의 눈동자를 닮아 있었다. 아니, 그녀의 눈동자가 가을을 닮아 있었다. 분명, 가을을 거울처럼 그대로 비추거나 모조리 빨아들인 듯한 눈이었다. 아쉽게도 나는 그녀 눈의 사계를 알지 못한다. 봄에는 무슨 빛깔로 피어나고, 여름이 되면 얼마큼 나른하게 풀어지고, 겨울에 흩날리는 눈송이를 바라볼 때는 어떠한 깊이로 시리게 빛나는지. 가을, 오로지 그 한 계절만 알 뿐이었다.

그토록 쓸쓸하고 외로운 눈동자라니. 나뭇가지에 마지막으로 남은 단풍잎 같은 눈이라니. 세상의 모든 스산함을 긁어모아 빚은 듯한 눈빛이라니. 눈동자 하나에 그런 감정과 마음이 담길 수 있다는 게 놀라웠고, 당시 그걸 내가 알아봤다는 사실은 더 놀라웠다. 세상 어디서도, 그리고 15년이 지난 지금까지도 나는 그녀와 비슷한 눈동자를 가진 사람을 보지 못했다. 비록 그녀의 가을만 알고 있지만 내가 기억하는 그녀라면 봄에 꽃이 피어도, 폭염으로 여름이 녹아내려도, 겨울 한파가 호수를 얼려도 가을의 눈동자로 살고 있을 것 같았다.

이제라도 만나면 알 수 있을까. 지금은 12월 말이고, 어느 해보다 추운 날들이 이어지고 있으니 만난다면 적어도 그녀의 겨울 눈동자를 볼 수 있지 않을까. 인연이 계속된다면 봄과 여름도. 그렇게 그녀의 사계를.

그해 가을 날씨 같다면 모를까, 꼭 그해가 아니어도 여름 다음에 오는 무상한 가을이라면 모를까, 일주일째 한파주의보가 내려진 상황에 왜 갑자기 그녀를 떠올리게 됐는지 알 수 없었다. 그녀를 잊은 건 아니지만 그렇다고 자주 생각하며 지내온 것도 아니었다. 먹고사느라 바빴고, 그런 와중에도 누군가와 연애를 하는 데 소홀함이 없었으며, 계절처럼 찾아오는 이별의 아픔이 매번 낯설어서 그녀에게 내어줄 시간은 없었다.

아까 그 새끼 고양이 때문일까. 집을 나와 주차장을 지나는데 자동차 밑에서 고양이 우는 소리가 희미하게 들려왔다. 출근길이니 모른 척하자, 아는 척해봤자 당장 어떻게 해줄 수 없으니 그냥 못 들은 걸로 하자고 생각하며 A동 쪽으로 걸었다. 그런데 금세라도 꺼질 듯한 촛불 같은 울음소리가 끝내 내 발목을 붙들더니, 결국 바쁜 출근길을 되돌려놓고 말았다. 차디찬 바닥으로 몸을 수그리고 자동차 밑을 살폈다. 앞바퀴 쪽에 젖소 문양의 새끼 고양이가 웅크리고 앉아 울고 있었다. 배가 고파 우는 걸까, 추워서 우는 걸까. 비쩍 마른 걸 보니 오래 굶은 것 같았고, 바들바들 떠는 걸로 보아 몹시 추운 것 같았다. 그때 고양이와 눈이 마주쳤는데 그 빛나는 한 쌍의 눈동자가 온갖 감정과 심상으로 빚어낸 결정체처럼 보였다. 작고 여리지만 내가 알지 못하고 겪어보지도 못했던 마음들이 그 안에 담겨 있으리라 짐작되었다. 어쩌면 내가 죽을 때까지도 알지 못할 것들을, 벌써 저 어린 고양이는 꽁꽁 언 아스팔트 위에서 혼자 감당하고 있을지도 모른다는. 그해 그녀처럼.

"그래서 밥을 주고 오느라 늦은 거예요?"

간발의 차로 신호에 걸린 후배가 횡단보도 앞에서 급브레이크를 밟으며 말했다. 후배의 차는 횡단보도 정지선을 한참 위반한 곳에서 간신히 멈췄다. 긴장한 듯 후배의 미간이 살짝 찌푸려졌다.

"미안. 안됐잖아, 어린 고양이가. 날도 추운데."

앞으로 중심이 쏠린 나는 천장 손잡이를 붙잡았다.

나는 황급히 다시 집으로 올라가 따뜻하게 데운 우유를 운두가 낮은 종이팩에 부었다. 그리고 어젯밤 계란찜을 하려고 우려둔 육수에서 멸치만 골라내 씻은 뒤 잘게 찢어 비닐봉지에 담았다. 우유와 멸치를 자동차 밑에 넣어두고 후배가 사는 A동 쪽으로 뛰는데 그녀가 후배와 동기였다는 사실이 뒤늦게 생각났다. 그러니까, 겨울 한복판에서 만난 새끼 고양이와 후배가 그녀를 떠올리게 한 것이다.

"선배는 여전하네요."

늦은 이유를 듣던 후배가 한숨 섞인 목소리로 말했다. 후배는 집게손가락으로 핸들을 초조하게 두드리며 신호가 얼른 바뀌기만을 기다렸다. 예전부터 급한 성격에 참을성이 없던 후배도 여전하기는 마찬가지였다. 그러나 나는 그 말을 하지는 않았다.

같은 과 3년 후배인 현수를 만난 건 사흘 전이었다. 양손에 쓰레기봉투를 들고 공용 현관문을 나서는데 외제 차에서 내리는 현수와 마주쳤다. 베레모를 푹 눌러써서 처음에는 현수를 알아보지 못했다. 그저 9평 원룸 주차장에 세워진 외제 차가 어색하다고 생각하며 쓰레기를 모아 두는 곳으로 향했다. 쓰러지지 않게 봉투를 내려놓고 돌아서자 현수가 선배 맞죠? 하며 얼굴을 확인하려는 듯 고개를 비스듬히 기울이며 다가왔다. 내 앞에 멈춰 선 현수가 베레모 끝을 살짝 들어 올렸다. 졸업하고 처음 보는 얼굴이라 반가운 마음에 불쑥 손을 내밀었다가 재빨리 거두었다. 방금 내가 쓰레기를 버리고 왔다는 걸 안 현수의 표정에서 망설임이 느껴져서였다. 현수는 춥다며 자기 겨드랑이에 팔짱을 끼었지만 왠지 내가 다시 악수를 청하기라도 할까 봐 그러는 것 같았다. 어떻게 여기서 만나느냐부터 졸업 후의 안부와 근황이 한참 오갔다. 현수는 회사 문제로 먼 친척 형이 사는 이곳 원룸에 두 달 정도 머물게 됐다고 했다. 현수가 다니는 회사는 내 회사와 가까웠고 출퇴근 시간도 비슷했다. 그러더니 현수는 자연스레 카풀을 해주겠다고 말했다. 나는 두어 번 사양하다 마지못한 듯 그럴까, 하고 대답했다. 현수의 등 뒤에서 반짝이는 독일 브랜드의 세단 때문이 아니라 아침마다 끔찍한 지옥을 맛보여주는 지하철이 떠올라 두 달 만이라도 편해지고 싶어서였다.

신호가 풀리고 현수는 가속페달을 꾹 밟아 속도를 냈다. 그러나 월요일 아침 출근길이라 도로는 자꾸 정체됐고, 현수는 그걸 좀 답답해하고 지루해했다. 달리고 멈추기를 반복하다 좌회전 신호를 받기 위해 왼쪽 깜빡이 등을 켜고 기다리던 현수가 말했다.

"아까 그 고양이요."

나는 사이드미러를 응시하고 있는 현수 쪽으로 고개를 돌렸다.

"사람이 무서워서 떨고 있었던 걸 거예요. 추워서가 아니라."

"네가 어떻게 알아?"

"어디서 들었는데 털 달린 동물들한테는 영하 15도도 아, 서늘하다, 정도래요."

"정말? 그럼 다행이고. 배만 고픈 게 어디야."

나는 괜히 안심이 되었다. 그러자 그녀가 다시 생각났다. 그해 가을, 그녀는 아까 그 고양이처럼 가늘고 떨리는 목소리로 '추워요'나 '배고파요'라는 말을 자주 했다. 아무에게도 들리지 않을 정도로 작은 목소리여서 아무도 그녀에게 옷을 주거나 밥을 사주지 않았다. 그러나 들으려고 하지 않았을 뿐이지 들리지 않은 건 아니었다. 중얼거리는 듯한 그녀의 말을 알아듣고 내가 몇 번 옷을 벗어주고 밥도 사주었으니까. 털옷이 있었다면 그녀는 '추워요' 대신 '서늘해요'라고 말했을까. 그해 가을 날씨는 춥다고 할 만한 온도는 아니었다. 다만 더없이 쓸쓸하고 외로운 온도였다. 그러나 내가 기억하고 느끼기에 그랬다는 것이지 그녀한테는 추웠을지도 모른다. 그녀가 '추워요'라고 했으니까. 그렇다면 그해 내가 벗어준 옷들은 따뜻했을까. '서늘해요'라는 말은 사람을 얼마나 안심하게 하는가.

"혹시 은경이 근황 알아?"

좌회전이 끝나길 기다렸다 내가 물었다.

"누구요?"

"김은경. 네 동기."

"김은경?"

현수가 미간을 좁히며 고개를 갸웃거렸다.

"동기 중에 그런 이름이 있었나."

"동기 이름도 몰라? 아무리 졸업한 지 오래됐어도."

"선배가 잘못 알고 있는 거 아니에요?"

"맞아. 06 학번 김은경."

"평범하고 흔한 이름이네요."

현수는 이름이 평범하고 흔해 빠져서 기억나지 않는다는 투로 말했고 무심하게 짓는 표정도 그러했다. 특이한 이름을 가지면 인생이 특별해지고 사람들한테 특별하게 기억될 수 있다. 그러나 한 사람의 인생에서 기억할 게 이름뿐인 건 아니지 않나. 그런 게 전부가 될 수는 없지 않나. 동기인데도 현수가 그녀를 기억 못 하자 나는 잠시 그녀가 정말 없었던 사람인가, 하는 '서늘한' 생각에 잠겼다. 그해 가을의 그녀는 내가 만들어낸 환영이거나 내 눈에만 보이는 존재였던 것인가, 하는.

비록 이름은 평범하고 흔했지만 그녀는 결코 평범하지도 흔하지도 않았다. 적어도 내게는 그랬다. 가을이 유독 일찍 찾아왔던 그해, 전역하고 과 선후배와 동기들을 만나러 찾아간 캠퍼스는 구름 낀 선선한 날씨에 단풍이 들고 있었다. 오랜만에 캠퍼스를 거니는 발걸음은 가벼웠고, 청춘의 열기와 활기보다는 차분하고 침착한 분위기가 먼저 느껴졌다. 군대에 다녀온 사이 내 마음가짐이 달라진 것인지, 대학과 사회가 시대 변화에 부응한 결과인지는 알 수 없었다. 한편으로는 그저 계절 탓일 수도 있겠다는 생각이 들었다. 대학이란 곳도 가을을 타는 거라고. 다만 이제야 내가 시간의 흐름에 따른 미묘한 차이를 분별할 줄 아는 눈을 갖게 된 거라고. 군대에서 날카롭게 벼려진 그 감각. 달력 하나 없이 나무 이파리의 변화로 남은 전역 날짜를 기막히게 헤아리던 초자연에 가까운 능력으로.

나는 머리가 복잡하고 마음이 불안할 때마다 비밀스럽

게 머물렀던 나만의 장소들을 천천히 돌아본 뒤 학과 사무실에 들러 조교 형한테 전역 인사를 했다. 그러고 학회실로 내려갔다. 학회실에서는 동기 녀석이 혼자 남아 서툰 실력으로 기타를 뚱땅거리고 있었다. 허리 디스크로 군 면제를 받은 놈이랑 공감 없는 군대 얘기를 좀 나누다 녀석을 따라 수업에 들어가게 되었다. 전역 축하주를 마시기로 한 시간까지 딱히 할 일도 없었고, 새내기들이 듣는 수업이란 녀석의 말에 호기심이 생겨 따라나선 길이었다. 그 수업은 1학년 2학기 '초급 루마니아어 번역 연습'으로 동기가 재수강하는 전공 필수과목이었다.

동기와 나는 1학년 후배들과 좀 떨어진 자리에 앉아서 삼삼오오 수다를 떠는 그들의 인상을 하나하나 살폈다. 아직 취직이나 미래에 대한 걱정이 적을 시기라 그런지 모두 명랑해 보였다. 깨끗한 웃음과 그늘 없는 표정, 그리고 끼어들고 싶을 만큼 탐나지만 비집고 들어갈 자리 하나 없는 그들만의 완고한 친밀감. 그렇게 강의실을 쭉 둘러보다 그들과 멀찍이 떨어져서 구석에 혼자 앉아 있는 그녀를 발견했다.

한 강의실인데 그녀는 전혀 다른 분위기 속에 따로 잠겨 있었다. 그녀에게 무언가가 전염될까 봐 그들이 떨어져 있는 것인지, 그들에게 무언가를 전염시킬까 봐 그녀 스스로 떨어져 나온 것인지 알 수 없었다. 덩어리와 어떤 이유로 덩어리가 되지 못하고 남은 자. 하여튼 그들과 그녀의 거리는 지구 반대편만큼이나 멀어 보였다. 그러나 나는 무슨 정석처럼 흔하게 널린 저쪽의 청춘과 젊음보다 다른 날씨, 다른 젊음, 다른 삶에 놓인 듯한 그녀에게 눈길이 갔다. 나는 손등에 턱을 괴고 그녀를 노골적으로 쳐다봤다. 어깨까지 닿은 머리카락이 이마와 뺨을 가려서 얼굴은 자세히 보이지 않았다. 그치지 않는 내 시선을 느꼈는지 그녀가 고개를 조금 들어 나를 힐끗 쳐다봤다. 찰나의 순간, 나는 강의실 바깥의 가을이 고스란히 스며든 그녀의 눈빛을 마주하고 크게 놀랐다. 행성에 혼자 남겨진 사람이 쌓이고 쌓인 쓸쓸함을 감당하다 못해 동공이 녹아버리고 만 듯한 눈이었다. 그녀도 놀라기는 마찬가지였는데, 상대방이 성경 속 소금 기둥이라도 될까 염려하는 표정으로 나와 눈이 마주치자 얼른 고개를 숙였다. 쟤는 왜 떨어져 앉아 있어? 내 물음에 동기가 전공 책을 들여다보며 무심하게 대답했다. 원래 그래. 이름은 뭐야? 이름? 김, 뭐였는데…… 몰라.

수업이 시작되어도 그녀는 고개를 들지 않았다. 수업 막바지에 교수가 거기, 맨 끝자리 학생이 36페이지 첫 문단 읽고 해석해볼까요, 하고 말했다. 순간 강의실에 정적이 감돌았고, 학생들의 시선이 일제히 구석으로 향했다. 그러나 그녀에게 주어진 시간은 침묵으로 난처하게 흘러갈 뿐이었다. 초급임에도 그녀는 해석은커녕 문장 한 줄 제대로 읽지 못했다. 그녀의 고개는 더욱 깊숙이 잦아들었고, 수업은 결국 침묵으로 끝나버렸다.

현수는 내 특별한 얘기를 듣고도 회사에 도착할 때까지 그녀를 기억해내지 못했다. 현수한테는 특별하지 않았던 모양이었다. 그럼에도 나는 이해되지 않았다. 혼자 떨어져 지내는 사람은 이상해서라도 기억에 남지 않나. 그랬더니 현수는 오히려 떨어져 있으니까 간유리처럼 흐릿하게 남아서 어느 순간 시간이란 어둠 속으로 사라지는 거라고 심드렁하게 말했다. 그러나 현수한테는 그녀가 흐릿한 간유리로도 남은 적이 없는 것 같았는데, 나는 그 말을 하지 않고 차에서 내렸다.

*

한파가 절정에 달하더니 새해 첫날까지 이어진 폭설로 세상이 하얗게 마비되었다. 멈춰버린 도시로 인해 연인들의 약속은 지체되거나 취소되었고, 얼마 전 애인과 헤어진 나 같은 사람은 마음까지 마비되어서 제야의 종소리와 해돋이의 의미마저 회의적으로 변해버린 날들이었다. 애인 없는 친구들한테서 만나자는 전화가 몇 통 걸려 왔지만 폭설은 '나가기 귀찮은' 마음을 '나가기 어려운' 핑계로 바꿔 놓기에 좋았다.

따뜻한 방에 갇힌 나는 뜨거운 커피 잔을 들고 창밖을 내다봤다. 모든 걸 고립시키겠다는 듯 눈은 하얀 벽처럼 내렸다. 사람이고 차고 꼼짝없이 묶인 가운데 눈 속을 이리저리 굴러다니는 까만 점 같은 녀석이 있었다. 나는 입김이 서릴 정도로 유리창에 얼굴을 갖다 대고 바깥을 내다봤다. 며칠 전 출근길 발목을 붙들었던 그 고양이였다. 아직 새끼라 그런 건지, 현수 말대로 이 한파가 그저 서늘할 뿐인지 녀석은 눈밭을 바쁘게 뛰어다니고 있었다. 혼자 노는 것 같았고 사람들을 피해 다니는 훈련을 해보는 것도 같았다. 그날 이후 아무것도 먹지 못했다면 배가 고프겠구나, 하는 생각이 들었다. 나는 서둘러 잔을 비운 뒤 점퍼를 챙겨 입고 집을 나섰다.

편의점에서 고양이용 사료와 캔을 사 왔다. 녀석은 사람의 손을 타지 않아 다가가면 그 거리만큼 잽싸게 피했다.

일정한 장소에 먹이를 놓아두고 스스로 찾아와 먹기를 바랄 수밖에 없었다. 나는 눈을 걷어낸 화단에 캔을 놓고 기둥 뒤로 가서 지켜봤다. 자동차 밑에 숨어 있던 녀석이 작은 눈동자로 주변을 살피며 먹이 앞으로 조심스레 다가갔다. 꼬리가 짧고 끝이 살짝 꼬부라져 있었다. 그리고 신기하게도 등뼈 쪽 얼룩무늬가 하트 문양이었다. 녀석은 손에 잡히고 길들일 수 있는 고양이가 아니라서 저렇게 계속 무언가를 경계하거나 피해 다니며 살아야 할 것이다. 그런 삶을 사는 심장은 늘 피곤하고 불안하게 뛸 테지. 나는 아, 하고 유령 같은 입김을 내뿜으며 흐린 하늘을 올려다봤다. 지금 나는 이 차가운 눈을 어떤 눈동자로 바라보고 있을까. 눈송이가 얼굴에 닿아 녹자 눈물 자국 마냥 얼룩이 졌다.

그녀는 항상 눈물이 필요한 사람처럼 보였지만 정작 한 번도 눈물을 흘리지 않았다. 금방이라도 울 것 같은데 울지 않았고, 울음을 머금은 듯한 목소리였지만 그 목소리를 우는 데 쓰지 않았다. 그날 침묵으로 수업이 끝난 후, 나는 그녀를 찾아 캠퍼스를 돌아다녔다. 그녀가 수업 중 겪었을 창피함이 내내 신경 쓰여서 가만히 있을 수 없었다. 놀랍게도 그녀를 찾은 곳은 내가 비밀스럽게 머물던 장소 중 하나였다. 작은 연못 앞에 놓인 낡은 벤치. 해가 들지 않아 습하고 싸늘한 데다 3년 전 익사 사고까지 있어서 사람들의 발길이 끊긴 곳이지만 그녀라면 갈 만하다는 생각이 들었다.

그녀는 고개를 푹 숙이고 앉아 무릎 위에 펴놓은 초급 루마니아어 교재를 들여다보고 있었다. 그녀에게 굴욕을 안긴 36페이지였다. 우는가 싶었으나 우는 건 아니었다. 다만 그녀의 심장이 피곤하고 불안하게 뛰는 소리가 들리는 것 같았다. 그녀 옆으로 가서 앉자 심장 박동이 더 크게 느껴졌다. 혹시 그것은 내 심장이 뛰는 소리였을까. 그때 그녀가 고개를 들어 나를 쳐다보고는 깜짝 놀란 표정으로 다시 푹 숙였다. 얼굴에 흉이라도 있나 싶었지만 아주 깨끗했다. 바로 옆에서 마주친 그녀의 눈동자는 가을 색이 더 깊고 짙었다. 연못 쪽에서 불어온 바람이 내 몸을 스쳤을 때, 사포로 문지르기라도 한 것처럼 심장이 쓰라렸다.

"처음 배우는 언어는 어려운 게 당연해."

지저분한 연못에 초록색으로 점점이 떠 있는 부평초를 쳐다보며 내가 말했다.

"그러니까 고개 숙일 필요 없어."

"읽을 수…… 있어요."

한참 있다 그녀가 소심한 목소리로 말했다. 너무 소심하고 작아서 바람이 세게 불면 들리지 않을 정도였다.

"독해도?"

"조금요."

그녀가 고개를 끄덕이며 가까스로 말했다.

"근데 수업 시간에는 왜……."

그녀가 대답하지 않고 또 고개를 떨구자 내가 물었다.

"우리 과는 어떻게 들어오게 됐어?"

"제가 전혀 모르고…… 배운 적 없는 언어라서."

자신감 없고 소심한 행동과 달리 그녀는 모험심과 호기심이 많은 사람일지도 모른다는 생각이 들었다. 그녀는 36페이지의 모서리를 삼각형으로 접었다 펴기를 반복했다. 저러다 찢어지겠다고 신경 쓰고 있는데 그녀가 울먹이듯 떨리는 목소리로 간신히 물었다.

"선배님은요?"

"초등학교 1학년 마치고 루마니아로 이민을 갔어. 아버지 사업 때문에. 5년 정도 살았고."

"엄청…… 잘하시겠다."

부러워하는 목소리였다.

"쓸 일이 없으니까 자꾸 까먹더라. 그래서 제대로 해보려고 들어왔어."

"루마니아는…… 어떤 나라예요?"

"궁금해?"

페이지 접었다 펴기를 멈추고 그녀가 희미하게 고개를 끄덕였다.

"그럼, 내일모레 점심때 여기서 다시 보자."

그것이 그해 가을, 나의 특별한 연애의 시작이었다.

하늘에서 쏟아진 눈송이가 내 얼굴을 얼려놓는 사이 녀석은 캔을 먹고 어디론가 가버렸다. 녀석이 남기고 간 먹이 위로 눈이 하얗게 쌓이고 있었다. 그래도 안심되는 건 눈은 녹는다는 사실과 녀석에게 눈은 서늘하다는 것이었다.

*

한파가 한풀 꺾이고, 정강이까지 쌓였던 눈도 모두 녹아서 도로는 깨끗하게 말라 있었다. 현수는 며칠 동안 언 도로를 굼뜬 속도로 운전하는 걸 짜증스러워하더니 오늘은 기분이 좋아 보였다. 차를 얻어 타는 입장에서도 덜 불편했다. 현수는 정체가 심하지 않은 목요일 아침에 여유롭게 운전하며 물었다.

"등에 하트 문양이 있다는 그 특별한 고양이, 지금도 계속 밥을 챙겨주는 거예요?"

"응."

"언제 한번 보고 싶네요. 그 하트."

"고양이가 아니고?"

"고양이도요."

"가까이 있으니까 보려고만 하면 언제든 볼 수 있어. 고양이든 하트든."

현수가 글로브 박스에서 자일리톨 껌을 꺼내 건넸다.

"전 선배만은 학교에 남을 줄 알았어요."

"나도."

나는 껌을 받아 입에 넣으며 뒤로 밀려나는 창밖의 가로수를 바라봤다.

내 꿈은 루마니아 문학을 전공해 교수가 되는 것이었다. 그게 어렵다면 루마니아 문학을 꾸준히 소개하는 사람이라도 되고 싶었다. 내 꿈이 이상이었다는 걸 아버지가 돌아가시고 알았다. 진부하기 짝이 없는, 아버지가 남긴 빚과 신경쇠약에 걸린 어머니 그리고 돌봐야 하는 어린 두 동생. 문학은 늘 삶을 노래하지만 삶은 문학으로 영위되는 게 아니었다. 그러자 문학이야말로 삶에 대해 아무것도 모르는 철부지라는 생각이 들었다. 그걸 깨달아버린 나한테 화가 났고, 알려준 세상을 향해서는 분노가 치밀었다. 그런다고 세상에 달라지는 건 없었다. 나한테만 달라져야 할 것들이 산더미처럼 남아 있을 뿐이었다. 나는 루마니아 시집과 사전을 덮고 공공기관 입사를 준비했다. 준비한 지 반년 만에 합격했고, 주변 사람들로부터 진심 어린 축하를 받았다. 그렇게 나는 떠밀리듯 루마니아 문학과 결별했다. 결별의 결과는 현재 내가 9평 원룸 생활자란 사실이었다.

"넌 지금 회사가 첫 직장이야?"

"네."

현수가 다니는 회사는 대기업 계열사였다.

"잘 들어갔네."

"학교 때 어땠는지 선배가 더 잘 알잖아요. 수업은 거의 안 들어가고 학점도 엉망이었던 거."

현수가 껌을 소리 내지 않고 우물우물 씹었다.

"아버지 빽이죠."

아버지가 유수의 대기업 임원이란 건 이미 알고 있었다. 현수는 티슈 한 장을 뽑아 단물 빠진 껌을 뱉으며 고백하듯 말했다.

"아버지가 1년만 잘 다니라고 반강제로 집어넣었어요. 지각 안 하고 문제 될 행동만 하지 않으면……."

현수는 끝을 흐렸지만 나는 뒷말을 듣지 않고도 알 수

있었다. 현수는 두 달이 지나면 본사로 출근하게 될 것이다. 본래는 그 전에 인사이동이 예정돼 있었으나 차질이 생겨 미뤄진 상태일 것이다. 급한 성격 탓에 집을 이미 본사 근처로 옮긴 터라 먼 친척 형 집에 신세를 지게 된 것이다. 그러니 현수는 두 달 동안 성실하게 출퇴근만 잘하면 문제없이 본사로 발령을 받게 되어 있었다.

나는 뒤로 밀려나는 창밖의 가로수를 다시 쳐다봤다.

"아, 선배. 저번에 이름이 김은경이랬죠?"

더운지 현수가 히터 온도를 조금 내렸다.

"동기 몇 명한테 물어봤는데 다 모르더라고요."

"너랑 친했던 애들이야?"

"그렇죠, 뭐."

"그래서 모르나 보다."

"다시 한번 잘 알아봐요, 선배."

나는 창밖에 두었던 시선을 거둬 현수를 쳐다봤다.

"아마 이름이 틀리거나 학번이 다를 거예요."

그러고는 이어서 말했다.

"우리 학교나 우리 과 학생이 아닐지도 모르죠. 가짜 대학생 행세하며 도강을 했던 건지도요. 그러면 다들 모를 수 있어요."

이름도 학번도 틀린 건 없었다. 물론 도강도 아니었다. 그녀는 가방에 항상 루마니아어 사전을 넣고 다녔다. 누가 가져가기라도 할까 봐 사전의 책배와 책머리, 책밑에까지 매직으로 큼지막하게 학번과 이름을 적어놓았다. 연못 앞 벤치에 앉아서 '내일모레 보자'라고 말할 수 있었던 건 그녀의 천 가방 사이로 살짝 보이던 그 루한 사전 때문이었다. 그녀는 내가 다시 만나자고 한 날에도 먼저 벤치에 앉아 사전을 들여다보고 있었다. 사전이란 물건은 어느 모로 봐도 결코 쉬운 책이 아니었다. 무게와 두께, 수많은 페이지를 채우고 있는 자잘한 낱말들, 무엇보다 그걸 익혀야 한다는 것. 나는 사전을 들고 다니는 게 굉장히 어려운 일이란 걸 누구보다 잘 알고 있었다. 두꺼운 사전을 보자 내가 왜 그날 그녀를 찾아 캠퍼스를 돌아다녔는지도 깨닫게 되었다. 그녀의 모습이 익숙했던 것이다. 루마니아어를 한마디도 하지 못했던 과거의 나. 읽지도 쓰지도 못하고 입도 제대로 떼지 못해서 쩔쩔맸던 순간들. 고개 숙인 채 친구들과 떨어져 지냈던 무수한 나날들. 어린 나이에 들고 다녀야 했던 사전은 얼마나 무겁고 무서웠던가. 그때 내 눈동자도 그녀 같지 않았을까.

내가 벤치로 가서 앉자 그녀는 고개 숙인 채 인사했다.

"여기 무섭지 않아? 사람 빠져 죽은 데잖아."

썩은 연못 물에서 시큼한 냄새가 올라왔다. 그녀가 고개를 조금 들어 연못을 쳐다봤다. 그때 그녀의 눈동자에 썩은 연못이 아닌 가을바람이 비쳤다. 눈에 보일 리 없는 바람이었다.

"사람은 누구나 죽어요. 어디서든."

그녀가 말했다. 죽은 사람은 우리 학교 재학생이었는데 만취 상태로 밤에 혼자 캠퍼스를 거닐다 실족해 연못에 빠졌다.

"외로울 거예요. 그 사람."

그녀가 아무리 외로움에 대해 잘 아는 눈동자를 가졌어도 물에 빠져 허우적대다 혼자 죽어간 사람의 마음은 알 수 없을 거란 생각이 들었다. 그녀는 조용히 사전을 덮어 천가방에 넣었다. 나는 배낭에서 인쇄된 종이 뭉치를 꺼내 그녀에게 건넸다. 그녀가 소심한 목소리로 뭐냐고 물었다.

"단편소설. 내가 사흘 동안 밤새 번역한."

그녀가 고개를 제법 크게 들어 올려 나를 쳐다봤다. 눈이 마주쳤고, 심장에 사포질이 거칠게 가해졌다. 그해 가을, 스웨터처럼 뜨거웠던 내 심장은 그녀의 눈동자로 인해 너무 자주 문질러지고 마찰되어 보풀이 일었다. 나는 숨을 꾹

가다듬은 뒤 인쇄물을 그녀의 무릎에 올려놓았다. 종이 뭉치는 페이지를 옆으로 넘기는 형식이었고, 가운데를 나눠서 왼쪽에는 원문을 오른쪽에는 번역한 문장을 타이핑한 것이었다.

"루마니아 작가 도리넬 체보타루의 작품이야."

그녀가 고개를 숙여 첫 페이지에 손바닥을 갖다 댔다. 체온이나 심장의 박동을 느껴보려는 것 같았다.

"우리나라에는 아직 번역된 적이 없어. 루마니아에서도 무명에 가까운 작가고. 누구도 발견하려고 하지 않는 작가이기도 해. 어쩌면 영원히 번역되지 않아서 아무도 모르고 지나쳐버릴지 몰라."

"외로운 사람이네요."

그러고는 그녀가 단편소설의 원제를 소리 내어 읽었다.

"Când vin norii."

처음 듣는 그녀의 루마니아어 발음은 부드럽고 정확했다.

"구름이 몰려오면."

나는 한국어로 번역한 제목을 소리 내어 말했다.

"루마니아 문화와 역사가 잘 드러나 있는 작품이야. 주석도 달아뒀으니까 이해하는 데 어려움은 없을 거야."

"우리나라에선 선배님이랑 저만 아는 작품이네요."

"그렇게 되는 건가?"

'둘만 아는'이란 의미가 좋아서 나는 도리넬 체보타루의 작품이 우리나라에 소개될 기회가 아주 없었으면 좋겠다고 생각했다. 선물은 둘만 알면 더 특별해지니까. 작가로서 그가 겪어야 할 불운과 그로 인해 계속될 외로움에는 몹시 미안했지만. 그런데 15년이 지난 지금도 그의 작품은 여전히 국내에 소개되지 않고 있었다.

"고맙습니다. 잘 읽을게요."

그녀는 감사조차 소심하고 얌전하게 했지만 머리카락 사이로 보이던 그녀의 눈빛은 지금도 잊을 수가 없다. 그건 문학이란 이런 것임을, 문학에는 이런 힘이 있음을 알려주는 눈빛이었다. 그날, 나는 그 눈빛의 깊이에 빠져들어 다짐했다. 대학에 오래 남아 루마니아 문학을 깊게 연구하는 사람이 되겠노라고.

"다시 한번 잘 찾아봐."

나는 창밖으로 고개를 돌리며 현수에게 말했다.

"아마 너희들 기억 어딘가에 있을 테니까."

현수가 기억의 서랍을 뒤지려는 듯 미간을 찌푸리며 자동차 속도를 늦췄다. 나는 단물 빠진 자일리톨 껌을 뱉지 않고 회사에 도착할 때까지 계속 씹었다.

*

오늘 퇴근은 카풀 없이 지하철로 했다. 현수는 인사이동에 중요한 저녁 식사 자리가 있었고, 나는 외근을 마친 뒤 바로 집으로 가는 길이었다. 한 시간 일찍 퇴근했는데도 지하철은 여유 없이 분주하고 복잡해서 관자놀이가 묵직해졌다. 한 달 넘게 현수 차로 편하게 출퇴근하던 생활이 몸에 밴 탓이었다. 나는 이어폰을 꽂고 멈춰 선 전동차에 몸을 구겨 넣었다. 공기는 탁했고 사람들한테서는 이상한 냄새가 났으며 창밖은 깜깜했다. 이미 아는 사실이 새삼스러워서 스트리밍으로 듣고 있는 노래 가사에 집중했다. 오늘 신곡을 발표한 아이돌 출신 발라드 가수의 노래였는데 어딘지 익숙했다. 내 이야기인 듯한 가사에 갑자기 울컥, 목울대가 출렁였다. 현수의 차였다면 마음 놓고 울었을 텐데. 눈물이든 소리든 누군가에게 들킬까 봐 입술을 꽉 깨물며 얼른 고개를 숙였다. 음악을 끄고 대신 라디오를 틀었다. 뉴스에서는 내일 오후부터 다시 긴 한파가 시작될 거라는 날씨 예보가 흘러나왔다.

그러나 내일이 아니라 지금부터인 것 같았다. 지하철에서 내려 집으로 가는 동안 온몸이 꽁꽁 얼어붙었다. 그럼에도 나는 집으로 곧장 올라가지 않았다. 등에 하트 문양을 짊어진 녀석이 화단의 작은 바위 뒤에 숨어 있다 나와 눈이 마주쳤기 때문이었다. 그새 친구를 사귀었는지 혼자가 아니었다. 녀석은 놀란 듯 삼색 고양이와 함께 자동차 밑으로 급히 뛰어들어갔다. 그곳이 가장 안전하다고 생각하는 것 같았다. 서늘한 날씨와 동료. 안심 거리가 하나 더 늘었다. 나는 집에서 사료를 가져다 먹이를 놓아두던 곳에 부어주고 돌아섰다.

그해 가을, 그녀도 친구나 동료가 생겼다고 생각했을까. 나는 그녀에게 후배 이상의 감정을 느꼈는데 그녀는 눈치챘을까. 그 뒤로 그녀와 나는 사흘에 한 번씩 연못 앞 벤치에서 꼬박꼬박 만났다. 물론 나는 그녀에게 선물할 체보타루의 단편소설을 밤새 번역해 들고 나갔다. 내가 배낭에서 체보타루의 소설을 꺼내 건네면 그녀는 원제를 소리 내어 읽고 먼젓번 선물 받은 소설에 대한 감상평을 소심한 목소리로 들려주었다. 그녀와 내가 체보타루 소설을 두고 주고받는 이야기는 다양하고 색달랐지만 생각의 대부분은 신기할 정도로 일치했다. 체보타루 이야기는 밤새 해도 모자랄 만큼 끝이 없었고, 아무리 해도 지겹거나 질리지 않았다.

그날 내가 선물한 여섯 번째 소설은 〈저쪽 끝〉이란 단편으로 도시인의 고독이 잘 드러나는 작품이었다. 그는 그런 글을 쓸 수밖에 없는 사람이었다. 도리넬 체보타루 자체가 불안과 고독의 작가였고 불안과 고독을 잘 아는 예술가였다. 서커스 단장인 아버지와 연극배우 출신 어머니 사이에서 태어난 그는 부모를 따라 도시를 떠돌며 살았다. 그의 불안과 고독은 성장 배경에서 기인했다. 읽기와 쓰기는 유랑생활로 정규 교육을 받을 수도 친구를 사귈 수도 없던 그에게 필연적인 것이었다. 그는 혼자라는 불안과 고독을 이겨내기 위해 강박적으로 읽거나 썼다. 무언가를 남기고 완성하기 위한 게 아니라서 읽은 것은 금방 잊어버렸고 쓴 것은 지우고 그 위에 다시 썼다. 종이가 쌓이는 것 또한 유랑생활자에게는 짐이기 때문이었다. 그의 글에는 도시와 여관이 자주 등장했다. 떠돌던 도시와 짐을 풀던 여관. 싸구려 여관은 그가 태어난 곳이자 글을 읽고 쓰는 장소였다. 그는 자신이 죽을 곳도 여관일 거라고 글에서 자주 언급하곤 했다. 그의 불안과 고독은 열아홉 살 때 당한 열차 사고 후 극심해졌다. 사고 현장에서 부모를 한꺼번에 잃고 혼자 살아 나왔다는 충격 때문이었다. 그는 죄책감에 사로잡힐 때마다 짐을 꾸려 머물던 도시를 도망치듯 떠났다. 열차 사고 후 달라진 게 하나 더 있다면 쓴 글을 지우지 않고 보관하게 됐다는 것이었다. 돈이 모자라 책을 살 수 없을 때 자신이 쓴 글이라도 읽기 위해서였는데, 읽다 보니 문장을 틈틈이 고치게 됐고 고친 글들은 출간이 가능할 정도로 자연스레 갈무리가 되었다. 알코올중독으로 정신병원에 오랫동안 입원한 적은 있으나 오십 대에 접어든 그는 여전히 어느 한 곳에 뿌리내리지 못한 채 불안하고 고독하게 살았다. 그는 끊임없이 도시와 사랑을 얘기하지만 독자의 사랑을 받지 못하는 예술가였다. 그는 그러한 사실에 조금도 개의치 않았다.

"Celălalt capăt."

그녀가 다시 한번 원제를 읽었다. 저쪽 끝. 그녀가 고개를 조금 들어 연못을 바라보더니 이전에 선물한 체보타루의 소설이 아닌 자신의 이야기를 꺼냈다. 처음으로 하는 자기 얘기였고, 눈에 대한 것이었다.

"눈을 맞추는 게 힘들어요. 언제부터인지는 모르겠지만."

그녀가 다시 고개를 숙였고, 머리카락이 커튼처럼 그녀의 얼굴을 가렸다.

"눈들이, 무서워요."

"사람들의 눈이 무서운 거야, 네 눈을 사람들이 무서워하는 게 무서운 거야?"

"둘 다요."

그녀가 조금 머뭇거리다 대답했다.

"눈이 칼 같아요. 자꾸 찔러요."

"그렇지 않아."

"네?"

그녀가 눈을 살짝 치켜떴다.

"다른 사람들 눈은 칼 같을지 몰라도, 네 눈은 그렇지 않다고."

"그럼요?"

"가을 날씨 같아."

"가을 날씨……."

"인간의 근원 같은 거랄까. 특별하고 달라 보이지만 그게 본래라는 걸 몰라서 놓치고 마는 거."

그때 연못 쪽에서 찬바람이 세게 불었다. 바닥에 떨어진 낙엽들은 바스락거리며 뒹굴었고, 그녀의 무릎 위에 놓인 체보타루 소설은 바스락대며 나부꼈다. 그녀가 손바닥으로 종이를 지그시 누르며 작게 말했다.

"추워요."

그러고는 이어서 말했다.

"배고파요."

나는 입고 있던 청재킷을 벗어 그녀의 어깨를 덮어주었다. 우리는 벤치에서 일어나 학생 식당으로 갔다. 배식 시간이 거의 끝나서 식당 안은 한산했다. 우리는 식판을 들고 구석 자리로 가서 마주 보고 앉아 백반을 먹었다. 나는 밥을 한술 뜰 때마다 그녀의 눈을 꼭 쳐다봤다. 마주 보고 앉으면 자연스럽게 가을 눈동자를 볼 수 있기에 나는 그녀가 '배고파요'라고 말하는 걸 좋아했고, 그 작은 목소리를 놓치지 않으려고 노력했다.

그해, 더 깊어진 가을 속 그녀를 생각하다 나는 2층 계단참 창문을 열고 바깥을 내다봤다. 창문 여는 소리에 머리를 맞대고 사료를 먹던 두 녀석의 눈이 나와 마주쳤다. 겨울을 지나는 눈동자였다.

*

예보대로 사상 최강의 한파가 일주일을 얼릴 무렵, 고양이가 사라졌다. 어린 녀석이 감당하기에 서늘하다고 할 수 없는 추위였는지, 다른 불행한 사고를 당한 것인지 안 보인 지 닷새가 흐르고 있었다. 같이 다니던 삼색 고양이도 보이지 않았다. 닷새 전에 놓아둔 사료는 한 알도 줄지 않고 그대로였다. 혹독한 추위에 어쩌면 몸이 아니라 마음이 먼저 얼어버렸는지도 모르겠다. 그러다 끝내 몸까지 꽁꽁 얼어버렸는지도. 왜 마음을 준 것들은 항상 예고도 없이 떠나버리는 걸까. 떠나겠다고 말하고 떠나는 건 떠나는 게 아니지 않을까, 라고 생각한 적이 있었다. 말이 있으면 걱정하고 그리워하는 시간이 점점 줄어들어서 나중에는 떠났다는 생각마저 안 드는 거라고. 그래서 말없이 떠나는 것들은 상대의 마음에 오래도록 남고 싶기에 일부러 갑자기 가버리는 건지도 모른다고.

"등에 하트 문양이 있다고 했죠?"

운전에 집중하던 현수가 기계적으로 물었고, 나는 "응"이라고 대답했다.

"꼭 보고 싶었는데, 그 하트."

현수한테는 고양이보다 하트 문양이 특별한 모양이었다.

"둘 다 없어졌으면 더 좋은 곳으로 같이 떠난 거 아닐까요?"

현수는 신호등이 바뀌기 직전에 사거리를 간신히 통과

하며 말했다. 온라인 게임에서 아슬하게 승리한 사람처럼 상기되어 있었다. 환호라도 하고 싶은 걸 참는 것 같았다.

"길고양이한테 더 좋은 곳이란 게 있을까."

나는 차분하게 유리창에 낀 서리를 소맷부리로 닦았다.

"방금 뭐랬어요, 선배?"

현수는 이제야 정신이 돌아온 듯했다.

"아니야."

"아, 참."

나는 고개를 현수 쪽으로 돌렸다. 현수가 사이드미러에 시선을 두고 차선 변경을 시도했다.

"기억났어요."

"뭐가."

나는 시큰둥하게 대답했다.

"잘 찾아보라면서요. 기억 어딘가에 있을 거라고."

갓길로 차를 몬 현수가 깜빡이 등을 껐다.

"이름이 김은경인 건 모르겠지만 그런 애가 우리 과에 있었다는 건 기억났다고요."

나는 속으로 안도의 숨을 내쉬었다. 그녀가 없었던 사람이 아닌 것에. 내가 만들어낸 환영도 아니란 사실에. 그해 가을, 그녀와의 일들이 입증된 것 같고 비로소 실감도 나서.

그녀는 고개를 들어 자기 목소리로 말하지 못했던 사람이라 특별하지 않았고, 그리하여 사람들의 기억에 흔적으로도 남지 않았지만 내게는 그보다 더 특별할 수 없었다. 한 덩어리가 되지 못하고 멀리 떨어진 자리에 홀로 떠 있다는 것, 고독한 시간을 홀로 견뎌내는 마음에도 용기가 필요하므로 특별했다.

"근데, 선배 잘못이에요."

"왜?"

"처음부터 학교 관둔 애란 말을 했으면 안 헤맸죠."

"관뒀어도 동기잖아."

"3학년이나 4학년 때 관둔 거랑 1학년 때 관둔 건 차이가 있죠. 기억에."

나는 대꾸하지 않았다.

"좀 이상한 애였죠. 고개를 숙이고 다녀서 얼굴을 제대로 본 적이 없었어요. 말도 못 해봤고요. 그래서 얼굴도 목소리도 몰라요."

나는 팔짱을 끼고 앞을 응시했다.

"너무 없는 애처럼 지내니까 어느 날 갑자기 그렇게 사라져도 없어진지 아무도 모르죠."

현수는 기억하지 못했던 게 자기 탓이 아니란 말을 하

고 싶은 것 같았다.

"근데 학교는 왜 관둔 거예요?"

체보타루의 아홉 번째 단편소설을 손에 쥐고 연못 앞 벤치에서 어두워질 때까지 기다렸지만 그녀는 나타나지 않았다. 다음 날에도. 그녀는 중간고사를 하루 앞두고 학교에 나오지 않았다. 아무도 이유를 알지 못했고, 봤다는 사람이나 궁금해하는 사람도 없었다. 그들에게 그녀는 처음부터 없는 사람이었을 테니 사라진 게 아니었을 것이다. 현수처럼 당시 나도 그녀가 가짜 대학생일지도 모른다는 의심을 했다. 가짜라서 그렇게 갑자기 학교를 관두고 사라졌던 것이고, 사전에 이름과 학번을 과장되게 큰 글씨로 적어둘 필요가 있었던 거라고.

나는 세 번째 날에도 벤치에 앉아 그녀를 기다렸다. 연못은 더 썩어들었고, 나무가 떨군 낙엽들은 바람에 부들부들 떨며 말라 갔다. 한 사람을 위해 내가 좋아하는 작가의 소설을 번역한다는 건 얼마나 신나는 일이었던가. 둘만 아는 작가와 소설이 있다는 건 얼마나 신비로운 비밀이었던가. 잠을 못 자도 피곤한 줄 몰랐고, 번역할 소설이 줄어드는 게 불안해서 루마니아에 사는 친구한테 연락해 체보타루 소설을 구해달라고 부탁까지 했다. 나는 가을의 한복판에서 주변을 둘러봤다. 마치 그녀의 눈동자 속에 혼자 앉아 있는 듯한 기분이었다. 세계를 가둬버린 거대한 그녀의 눈동자는 쓸쓸함의 끝을 보여주고 있었다. 바람이 스치자 온몸이 갈라지고 쓰라렸다. 그 쓰라림이 상처를 뚫고 몸속 장기로 스며들 때까지 가만히 앉아서 그녀가 떠난 이유에 대해 생각했다. 그녀는 자신의 한 세계가 끝났다고 확신해서 가버린 걸까, 아니면 그녀의 한 세계가 시작됐다고 믿어서 사라진 걸까. 그리고 지금, 적당한 온도로 따뜻하고 편안한 현수의 외제 차 안에서 다시 생각한다. 그해 그녀가 사라지지 않았다면 나는 어려움 속에서도 루마니아 문학을 포기하지 않았을까. 지금까지도 번역을 손에서 놓지 않았을까. 내가 대학에 남지 않았던 것은 아버지가 떠넘긴 빚과 신경쇠약에 걸린 어머니, 어린 두 동생들 때문이 아니라 그녀 때문이었던 건 아닐까. 그해, 나에게는 커다란 세계였던 그녀가 예고도 징후도 없이 마지막 낙엽처럼 떠나버렸기에. 나와 그녀와 체보타루의 소설이 함께했던 한 달의 연애는 그렇게 끝이 났다.

"항상 고개 숙이고, 동기들과 눈도 안 맞추고 4년을 다니는 것도 힘들었을 거예요."

끼어들기 하는 차량을 향해 현수가 클랙슨을 신경질적

으로 울렸다.

"기질상 대학생활이 맞지 않았던 거겠죠."

덩어리가 되지 못하고 남은 사람. 가을에 누구를 만나도 외로웠던 이유가 가을에만은 그녀와 연애를 해야 한다고 생각해서였을지도 모른다. 그래서 유독 가을에 이별을 자주 했다. 가을에는 혼자여야만 할 것 같았다. 아까 닦은 유리창에 다시 서리가 끼었다. 닦으려다 관두고 눈을 감았다. 현수가 무슨 말인가를 했지만 대꾸하지 않았다. 그러자 조용한 음악이 재생되었다.

*

두려울 정도로 추웠던 2월도 다 지나고 오늘은 경칩을 며칠 앞둔 날이자 현수와의 카풀 마지막 날이었다. 현수는 다음 주부터 본사로 출근하게 되었고, 나는 여기 남아 예전처럼 매일 지하철로 지옥을 맛보게 될 터였다. 눈도 많이 오고 도로가 언 날 또한 많은 겨울이었다. 두 달 동안 신세진 게 고마워서 기름값이라도 하라고 봉투를 내밀었더니 현수가 정색하며 점심이나 사달라고 했다. 고급 레스토랑을 염두에 두었던 나는 현수가 회사 근처 감자탕집에 가자고 해서 조금 놀랐다. 포크와 나이프를 사용하는 메뉴가 아닌 손으로 돼지 뼈를 잡고, 고기를 뜯고, 쪽쪽 소리 내며 먹는 감자탕이라니.

"저에 대한 선입견이 마지막 날에라도 조금 깨져서 다행이에요."

"알고 있었어?"

"선배만 그런 것도 아닌데요, 뭐."

현수가 물수건을 돌돌 풀어서 손가락을 구석구석 닦았다.

"다들 날 그렇게 봐요."

나는 수저를 꺼내 현수 앞에 먼저 놓았다.

"예전 여자친구는 스테이크를 좋아하게 생겨서 만났더니 맨날 순대니 곱창이니 돼지국밥집만 데려간다며 헤어지자고 하더라고요."

"그래서 헤어졌어?"

"깔끔하게요."

점심시간이라 감자탕집은 회사원들로 북적였다. 지하철을 탄 것처럼 어수선하고 어지럽다고 했더니 현수는 가끔 그런 게 그립다며 물기 없는 목소리로 말했다.

"사람을 오징어로 만드는 지하철을 안 타 봐서 그런 말도 할 수 있는 거야."

"못 타요."

"못 타? 안 타는 게 아니고? 왜 못 타는데?"

"공황이 있어요. 그리워요. 그런 것들이. 건강하면 정말 아무것도 아닌 것들이요."

현수도 덩어리가 되지 못한 것일까. 사람은 누구나 마음 한쪽에 덩어리가 되지 못하고 남은 자국을 지니고 살아가는 건가. 아니 우리는 결국 모두 덩어리가 되지 못하고 남은 사람들에 불과한 걸까. 덩어리는 허상인가.

"원인이 뭐래?"

"압박감."

"뭐가 압박하는데?"

"아버지요. 두 달 동안 수면제 없이는 한숨도 못 잤어요. 아마 본사로 가더라도 오래 못 버틸 거예요. 아버지 얼굴 봐서, 아버지가 하라는 대로 하는 거예요. 이번에 또 실패하면 포기하시겠죠."

"하고 싶은 게 따로 있구나?"

현수는 고개를 끄덕였다. 나는 그게 무엇이냐고 묻지 않고 대신 국자로 돼지 뼈를 건져서 현수의 앞접시에 놓아주었다. 어쩌면 그 꿈을 위해 현수는 일부러 실패의 길을 걸을지도 모르겠다. 와이셔츠 소매를 걷어 올린 현수가 돼지 뼈를 양손으로 잡고 쪽쪽 소리 내며 살을 발라 먹었다.

"등에 하트 문양 있는 특별한 고양이는요?"

현수가 물수건으로 입을 닦았다.

"안 보인 지 꽤 오래됐어. 아무래도 사고를 당한 것 같아. 경비 아저씨가 고양이 혐오자인데 새끼 고양이를 대걸레로 때려서 쓰레기통에 버렸다는 얘기를 얼마 전에 동네 꼬마들한테서 들었어."

현수가 돼지 뼈를 가만히 접시 위에 내려놓았다.

퇴근한 나는 회사 앞에서 비상등을 켜고 기다리고 있는 현수의 차에 얼른 올라탔다. 금요일이라 도로는 막혔고, 점점 어두워지는 도시는 화려한 불빛들로 차올랐다. 반면 말없는 현수의 얼굴은 불 꺼진 창문처럼 어두웠다. 나는 기분이 불안정한 모양이라고 이해했다. 이해하자 더는 오해도 불편도 없었다. 그때 현수가 가만히 나를 불렀다.

"선배."

나는 고개를 외틀어 환하게 불 밝힌 간판들을 쳐다보고 있었다.

"늦은 오후에 전화 한 통을 받았어요."

"누구한테?"

"은경이……."

"은경이?"

나는 놀라서 고개를 돌렸다.

"그 은경이 아니고……."

현수의 차가 횡단보도 정지선 앞에서 멈췄다.

"차은경이요. 동기 중에 은경이가 둘 있었어요."

"알지, 차은경. 4년 내내 과대표 도맡아 했었잖아."

"과대표이기도 하고 이름이 같아서 그나마 김은경한테 관심을 두고 있었나 봐요."

신호가 바뀌었지만 차는 움직이지 못하고 그대로 머물러 있었다. 100미터 앞 사거리까지 정체되어서 그곳을 통과하려면 신호를 몇 번 더 받아야 할 것 같았다. 초조한 표정의 현수가 갈라진 목소리로 말했다.

"죽었대요. 김은경."

"……."

"재작년 가을에."

"……."

"루마니아에서요."

"……."

"루마니아 교포랑 결혼했대요."

"……."

"그해 학교 관두고 루마니아로 간 거래요."

"……."

"체보타루라는 작가 알아요? 루마니아에 그런 작가가 있었어요?"

"……."

"그 작가 때문에 루마니아로 간 거라고……."

그때까지도 차는 조금도 앞으로 움직이지 못하고 있었다. 또렷하던 창밖의 불빛들이 비 맞은 것처럼 경계를 잃고 희미하게 번져갔다. 그러더니 흐물거리다 빗물처럼 주룩 흘러내렸다. 현수의 차여서 마음이 놓였다.

*

벚꽃이 피기까지 한 달 동안, 나는 어디를 가든 그리고 무엇을 보든 그녀를 떠올리며 지냈다. 그것만이 내가 할 수 있는 애도라고 생각했다. 재작년 가을이므로 나는 그녀가 없는 가을을 두 해 보낸 셈이었다. 그래서 유독 그 두 해가 쓸쓸했던 모양이었다. 가을 눈동자를 가졌던 그녀가 가을의 눈동자만 보여주었으므로, 내가 기억하는 건 그것뿐이었지만 그럼에도 충분하다고 생각했다. 분명한 건 그해 나는, 그녀의 눈동자로 인해 가을의 3분의 2를 앓았고 가을을 이해하게 됐다는 것이었다. 쌀쌀해지는 것이지 쓸쓸해지는 것이라는 사실까지는 몰랐던 걸 알게 되었다고. 그 후 내게 가을은 누구나 저절로 쓸쓸해지고 쓸쓸해지지 않으면 쓸쓸한 척이라도 해야 하는 계절이 되었다. 그거야말로 가을이란 계절에 올바로 순응하는 거고, 가을에 대한 예의이자 약속이며, 가을이 원하는 것이고, 가을이 생겨난 목적이자 의도라고. 그녀는 그런 면에서 가을이 가장 신뢰하는 사람일지도 모르겠다. 더불어 가을은 사람을 가장 많이 스스로 죽게 해서 종종 사람을 찾게 하는 계절일지도 모른다는 생각이 들었다. 덩어리가 되지 못하고 남은 사람들을 위한 계절. 그해 나는, 그녀가 아니라 가을을 거울처럼 비추던 그녀의 눈동자와 연애를 했던 것 같았다.

나는 그녀에게 전해주지 못했던 아홉 번째 소설을 가방에서 꺼냈다. 서랍 깊숙이 보관해두었던 소설은 구겨진 채 노랗게 색이 바래 있었고, 까만 글자들은 잉크가 휘발돼서 회색빛으로 옅어져 있었다. 'Lumânări și vise.' 그녀는 작고 소심한 목소리로 이렇게 발음했겠지. 그러면 나는 옆에서 이렇게 말했겠지. 양초와 꿈. 체보타루는 알코올중독으로 정신병원에 입원해 있는 동안 〈양초와 꿈〉을 썼다. 이 단편 소설을 쓰는 데 2년이 걸렸고 병원에서 써낸 유일한 소설이었다. 소설은 고독과 고통으로 점철되어 있었다. 그는 문장을 한 자 한 자 조각하듯 매일 종이에 조금씩 써나갔다. 나는 그가 병원에서 소설을 쓴 게 아니라 고독과 고통을 조탁해냈다고 생각한다. 어쩌면 그녀는 그 먼 나라에서 이 소설을 읽었을지도 모르겠다. 그리고 그곳에서는 덩어리로 살았는지도.

나는 라이터를 꺼내 여전히 그녀와 나만 알고 있을 체보타루 소설에 불을 붙였다. 여러 장의 종이가 끄트머리부터 구부러지며 타들어갔다. 불꽃이 창백한 루마니아어를 천천히 지워나갔다. 봄인데, 그해 가을바람이 내 등 뒤에서 불어왔다. 그 바람이 연기와 재가 된 〈양초와 꿈〉을 하늘 높이 날려 보냈다. 이렇게 나의 루마니아어 수업이 끝났다. 나는 그것들이 한 조각도 남지 않고 허공으로 거뭇거뭇 사라질 때까지 지켜보다 발길을 돌렸다.

주차장 차 밑에서 얼룩덜룩한 게 튀어나와 반대쪽 차로 뛰어들어가는 모습이 보여 걸음을 멈췄다. 움직임이 없어서 나는 몇 걸음 물러나 기둥으로 몸을 숨겼다. 녀석은 경계하듯 바퀴 뒤에서 한참을 두리번거리다 옆 차로 자리를 옮겼다. 짧은 꼬리 끝이 살짝 꼬부라져 있었고, 등에 특별한 하트 문양을 짊어졌는데 그 검은 문양이 조금 크고 또렷했다. 살아 있었구나. 태어날 때부터 덩어리가 되지 못하고 남은 녀석이 자동차 밑에서 나를 쳐다보고 있었다. 봄의 눈동자였다.

파수꾼

귓속에 물이 찬 듯 잠잠한 게, 세상이 또 한 번 침묵한 것 같다고 강 씨는 눈을 감은 채 생각했다. 그런데 조금 이따 고개를 들었을 땐 물이 찬 게 귓속이 아니라 2평 남짓한 초소인 것만 같았다. 모든 게 끝난 듯 주변은 적막하기만 했다. 그렇다고 움직임이 없는 것도 아닌데 소리가 삭제되어 있었다. 밖으로 난 조그마한 유리창을 눈송이가 거칠게 두드리고, 전원이 켜진 라디오에서도 뭐든 흘러나오고 있을 텐데 아무 소리도 들리지 않았다. 강 씨는 팔을 들어 손바닥을 세게 마주쳐 보기까지 했다. 그래도 소리는 없었다. 소리가 지워진 유리창은 유리창이 아니었고, 라디오는 라디오가 아니었으며, 강 씨는 강 씨가 아니었다. 강 씨는 겁이 난다기보다 물속에 잠긴다는 것이 어쩌면 이런 느낌이겠구나 싶어서 고통스러웠다. 아무 소리도 들리지 않을뿐더러 자신이 외치는 목소리조차 누군가에게 전해지지 않았겠구나. 그러자 갑자기 막막하고 쓸쓸해졌다. 그때 유리창이 아닌 유리창을 통해 열차가 아닌 열차가 빠른 속도로 지나가는 모습이 보였다.

강 씨는 부랴부랴 책상에 놓인 경광봉을 집어 들고 초소를 나갔다. 깊은 바다에서 빠져나온 듯 귓속의 물이 사라지자 소리가 방울방울 피어오르기 시작했다. 소리가 돌아온 세상은 명징해져서 눈은 눈이 되었고, 바람은 바람이 되었으며, 강 씨는 강 씨가 되었다. 그러나 너무 늦게 도착한 탓에 할 일을 마친 빨간 경보등은 타종과 함께 점멸을 멈춘 상태였고 차단기마저 서서히 공중으로 올라가고 있었다.

강 씨는 엉거주춤 서서 오른쪽으로 고개를 돌렸다. 쏟아지는 하얀 눈송이와 바람 사이로 저 멀리 철길이 희미하게 보였다. 열차가 지나가고 난 텅 빈 자리. 열차가 건널목에 진입하기 400미터 전 궤도회로를 통과하면 센서가 작동해 자동으로 경종이 울리게 되어 있었다. 그런데 경보음은 커녕 열차가 내지르는 소리조차 듣지 못했다. 벌써 다섯 번째였다. 다행히 자정이 넘은 시간이라 건널목을 지나는 차량과 보행자는 없었다. 그렇다고 그 사실이 큰 위로가 되지는 않았다. 강 씨는 반대쪽으로 고개를 돌려 오늘의 마지막 열차가 떠난 구부러진 철길을 물끄러미 쳐다봤다. 무엇이 됐든 떠난 자리에는 고요와 고독만 남는 것 같다고 강 씨는 생각했다. 건널목을 지키면서 수없이 많은 열차를 떠나보냈지만 그 뒤에 찾아오는 허전함은 익숙해지지 않았다. 그것은 삶에 있어서도 마찬가지였다.

얼마나 오랫동안 서 있었는지 강 씨의 희끗한 머리 위로 그보다 더 희끗한 눈이 차분하게 쌓였다. 어디선가 들려온, 무게를 이기지 못하고 쏟아진 눈덩이 소리에 강 씨는 정신을 차리고 철길에서 천천히 돌아섰다. 그러다 잠시 흠칫 놀라 자신도 모르게 걸음을 멈췄다. 건널목 상단에 설치된 LED 전광판과 강 씨가 들고 있는 경광봉에서 퍼져 나온 빨간 불빛 때문이었다. 불빛에 물든 눈송이가 바닥에 쌓이자 그 부근이 피가 번진 것처럼 보였다. 강 씨는 2주 전에 일어난 사고를 떠올렸다. 그날은 귓속에 물이 차지 않아서 소리를 분명히 들을 수 있었다. 열차가 곧 들어온다는 경보음이 울리고 강 씨는 관리원 수칙에 따라 초소를 나가 안전 임무를 차질 없이 수행했다. 하지만 호루라기까지 불어가며 저지했음에도 죽기 위해 작정하고 철길로 뛰어든 사내를 막기란 역부족이었다. 환한 대낮이었고 보행자가 가장 많은 시간대라 그 끔찍한 사고를 무수한 시선이 목격하고 말았다. 새하얀 눈을 서서히 물들이던 빨간 피도. 강 씨는 그 뒤로 귓속에 물이 차는 시간과 깊이가 더 심해졌다고 느꼈다.

강 씨는 빨개진 눈밭을 딛지 않으려고 폴짝 뛰어서 초소로 향했다. 마지막 열차를 보냈으니 다음 첫차가 들어올 때까지 잠을 충분히 자둬야 했다. 소리가 자꾸 사라지는 건 피곤해서일 것이다. 오래되어 삐걱대는 초소 문이 삐그덕, 하고 열렸다. 이어 그 낡은 소리를 닮은 소리가 가까운 데서 조그맣게 들려왔다. 강 씨가 소리 나는 쪽으로 고개를 돌렸을 때 그 소리는 한 번 더 들려왔다. 야오옹. 아까처럼 귀가 들리지 않았다면 이토록 캄캄한 어둠 속에 녀석이 있다는 걸 모른 채 지나치고 말았을 것이다. 고양이는 눈을 피해 다섯 칸짜리 책장 안에 웅크리고 앉아 있었다. 책장은 아래쪽 선반이 부서져서 버리려고 2주 전에 내다놓은 것이었다. 강 씨는 경광봉으로 선반 안을 비췄다. 노랑 줄무늬 고양이가 강 씨를 경계심 없는 눈초리로 쳐다보고 있었다.

"또 네놈이구나."

"야옹."

"넌 왜 항상 거기서 날 지켜보는 거지?"

"야옹."

"구슬 같은 눈으로 말이야."

사실 어제 오후에 처분하려던 책장을 강 씨는 고양이를 위해 일부러 미뤄두었다. 녀석이 찾아오리라는 걸 알고 있어서였다. 어쩌면 오기를 기다렸을까. 강 씨는 경광봉을 초소 쪽으로 흔들며 들어오라는 신호를 보냈다. 고양이는 그 의미를 알아채고 선반에서 훌쩍 뛰어내려 초소 안으로 들어갔다.

온풍기가 돌아가고 있어서 초소 안은 따뜻했다. 고양이는 바닥을 쓸 듯 긴 꼬리를 이리저리 흔들며 작은 냉장고 앞에서 연신 야옹댔다. 그 안에 자신의 먹이를 보관해두고 있다는 걸 알아서 빨리 꺼내달라고 으름장을 놓는 것이었다. 강 씨는 고양이의 뻔뻔함을 좋아했다. 얼마나 많은 고양이가 저런 성격을 부여받았는지 알 수 없으나, 강 씨가 지금까지 거리에서 만난 고양이들은 대개 겁이 많아서 자기 몫을 챙기지 못했다. 물론 요구하는 법도 몰라서 짧게 살다 죽거나 어디론가 금방 사라져버렸다. 영리하게도 녀석은 달아나지 않으면 지켜보는 사람이 생기고, 먹이를 얻을 수 있다는 걸 알았다. 그러니까 녀석을 살린 도구는 저 뻔뻔함이었다. 그것의 시작은 죽을 것 같은 허기였으리라 강 씨는 짐작했다.

강 씨는 냉장고에서 어제 먹고 남겨둔 고양이용 통조림을 꺼내 사료를 한 줌 섞었다. 그리고 물과 함께 녀석에게 주었다. 녀석은 으름장을 멈추고 등을 우아하게 곡선으로 말고 앉아 느린 속도로 먹기 시작했다. 강 씨는 그 모습을 조금 지켜보다 초소에 딸린 골방으로 들어갔다. 그는 머리맡에 핸드폰을 놓고 자리에 누웠다. 건널목 관리인의 삶이란 첫 열차를 맞이하기 위해 잠에서 깨고, 마지막 열차를 떠나보내고 잠자리에 드는 것이었다.

그러나 눈을 감았지만 잠은 오지 않았다. 임무를 제때 수행하지 못했다는 자책도 그러하지만 열어둔 문틈으로 소리가 계속 들려오고 있어서였다. 식사가 끝났는지 가벼워진 깡통을 녀석이 구석구석 핥을 때마다 바닥에서 밀리는 소리가 '끝, 끝, 끝' 하고 났다.

"그래, 네 말대로 모든 일에는 끝이 있지."

강 씨는 잠이 오지 않아서 나지막하게 그 소리에 대답해주었다. 그러자 한참 후 '활짝활짝' 녀석이 물을 할짝거리는 소리가 신경에 거슬릴 정도로 선명하게 들려왔다.

"그것도 그렇지. 끝나는 곳에는 문이 활짝 열려 있고, 우리는 그 문으로 발 하나만 내밀면 돼. 쉽지, 쉬워. 끝내는 건 아주 쉽지. 그래서 다행이야. 생각을 오래 할 필요가 없거든. 그저 한 발짝뿐이지."

녀석도 강 씨의 말에 동의하는지 할짝거리는 소리가 더 크게 들려왔다. 어쩌면 소리에도 보존되는 질량이 있어서 아까 듣지 못했던 소리들이 한꺼번에 밀려오고 있는 건지도 모르겠다. 더는 들려오는 소리가 없자 강 씨는 다시 눈을 붙이려고 심호흡을 했다. 사실 잠이 오지 않는 건 핑계였고 강 씨는 잠을 자는 게 두려웠다. 또 그사이 귀에 물이 차서 알람을 못 듣게 될까 봐. 그래서 새벽 첫 열차를 놓쳐버릴까 봐. 하는 수 없이 강 씨는 핸드폰 알람을 진동으로 바꾸고 뒷주머니에 찔러 넣었다. 강 씨는 엉덩이가 배겨 똑바로 누울 수 없어서 문 쪽으로 돌아누웠다.

잠이 드는구나 싶었지만, 누군가 초소 문을 열고 들어오는 소리에 강 씨는 눈을 떴다. 송 군이 몸을 흐느적거리며 골방으로 기어들어 와 강 씨 옆에 누웠다. 술 냄새가 좁은 방을 가득 채웠다. 아주 중요한 약속이 있다며 근무 시간을 바꿔달라더니 술 약속인 모양이었다.

"취했으면 집으로 갈 것이지 여긴 왜 왔어?"

강 씨가 눈을 감은 채 벽 쪽으로 돌아누우며 물었다.

"아저씨 탓이 아니잖아요……. 죽으려고 뛰어든 사람을…… 무슨 수로 막겠어요."

그렇긴 하지만 더 잘 지켜봤다면 구할 수도 있지 않았을까. 강 씨는 속으로만 생각할 뿐이었다.

"여긴 왜 온 거냐고."

"택시비가…… 모자라서요……. 여기까지 오니까…… 딱 500원 남더라고요."

강 씨는 거짓말인 걸 알았다. 그러면서도 500원으로 갈 수 있는 거리란 어디까지일까 상상했다.

"안 마시던 술은 왜 마시고 그래?"

대답이 없어서 강 씨가 다시 물었다.

"응?"

"헤어지고…… 오는 길이에요."

"오는 길은 누구나 헤어지는 거지. 헤어지지 않으면 어떻게 와."

"농담할…… 기분 아니에요."

송 군은 자신이 헤어지자고 한 거라고 뒤이어 말했다.

"이유가 뭔데?"

송 군은 울고 있었다. 술 냄새처럼 흐느끼는 소리가 좁은 방을 가득 채웠다. 강 씨에게는 송 군의 울음소리가 아주 크게 들렸다. 강 씨는 귓속에 물이 차 있었다면 잠에서 깨지 않았을뿐더러 지금 이 대화와 송 군의 슬픔도 그냥 지나쳤을 텐데, 하고 생각했다. 그러나 낡고 초라한 골방 혼자 감당하기엔 울음소리가 너무 컸다. 때론 들리거나 들어주는 것만으로도 슬픔은 약해질 수 있었다. 누군가의 슬픔은 타인의 귓속에서 부서질 수 있었으므로.

이유가 뭐냐고 물었지만, 강 씨는 무엇 때문에 송 군이 여자친구한테 결별을 고했는지 짐작할 수 있었다. 서른두 살인 송 군은 언론 고시를 준비 중이었다. 몇 번의 낙방이 있었고, 통장 잔고가 바닥나자 송 군은 철도 건널목 관리자 채용에 응해야 하는 상황까지 몰렸다. 건널목 관리인은 열차가 들어올 때만 집중해서 안전 관리를 하면 되므로 틈틈이 자기 시간을 가질 수 있었다. 그런데 계약 만료를 두 달여 앞두고 송 군은 한 번 더 시험에 낙방하고 말았다.

어둠 속에서 강 씨는 수더분하게 생긴 송 군과의 첫 만남을 떠올렸다. 철도 건널목은 열차 통과 횟수와 도로 교통량에 따라 제반 설비 기준이 달라졌다. 강 씨가 근무하는 곳은 몇 년 사이 아파트 단지가 대규모로 들어서면서 자동차단기와 24시간 주야로 간수를 배치해야 하는 1종 건널목이 되었다. 2종일 때는 교통량이 많은 시간대에 혼자서 건널목을 관리해도 충분했다. 교통량 상시 증가로 안전사고 비율이 높아지자 시에서는 건널목을 1종으로 전환시키고 간수 추가 배치를 결정했다. 생계형 취업일 경우 건널목 관리는 아파트 경비직과 마찬가지로 5급 이하 하위 퇴직자에게도 취업을 허가하는 직종이었다. 그렇다 보니 강 씨처럼 나이 든 퇴직자들이 주로 지원하는 편이었다. 그런데 새파랗게 젊은 송 군이 초소 문을 열고 들어오자 강 씨는 좀 놀랐다. 강 씨는 당연히 자신과 비슷한 연령대의 퇴직자일 거라 생각하고 있었다. 하지만 며칠 같이 지내며 이런저런 얘기를 나눠보니 나이만 다를 뿐 처지는 여러모로 비슷하다는 걸 알았다. 일자리가 부족한 요즘 청년들은 늙은이가 다 된 것처럼 주름과 시름으로 살아가고 있었다. 그런 송 군에게, 게다가 애인과 헤어지고 한밤중 술 취해 돌아온 송 군에게 강 씨가 해줄 수 있는 거라곤 이불을 끌어다 덮어주는 것뿐이었다.

바닥을 울리며 열차가 지나가고 있었다. 강 씨는 깜짝 놀란 얼굴로 자리에서 벌떡 일어났다. 또 놓친 것인가. 뒷주머니에 찔러두었던 핸드폰은 바닥을 나뒹굴고 있었고, 시간은 벌써 정오를 넘긴 상태였다. 열차를 몇 대나 보내버린 걸까. 자는 동안 귓속에 또 물이 찼던 걸까. 강 씨는 헐레벌떡 골방을 나갔다. 마침 군청색 제복 차림의 송 군이 관리를 마치고 초소로 들어오고 있었다.

"왜 안 깨웠어?"

"좀 쉬시라고요. 어제 근무 시간도 바꿔주셨잖아요."

송 군은 한숨도 못 잔 얼굴이었고, 누가 봐도 실연한 남자의 표정을 하고 있었다. 아마 새벽 첫 열차가 들어올 때까지 잠이 오지 않았을 것이다. 어제 강 씨가 들어준 슬픔만으로는 부족했는지 송 군의 눈은 퉁퉁 부어 있었다. 강 씨의 귀가 닫힌 동안 송 군은 조금 더 운 모양이었다. 그 슬픔은 누가 들어주었을까. 아무도 없어서 자신의 귓속에 담아 부수었겠지.

점심시간이기도 하고, 송 군이 해장도 못 했을 것 같아서 강 씨는 작은 냄비에 생수를 넣고 즉석 북엇국을 풀었다. 국이 끓을 동안 강 씨는 냉장고에서 밑반찬 몇 가지와 햇반을 꺼내 탁자에 놓았다. 송 군은 그사이에도 책상에 앉아 토플 책을 들여다봤다.

식사 준비가 끝나자 그쳤던 눈이 다시 흩날리기 시작했다. 그때 누군가 초소 문을 소심하게 똑똑 두드렸다. 노란 우산을 쓴 여자애가 문을 열고 초소 안을 빼꼼히 들여다봤다. 인근 초등학교에 다니는 여자애는 건널목을 오갈 때마다 고양이를 보러 초소를 방문하곤 했다. 가끔은 먹을 걸 챙겨 들고 잠옷 차림으로 밤늦게 찾아오기도 했다. 친구가 없는지 여자애는 늘 혼자 다녔다. 감정 표현이 서툴고 말수가 없는 편이었다. 녀석을 만나도 가만히 지켜보다 이따금 털을 쓰다듬을 뿐 특별히 어떤 말을 건네지는 않았다. 강 씨가 숟가락을 입에 문 채 초소 안을 두리번거리자 송 군이 말했다.

"뺀순이요?"

송 군은 고양이를 그렇게 불렀다.

"추워서 안에 두려고 했는데 나가고 싶은지 문을 계속 긁더라고요. 뺀순이 개, 요즘 가만 보니까 바람난 것 같아요. 살찌워놨더니 살 만해진 거죠."

여자애가 들고 온 희뿌연 봉지 속에는 어제저녁 엄마 몰래 챙겨둔 고등어가 두 토막이나 들어 있었다.

"녀석이 좋아하는 거구나. 이따 올래, 아니면 대신 전해줄까?"

여자애는 봉지를 강 씨한테 맡기고 초소를 나갔다. 강 씨는 노란 우산이 동동 떠다니며 건널목을 안전하게 건너는 모습을 창문 너머로 지켜본 후 식사를 마저 했다. 소문에 의하면 녀석이 처음 발견된 곳은 열차 안이었다고 한다. 길바닥을 떠돌다 우연히 열차에 올라탄 것인지, 주인이 일부러 열차에 두고 내린 것인지 알 수 없으나 녀석은 그렇게 열차를 타고 인근 역에 도착했다. 역사를 여러 날 배회하다 이곳 초소까지 흘러들어왔을 때 녀석은 당장 뭐라도 먹이지 않으면 죽겠구나 싶을 만큼 비쩍 말라 있었다. 숨을 쉰다는 게 신기할 정도로 뱃가죽도 들러붙은 상태였다. 얼마나 허기가 졌으면 녀석은 트럭 밑에 숨어서 강 씨를 지켜보다 밥 좀 달라는 듯 튀어나와 다리에 엉겨 붙었다. 그러고는 가는 데마다 쫓아다녔다. 사람을 졸졸 따라다니는 길고양이는 태어나 처음이었다.

"그냥 아저씨가 집에 데려다 기르는 건 어때요? 이제는 아저씨를 아예 주인으로 생각하는 것 같은데."

그런 생각을 안 해본 건 아니지만 강 씨는 녀석을 맡는 게 두려웠다.

"그리고 아저씨도 근무 끝나면 집에 가서 편하게 주무시고요."

또 잔소리가 시작되는구나 싶었다. '담배도 끊으시고요'라는 말이 나올 게 뻔해서 강 씨는 남은 북엇국을 버리러 가겠다는 핑계를 대며 자리에서 일어났다. 마누라가 없어서 좋은 게 딱 한 가지 있다면 잔소리 들을 일이 없다는 것이었다. 강 씨는 화장실 변기에 국을 쏟으며 볕 좋은 날 가끔 초소로 도시락을 싸 오던 아내를 떠올렸다. 그런 날은 도시락을 들고 아내와 함께 인근 강가로 나가 점심을 나누어 먹었다. 도시락을 먹으며 바라보던 강은 날씨와 상관없이 항상 평화로웠다. 강물 흘러가는 소리는 세월이 흐르는 소리처럼 잔잔했고, 귀를 오래 기울이면 아내가 재잘대는 소리처럼도 들렸다. 그래서 강기슭에 한동안 앉아 있으면 아내의 못 다한 이야기를 듣는 것 같았다.

강 씨는 화장실을 나와 눈에 잘 띄지 않는 구석에 서서 담배를 피웠다. 사람들과 차량이 건널목을 건너고 있었다. 열차는 철로를 지나쳐야 살았고, 사람들은 건널목을 지나가야 하루를 시작하고 맺을 수 있었다. 가끔은 살기 위한 열차가, 살아내려고 건널목을 건너는 사람을 치는 경우가 있었다. 양쪽 다 무사히 살아가도록 지켜보는 게 강 씨의 일이었다. 강 씨는 지켜보는 게 지켜주는 거라고 생각했다. 지켜주려면 일단 지켜봐야 한다고. 강 씨 외에도 건널목을 지켜보는 건 또 있었다. 빨갛게 흘러나오는 LED 전광판의 안전 문구들, 지저분할 정도로 철도 주변에 덕지덕지 세워진 장치들. 건널목에는 일단정지, 접근금지, STOP, 멈춤이란 빨간 문구와 사선, 엑스선 표지판들이 지겨울 만큼 반복적으로 설치되어 있었다. 안전을 위해서는 같은 말을 하고 또 해도 모자라다는 듯. 반복은 강조하고 경고하기 위함이었다. 무질서하고 중구난방이라 미관상 결코 아름답다고 할 수 없지만, 어디를 가나 건널목은 어수선하고 지저분한 인상을 풍겼다. 목숨을 지켜주려면 미관 따위는 고려할 여유가 없다는 듯. 그래서인지 건널목은 아름다운 사진을 남기는 장소로는 적절치 않았다. 실제 강 씨는 건널목을 배경으로 사진 찍는 사람을 본 적이 없었다.

철로를 안전하게 건너야 살 수 있는 건 사람과 차량만이 아니었다. 외출했던 고양이가 건널목을 이쪽저쪽 살핀 뒤 가벼운 걸음걸이로 철길을 건너왔다. 건널목을 건널 줄 아는 고양이라니. 강 씨는 녀석을 아득히 지켜봤고, 그 모습을 본 고양이가 재빨리 뛰어와 강 씨 앞에 서서 마누라처럼 으름장을 놓았다. 이번에는 담배를 피우지 말라는 것 같아서 강 씨는 허리를 수그려 눈발에 담배를 비벼 껐다. 그리고 꽁초를 쓰레기통에 버리고 초소로 갔다. 그때 앞장서 걷던 녀석이 뒤돌아 강 씨를 오묘한 눈으로 쳐다봤다.

송 군이 말한 '바람'이 멈춘 것일까. 어쩐 일인지 녀석은 날이 어두워졌는데도 밤 외출을 나가지 않았다. 여자애가 두고 간 고등어 두 토막을 잔뜩 먹고 회전의자로 올라가 몸을 동그랗게 만 채 오랫동안 잤다. 자고 일어나서는 강 씨와 좀 놀아주더니 돌연 게으른 고양이가 돼서 무료한 표정과 가늘어진 눈동자로 창밖을 응시했다. 그러다 경보음이 울리고 열차 들어오는 소리가 들리자 눈을 커다랗게 만들고 귀를 바짝 세워서 그 사실을 강 씨에게 알렸다. 귓속에 물이 찼던 어느 날 강 씨는 녀석의 움직이는 귀와 눈동자를 통해 열차 진입을 알아채고 위기를 모면한 적이 있었다.

그런데 오늘은 다른 문제가 발생하고 말았다. 그 열차는 정기 열차는 아니었고 화물을 실은 임시 열차라 관할 철도역으로부터 진입 시간을 미리 통보받은 상태였다. 관리초소 고양이다운 녀석의 신호로 강 씨는 귓속에 물이 차 있었는데도 늦지 않게 건널목으로 나갈 수 있었다. 그러나 안도감도 잠시, 이번에는 예기치 않게 건널목 차단기가 말썽을 일으켰다. 고장이 났는지 차단기는 열차가 다 들어올 때까지도 내려오지 않고 공중에 머물렀다. 그때 아파트 단지 쪽으로 치킨 배달을 가던 청년이 갑자기 속력을 내며 무단

횡단을 강행했다. 청년은 철로를 무사히 건너는 듯했지만 간발의 차로 열차가 오토바이 뒷바퀴를 스치고 지나갔다. 오토바이는 균형을 잃고 비틀거리다 전봇대를 들이받았다. 다행히 청년은 크게 다치지 않았으나 강 씨가 신고한 119 차량에 실려 급히 병원으로 이송됐다. 오늘 일어난 안전사고는 신속 배달에 목숨을 건 치킨집도, 살기 위해 열심히 달렸던 열차 탓도 아니었다. 책임은 차단기를 재빨리 수동으로 작동하지 않은 강 씨에게 있었다. 강 씨는 그날 밤도 새벽 첫 열차가 들어올 때까지 뒤척이다 날을 새고 말았다.

한숨도 못 잔 강 씨는 점심시간 즈음 무거운 표정으로 청년과 통화했다. 염려를 많이 했는데 청년의 목소리가 밝아서 강 씨는 일단 안심이었다. 청년은 가벼운 타박상이란 진단을 받고 집에서 쉬는 중이라고 했다. 그러면서 신호를 지키지 않은 자신의 잘못이 크다며 미안해하는 강 씨를 오히려 걱정해주었다. 청년은 며칠만 쉬다 학자금 대출을 갚기 위해 배달 아르바이트를 계속해야 하는 형편이었다. 청년의 밝은 목소리에도 강 씨의 어둡고 복잡한 마음은 풀리지 않았다. 강 씨는 문득 그곳에 다녀오고 싶어졌다. 송 군에게 업무를 넘긴 강 씨는 편의점 도시락을 들고 그곳으로 향했다. 고양이 녀석이 따라오려고 해서 통조림도 한 개 챙겼다.

그곳에 가려면 우선 건널목을 건너야 했다. 강 씨는 열차가 들어올 기미가 없는데도 양쪽 길을 번갈아 살핀 뒤 철로를 건넜다. 건널목 건너는 법을 잘 아는 녀석도 똑같이 따라 했다. 건널목을 지난 강 씨는 전방으로 이어진 좁은 길을 쭉 타고 걸어 올라갔다. 약간 경사진 구간이라 숨이 금방 찼다. 녀석은 느리게 걷다가 움직이는 뭔가를 발견하면 경계하듯 걸음을 멈췄다. 그러다 또 갑자기 빨라진 걸음으로 강 씨보다 앞서 나갔다. 꼬리를 흔들며 높은 곳을 의미 없이 점프해 오르내리기도 했다. 그러나 대체로 녀석은 강 씨를 잘 따라왔고 자동차도 훌륭하게 피했다. 비탈길이 끝나는 곳에 도착하자 긴 철교가 나왔다. 그 철교 밑으로 강이 조용히 흐르고 있었다. 작은 둔덕을 미끄러지지 않게 잔걸음으로 조심히 내려간 강 씨는 마른 풀을 헤치고 강 가까이 다가갔다. 도시를 가로지르는 큰 강의 한 줄기였다. 강은 군데군데 얇게 얼어 있었다. 강 씨는 쪼그리고 앉아 얼음 더께를 발로 짓눌러 깨고 안으로 손을 집어넣었다. 비명이 나올 정도로 차가워서 깜짝 놀랐다. 아니 고통스러울 만큼 아파서 비명이 절로 나왔다. 녀석이 옆에 앉아 그런 강 씨를 찬찬히 지켜보고 있었다.

"난 지켜보는 사람인데, 그건 다치지 않게 해줘야 한다는 건데 다치게 해버렸단다. 내 마누라도 나 같은 사람들 때문에 그렇게 됐는데 말이야."

"야옹."

"근데 차가운 물속에서 아직도 못 나온 사람들이 있어. 강물도 이렇게 찬데 바다 깊은 그곳은 얼마나 더 차고 맹렬할까. 얼마나 춥고 무섭고 답답할까. 얼마나, 보고 싶을까."

"야옹."

"넌 대답이 늘 똑같아서 좋구나."

강 씨는 자리에서 일어나 아내와 함께 도시락을 먹던 곳으로 갔다. 작은 바위 두 개가 박혀 있는 곳이었다. 신기하게도 녀석이 먼저 아내가 앉던 바위로 올라갔다. 강을 바라봤을 때 오른쪽 바위였다. 강 씨는 왼쪽 바위에 앉아 강물을 만져서 곱은 손으로 도시락 뚜껑을 열고 나무젓가락을 쪼갰다. 통조림도 따서 녀석 앞에 놓아주었다. 한 번씩 불어오는 강바람은 제법 매웠다. 하지만 도시락의 밥과 반찬이 줄어들수록 어둡고 복잡했던 강 씨의 마음은 조금씩 누그러졌다. 함께 점심을 먹어주는 녀석이 없었다면 텅 비었을 자리, 그곳에 움직이는 존재가 있다는 사실이 강 씨가 마음을 가라앉히는 데 도움이 되었다. 아내가 재잘재잘 이야기하는 듯한 강물 흘러가는 소리도.

이른 아침부터 공사장 기계음이 초소를 흔들었다. 폭설로 일주일 동안 멈췄던 공사가 재개된 모양이었다. 한여름에 풀이 자라듯 아파트가 우후죽순 지어지면서 건널목은 자동차 통행량이 급증하기 시작했다. 특히 출퇴근 시간대에 차량 정체 현상이 심해서 운전자와 보행자들이 많은 불편을 겪고 있었다. 그보다 심각한 문제는 부쩍 늘어난 교통사고 발생 건수였다. 심각성을 인지한 시에서는 평면교차로를 폐지하고 입체교차로를 추진키로 했다. 입체교차로는 도로와 철도가 만나는 지점에 지하도를 뚫어서 정차할 필요가 없게 하는 길을 말한다. 입체화로 건널목 앞 차량 대기 현상이 사라지면 교통 상습 지체와 정체는 해소될 것이고, 지하차도를 이용하는 보행자와 차량들의 안전사고 또한 현저히 줄어들 것이다. 사람과 차량은 살아내려고 위험 없이 지하도를 지나면 되고, 열차는 살기 위해 긴장 없이 철길을 달리면 되는 것이었다. 물론 건널목을 지키던 장치들과 초소 건물, 관리인이라는 직업, 열차 진입을 알리는 소음도 함께 없어지는 것이었다. 강 씨는 입체화 공사가 아니라도 소리가 자꾸 끊겨서 이 일을 계속할 수 없었다. 공사는 차질 없이 진행돼서 2주 후 완공 예상 날짜에 정확하게 끝날 거라고 책임자가 말해주었다. 2주. 강 씨와 송 군이 일을 그만둬야 하는 날짜였다.

"공사 끝나면 뭐 할 건가?"

강 씨가 토플책을 들여다보고 있는 송 군에게 물었다.

"알바 자리라도 찾아봐야죠. 아저씨가 제 편의 많이 봐주셔서 좋았는데."

송 군이 조금 아쉬운 표정으로 공사 현장을 내다봤다.

"다른 건널목 관리에라도 지원해보던가."

"합격해야죠, 다음번에는. 아저씨는요? 아저씨는 경력도 오래되셨으니까 지원하면 금방 될 텐데."

"나도 요즘은 기력이 달려."

강 씨의 한 가지 걱정은 초소가 철거되면 녀석이 지낼 곳도 없어진다는 것이었다. 그래서 그날 저녁, 강 씨는 봉지에 고등어를 담아 온 여자애와 단란한 시간을 보냈다. 일부러 녀석을 초소에서 못 나가게 붙잡아둔 강 씨는 여자애한테 고등어를 먹이게 했고, 식사가 끝나고 나서는 고양이와 노는 방법도 알려주었다. 맛있게 먹고 잘 노는 녀석을 보며 여자애가 흐뭇한 마음을 갖길 바라서였다. 강 씨 또한 그

모습을 옆에서 차분한 표정으로 지켜봤다. 말수 없고 수줍음을 많이 타는 아이라고 생각했는데 같이 오래 있어 보니 그게 다 침착하고 진중한 성격 때문이었다. 말을 시키면 대답도 똑똑하게 잘했고, 자기 생각도 분명했다.

"이 녀석 어디가 좋니?"

강 씨가 녀석의 꼬리를 만지며 여자애에게 물었다.

"귀엽고, 보통 길고양이랑 다르게 사람을 잘 따라서요."

"데려다 기를래?"

여자애가 어리둥절한 표정으로 강 씨를 쳐다봤다.

"여긴 곧 없어져. 저기 공사 현수막 걸린 거 보이지?"

강 씨가 손가락으로 창밖을 가리켰다.

"언제요?"

"2주쯤 후에."

"그럼 어떻게 돼요?"

여자애 얼굴이 어두워졌다.

"녀석이 살 집도 없어지는 거야. 그러면 비도 눈도 피할 수 없어. 추위도."

"할아버지는 집 없어요?"

"있지만……."

이번에는 강 씨의 얼굴이 어두워졌다.

"왜요?"

"나는 너무 많이 살아서. 어쩌면 요 녀석이 나보다 오래 살지도 모르거든. 그러면 곤란해지지."

"뭐가요?"

"다시 혼자가 돼버리니까. 그런 점에서 넌 나보다 훨씬 유리해. 난 장담을 못 하는 나이라."

"정말 제가 길러도 돼요?"

"물론. 녀석도 널 좋아하는 것 같고 무엇보다 잘 따르잖아."

여자애의 양쪽 볼이 발그레해지면서 다급해졌다.

"엄마한테 허락받고 올게요."

여자애는 자리에서 불쑥 일어나 순식간에 초소를 나갔다. 열차가 오는지 살피지도 않고 달음질쳐 건널목을 건넜다. 강 씨는 여자애가 돌아오면 안전 교육을 단단히 시켜야겠다고 생각했다. 그러나 금방 올 것 같던 여자애는 일주일이 지나도록 감감무소식이었다. 밥을 주러 오지 않았고, 녀석을 보려고 한 번씩 들르지도 않았다.

공사는 마무리 단계로 접어들었다. 강 씨는 열차를 한 대씩 떠나보낼 때마다 다시 못 볼 얼굴을 담는 것처럼 한참을 건널목 앞에 서 있었다. 열차는 저마다 다른 소리와 진동, 바람을 일으키며 지나갔다. 반대쪽으로 달리는 열차의 그것은 또 달랐다. 사람도 마찬가지였다. 차단기가 올라간 뒤 건널목을 건너는 사람들의 표정은 열차처럼 미묘하게 다른 구석이 있었다. 이쪽에서 저쪽으로, 저쪽에서 이쪽으로 건너오는 사람들도 그것대로 또 달랐다. 그건 건널목을 오랫동안 지켜본 강 씨만 알았다. 보통 사람에게는 다 같은 것이 강 씨에게는 같은 열차가 아니었고 같은 사람이 아니었다. 그러나 귓속에 물이 차면, 그래서 다르다는 걸 알려주던 소리가 삭제되면, 강 씨도 그들과 똑같아졌다. 아니 똑같은 것도 못 되고 아무것도 아닌 게 돼버렸다. 열차는 열차가 아니었고, 사람은 사람이 아니었다. 열차가 똑같은 열차가 되지 못하고 사람도 그러하다면 그는 더 이상 이곳에 필요 없는 존재였다. 게다가 다른 사람의 슬픔도 듣지 못한다면야. 강 씨는 좀 더 이르거나 늦지 않아서 다행이라고 생각하며 초소로 향했다. 각자의 생은 제때를 알고 도착했다가 그때를 알아서 떠나갔다.

오늘 저녁 업무는 송 군 담당인데 강 씨는 퇴근하지 않고 여느 때처럼 초소에 머물렀다. 아무도 없는 집에서 혼자 TV를 시청하다 잠드는 것보다 몸은 고단해도 열차 소리를 듣고 건널목을 건너는 사람들을 지켜보는 게 무료하지 않았다. 화장실에 다녀오겠다며 송 군이 자리를 비운 사이, 강 씨는 송 군의 책상 앞에 빨간색 글씨로 적힌 '건널목 안내원 수칙'을 소리 내서 읽었다. 잘 지켜왔다고 생각했는데 그만둘 날을 앞두자 모자라게 지킨 것만 같다고 강 씨는 회고했다. 그 모자람이 모이고 쌓여 누군가가 다치거나 무언가가 부서지는 일로 나타났다. 그때 누군가 강 씨의 어깨를 잡고 흔들었다. 강 씨는 깜짝 놀라 흠칫하며 송 군이 왔나, 하고 고개를 돌렸다. 꿈인가 싶을 정도로 여자애가 강 씨를 보며 환하게 웃고 있었다. 문 여는 소리를 듣지 못했는데 언제 왔을까.

"언제 왔니?"

"아까요. 몇 번을 불러도 대답이 없으셨어요."

이젠 귀에 물이 차는 증상이 아무런 느낌이나 감각도 없이, 어떤 낌새도 없이 찾아오는 것일까. 아니면 적응해가는 중일까.

"왜 그동안 소식이 없었니?"

"좀 아팠어요."

"어디가?"

강 씨가 놀란 표정으로 물었다.

"독감에 걸려서 일주일 동안 병원에 입원해 있었어요. 그래서 약속을 못 지켰어요."

여자애는 미안해했다.

"그랬구나. 이젠 건강하니?"

"네. 아주요."

다 나았다는 걸 보여주려고 여자애가 제자리에서 펄쩍 펄쩍 뛰었다.

"다행이다."

"정말 다행인 건요, 그 덕에 엄마한테 허락받았어요. 병원에 있는 동안 설득했거든요. 빨리 나아서 집으로 돌아가면 고양이 기르게 해달라고요."

여자애 옆에 녀석이 두 다리를 가지런히 모으고 얌전히 앉아 있었다. 벌써 따라갈 준비를 하는 것 같았다. 녀석 뒤에는 배낭처럼 어깨에 메는 운반용 가방이 놓여 있었다.

"저 가방은 어디서 났니? 산 거니?"

"아니요. 강아지 기르는 친구한테 잠깐 빌렸어요."

"친구가 있었구나."

그날 밤 녀석은 가방에 담긴 채, 강 씨한테 안전 교육을 받은 여자애와 건널목을 무사히 건너 초소를 떠났다. 모든 게 다행이라고 강 씨는 생각했다.

녀석이 떠난 초소에는 며칠 동안 허전하고 적막한 기운이 감돌았다. 평소 녀석을 귀찮아했던 송 군은 막상 녀석이 안 보이자 적적한지 밥을 먹다가도, 책상에 앉아 책을 보다가도 녀석 얘기를 불쑥불쑥 꺼냈다. 특히 열차가 들어오는 걸 기계보다 먼저 알아채고 보내왔던 신호들은 굉장했다며 아낌없이 칭찬까지 했다. 강 씨는 이제야 그게 송 군의 표현법이란 걸 알았다. 송 군은 여자친구를 대할 때도 그런 식이었을 것이다. 감정 표현이 서툴러서 자신의 진심을 종종 오해받는 부류. 걱정스러운 마음으로 던진 말이 상대한테는 잔소리로 들려서 결국 큰 싸움으로 번지고 마는 대화. 눈발이 흩날리는 창밖을 한참 내다보던 송 군이 고적한 목소리로 중얼거렸다.

"다 떠나네요."

그 말이 자꾸 신경 쓰여서 강 씨는 오늘도 퇴근하지 않고 초소에 머물기로 했다. 그러자 송 군도 온풍기가 하루 종일 돌아가는 초소가 따뜻해서 집에 들어가기 싫다는 핑계를 대며 강 씨와 남은 사흘 동안 근무를 보겠다고 했다. 강 씨에게는 사흘 동안 당신을 지켜주겠다는 뜻으로 들려서 고마웠다. 사실 강 씨는 송 군이 그렇게 해주길 바라고 있었다. 비록 며칠 남지 않은 근무지만, 열차가 들어오는 걸 알려주던 녀석도 없는데 귀에 물까지 차서 작은 사고라도 날까 봐 불안했다.

저녁으로 짜장면을 시켜 먹고 자판기 커피를 마신 그들은 막차가 무사히 떠나자 골방에 이불을 펴고 나란히 누웠다. 바람이 세게 불었고, 초소에서 지낼 날도 얼마 남지 않아 마음이 싱숭생숭한 송 군은 강 씨에게 내내 이야기를 주절거렸다. 어렸을 때 이혼한 부모 얘기, 대학 시절 억울하게 낙제를 받았던 얘기, 뜨거웠지만 매번 짧게 끝나고 말았던 지난날의 연애와 미래의 꿈에 대해서까지. 처음으로 누군가한테 자기 마음을 다 꺼내놓고 있는 것일지도 모르는데 귀에 물이 찬 강 씨에게는 들리지 않았다. 이상한 건 아무 말도 들리지 않는데 다 들은 것 같은 느낌이었다. 소리가 한참 끊겼다 잠깐씩 이어져서 강 씨가 들은 건 고작 단어 몇 개에 불과했지만 강 씨는 고개를 끄덕이며 그랬군, 하고 중얼거렸다. 송 군이 이야기를 마치자 다음에는 강 씨가 자신의 이야기를 하기 시작했다. 어디서도 한 적 없던 잔소리쟁이 아내와 외국에 나가 사는 자식들에 관한 얘기였지만 여전히 강 씨의 귀에는 물이 차 있었다. 강 씨는 물속에서 물을 삼켜가며 말하는 심정이었다. 그러나 말을 다 쏟아놓고도 자기 귀에 들리지 않아서 아무 말도 하지 못한 기분이었다. 다행히 이야기가 끝나갈 즈음 귀에 차 있던 물이 빠지고, 강 씨의 슬픔을 들어준 송 군의 마지막 말이 들려왔다.

"그랬군요."

송 군도 그랬고 강 씨도 그랬다. 모두의 인생은 그랬던 것이다. 누군가를 이해했다는 뜻을 전하고자 할 때의 말은 길거나 복잡할 필요가 없었다. 가끔은 말 대신 고개만 끄덕여도 충분했다.

오늘은 관리원으로서 마지막 날이었다. 마지막이지만 딱히 할 일은 없었다. 열차는 오늘도 살기 위해 열심히 건널목을 통과했다. 차량과 사람들도 살아내려고 부지런히 지하도를 이용했다. 비로소 열차와 차량과 사람들은 서로 엉킬 일도 부딪칠 일도 없는 각자의 길이 생겼다. 건널목에 반복적으로 설치되어 있던 장치들은 아직 그대로였다. 그래서 경보가 울리면 차단기가 자동으로 움직였다. 그것들은 내일 초소와 함께 철거될 예정이었다.

강 씨는 열차 소리를 들으며 느리게 짐 정리를 했다. 퇴근하지 않고 초소에 머문 날이 많아서 살림살이가 꽤 이쪽으로 옮겨 와 있었다. 송 군은 한 시간 전에 마지막 인사를 남기고 자기 짐을 챙겨 이곳을 떠났다. 강 씨는 물건을 정리하다가도 경보음이 울리면 파블로프의 개처럼 자신도 모르게 자리에서 벌떡 일어났다. 그러다 건널목 앞에 차량 한 대, 보행자 한 명 없는 걸 확인하고서야 마지막 날임을 새삼스레 깨닫고 다시 짐 정리를 했다. 책상과 냉장고처럼 무거운 가구들은 아침 일찍 송 군이랑 밖에 내다놓아서 초소에는 자질구레한 물건만 남아 있었다. 자잘한 짐들을 라면 상자 세 개에 모두 담고 났더니 평소 좁다고 투덜거렸던 초소도 제법 넓어 보였다. 아, 하고 소리를 내자 크게 울리기까지 했다. 물건이 치워진 자리마다 물건 모양을 따라 먼지로 선이 그어져 있었다. 무엇이든 오래 머문 자리에는 자국이 남기 마련이었다.

짐을 옮기느라 많이 움직였더니 강 씨는 갑자기 배가 고팠다. 손목시계의 바늘은 오후 3시를 지나고 있었다. 짐을 정리할 때 상자 어딘가에 컵라면 한 개를 넣어두었던 게 생각났다. 강 씨는 커피포트를 꺼내 생수를 부어 끓이고, 그 사이 다른 상자에서 컵라면을 찾아 비닐 포장을 벗겼다. 물이 끓자 강 씨는 바닥에 쭈그리고 앉아 컵라면이 요구하는 선까지 뜨거운 물을 붓고 김이 새지 않게 반찬통으로 뚜껑을 눌러놓았다.

창밖을 내다보던 강 씨는 컵라면 앞으로 다가가 앉았

다. 강 씨는 그제야 젓가락이 없다는 걸 알고 상자를 다시 뒤졌다. 젓가락이면 아마 냉장고에서 나온 물건을 담아 놓은 상자에 있을 것이다. 맨 아래쪽 상자를 열자 고추장통 위에 쇠젓가락과 나무젓가락이 나란히 놓여 있었다. 컵라면은 자고로 나무젓가락으로 먹어야 제맛이지, 하고 강 씨는 나무젓가락을 집어 들었다. 그때 강 씨의 눈에 통조림이 보였다. 녀석이 즐겨 먹던 통조림이 상자 귀퉁이에 거꾸로 처박혀 있었다. 꺼내려는데 누군가 초소 문을 노크도 없이 벌컥 열어젖혔다. 밖에는 눈이 펑펑 내리고 있었다.

문밖에 서 있는 건 여자애였다. 여자애 뒤에 초등학생용 분홍색 자전거가 세워져 있었다. 여자애가 숨을 헐떡이며 초소 안으로 뛰어들어와 강 씨에게 물었다.

“주…… 줄리…… 여기 있어요?”

“줄리가 누구냐?”

“줄리요. 제 고…… 고양이요.”

녀석의 이름을 줄리라고 지은 모양이었다.

“그 녀석을 왜 여기서 찾아?”

그 말끝에 여자애가 소리 내어 울기 시작했다. 초소가 텅 비어서 울음소리는 아주 크게 울려 퍼졌다. 강 씨의 귀에도 쩌렁쩌렁했다.

"무슨 일이야?"

강 씨가 자리에서 일어나며 물었다.

"어…… 엄마가…… 터…… 털이 많이 빠진다고…… 밖에…… 내다 버렸어요. 하…… 학원 간…… 사이에요."

"그게 언젠데?"

"저…… 점심 먹고 나…… 나서요. 엄마는 괘…… 괜찮을 거래요. 워…… 원래 길에서 사…… 살던 고양이라서요."

"같이 찾아보자."

강 씨와 여자애는 함께 초소 밖으로 나갔다. 울음을 그친 여자애는 자전거를 타고 지하도로 내려갔고, 강 씨는 녀석이 갈 만한 데를 찾아 출퇴근용 자전거의 페달을 힘껏 밟았다. 차디찬 눈송이가 할퀴듯 강 씨의 얼굴로 달라붙었다.

강 씨가 가장 먼저 찾아간 곳은 녀석이 처음 발견됐던 역과 그 주변이었다. 그러나 녀석은 보이지 않았다. 로드킬을 당한 건 아닌가 싶어 도로까지 샅샅이 살폈다. 간혹 녀석하고 비슷한 줄무늬를 가진 길고양이를 만났지만 무늬만 비슷할 뿐 금방 피하고 달아나는 게 녀석은 아니었다. 녀석이라면, 그래서 눈이 마주쳤다면 먼저 알아보고 달려왔을 것이다. 아니다. 또다시 버림받았다는 걸 알고 세상을 피하는 고양이가 되기로 마음먹은 건 아닐까. 강 씨는 자전거 속도를 더 높였다.

녀석의 행방을 찾는 건 어두워질 때까지 계속됐고, 눈과 바람과 추위는 더욱더 거칠어졌다. 자전거를 모는 강 씨의 손은 꽁꽁 얼어붙어서 점점 감각을 잃어갔다. 귓속도 얼어붙었는지 자동차 지나가는 소리가 들렸다 안 들렸다 반복했다. 초소로 돌아간 강 씨는 어쩌면 녀석이 주변을 배회하고 있을지 모른다고 기대했지만 그 근방에서도 녀석의 모습은 보이지 않았다. 자주 들어앉아 구슬 같은 눈동자로 강 씨를 지켜봤던 다섯 칸짜리 선반 안에도 녀석은 없었다. 자전거를 끌며 터벅터벅 어둠 속을 걷던 그때, 강 씨의 머릿속에 어딘가가 떠올랐다. 마지막으로 한 군데만 더 가보기로 하고 강 씨는 자전거에 올라탔다. 지하도를 빠른 속도로 쌩쌩 지나 가풀막진 길이 나오면 아무리 애를 써도 자전거 바퀴가 느려지고 저절로 숨이 차던 구간, 그 너머에 있는 곳. 강 씨는 건널목 아래로 난 지하 터널을 향해 자전거를 몰았다.

철교가 나오고 그 밑으로 강이 흐르는 곳에 도착한 강 씨는 자전거를 세워 놓고 둔덕을 내려갔다. 딱딱하게 언 땅이 미끄러워 하마터면 넘어질 뻔했다. 어두워서 강 씨는 핸드폰 불빛으로 바닥을 비추며 한 발 한 발 조심스럽게 내디뎠다. 거친 돌멩이와 마른 풀을 헤치고 강기슭에 이르자, 녀석이 아내의 바위에 앉아 강을 바라보고 있었다. 어른거리는 핸드폰 불빛에 녀석이 뒤를 돌아봤다. 어둠 속에서도 강 씨를 알아보고 야옹, 하고 울었다. 고양이는 항상 우는 존재인가. 사는 게 고달파도 울고, 행복해도 울고, 기뻐도 울고, 불행해도 우나. 녀석은 지금 고단하고 절망스러워서 우는 거겠지. 개는 짖는다고 하는데 고양이는 왜 운다고 표현할까. 작고 가는 야옹 소리에 타고난 구슬픔이 강물처럼 흘러서일까. 강 씨는 왼쪽 바위로 가서 앉았다. 그러고는 추위와 어둠 속에서도 소리를 내며 흘러가는 강을 잠시 바라보다 말했다.

"너도 혼자고…… 나도 혼자니…… 같이 가자."

강 씨가 바위에서 일어나자 녀석도 따라 나섰다. 강 씨는 자전거를 끌고 지하도를 지나 초소로 향했고, 녀석은 앞서거니 뒤서거니 하며 그때처럼 강 씨를 잘 따라왔다. 발걸음이 가벼운 걸 보니 녀석의 기분이 좀 나아진 것 같았다.

초소에 도착했을 때 차갑게 식은 컵라면은 통통 불어 있었다. 그래도 밥은 먹어야지 싶어서 강 씨는 나무젓가락을 쪼갰고, 녀석에게는 통조림을 따서 주었다. 초소 안에는 강 씨가 면발을 후룩거리는 소리와 녀석의 통조림이 끝, 끝, 끝, 하고 바닥에서 밀리는 소리가 잔잔하게 울려 퍼졌다. 강 씨는 물을 한 모금 들이켜고 더 잔잔한 목소리로 녀석의 말에 그래, 알았다, 하고 대답해주었다. 끝나는 곳에는 문이 활짝 열려 있고, 우리는 그 문으로 한 발짝만 내밀면 되는 거야.

밤이 깊어질수록 눈은 두텁게 쌓이고 있었다. 오늘의 마지막 열차가 곧 도착할 시간이었다. 그 열차를 보내고 나면 강 씨의 임무도 끝나는 것이었다. 건널목을 지나는 사람이 아무도 없을뿐더러, 굳이 이 시간까지 건널목을 지킬 필요도 없지만 강 씨는 녀석을 품에 안고 초소를 나가 건널목 앞에 섰다. 마지막 열차를 떠나보내기 위해서였다. 때마침 귓속에 물이 차서 어떤 소리도 들리지 않았다. 들리지 않으니 두려움도 없었다. 문이 활짝 열리는 시간, 강 씨는 열차가 들어오고 있다는 걸 점멸등이 깜빡이고 차단기가 내려오는 것으로 알아채고 철길 안으로 발 하나를 내밀었다. 그러고는 열차가 오는 방향을 등지고 섰다.

LED 전광판에서는 안전 문구가 빨간색으로 흘러가고 있었다. 띠리리링 소리와 함께 '잠시 후 열차가 통과하겠습니다. 안전선 안쪽으로 정차하여주시기 바랍니다'라는 안내 방송이 허공으로 울려 퍼질 뿐, 강 씨와 고양이를 지켜보는 사람은 아무도 없었다. 강 씨의 눈앞에는 화선지 같은 하얀 세상이 펼쳐져 있었다. 그 위에 먹물로 그어놓은 듯한 검은빛 철길이 두 갈래로 나 있었다. 강 씨에게 그것은 자신이 가야 할 길로 보였다. 강 씨는 그 길 너머에서 기다리고 있는 사람들의 얼굴을 하나하나 떠올리며 눈을 감았다. 눈을 감으니 물속에 잠긴 듯 더없이 조용하고 고요해졌다. 오로지 온몸을 스치고 달아나는 차가운 눈과 바람, 그리고 품에 안은 녀석의 심장 박동과 땅의 진동만 느껴졌다. 운동화 밑창으로 전해지는 진동이 커질수록 녀석의 심장도 빠르게 뛰었다. 강 씨는 열차가 곧 도착하리라는 걸 알고 눈을 꽉 감았다. 녀석을 휘감고 있는 어깨와 팔도 꽉 붙들었다.

그때 귀에 물이 차지 않은 녀석이 온 힘을 짜내어 뼈와 근육을 꿈틀거렸다. 강 씨는 녀석이 움직이지 못하도록 자신의 뼈와 근육을 안쪽으로 세게 조였다. 그럴수록 녀석은 안간힘을 쓰며 버둥거렸고, 강 씨는 녀석을 더 세게 끌어안았다. 그럼에도 녀석은 강 씨의 품 안에서 빠져나가버렸다. 강 씨는 녀석이 빠져나갈 때의 힘에 이끌려 비틀대다 선로 밖으로 넘어지고 말았다. 그 짧은 사이 마지막 열차는 건널목을 지나 달아나듯 저 멀리 떠나고 있었다. 먹물로 그려놓은 검은빛 철길 위로. 열차가 지나가고 난 철로는 눈이 녹아서 더욱 검은빛으로 뻗어 있었다.

강 씨가 정신을 차렸을 땐 점멸등이 꺼지고 차단기는 공중으로 서서히 올라가고 있었다. 녀석은 조금 떨어진 곳에서 강 씨를 지켜보며 입을 움직였다. 순간 소리를 잃은 듯 세상이 먹먹해졌다. 강 씨는 손바닥으로 차디찬 눈밭을 짚고 간신히 일어났다. 녀석이 느린 걸음으로 다가와 강 씨 옆에 앉았다. 잠시 후, 휘몰아치는 눈보라 소리와 함께 야옹, 하고 우는 소리가 강 씨의 귀에 더없이 또렷하게 들려왔다.

이야기를 시작할 때 반드시 생각하는 것 중의 하나가 '계절'입니다. 이 이야기는 파릇한 봄이 어울릴 것 같아, 이 이야기는 추운 겨울이어야 해, 이 이야기는 무더운 여름에 일어나면 흥미로울 거야, 이 이야기는 쌀쌀한 가을이 필요해 보여. 계절이 정해지면 인물들의 말과 생각과 행동에도 계절이 입혀집니다. 가끔은 계절이 이야기의 전부가 되기도 합니다.

하고 싶은 이야기가 많은데 계절은 네 개뿐이라 여덟 개인 행성에 사는 상상을 해본 적도 있습니다. 사계절이 더 있다면 그 계절에는 어떤 특별한 변화가 찾아오고, 어떤 예쁜 이름이 붙여졌을까요. 한편으론 계절이 여덟 개면 삶이 조금 복잡해질 것도 같습니다. 하지만 우리는 이미 수십 개의 계절을 살고 있습니다. 해마다 찾아오는 봄이 같은 봄으로 기억되지 않으니까요. 그 봄에 자기만의 이름을 붙이면 유일무이한 계절이 되니까요. 저 또한 지금 상상하는 일이 어느 계절에 찾아올지 궁금합니다. 온다면 그 계절의 이름은 여름이나 겨울이 아닌 새로운 이름으로 불릴 겁니다.

여기 여섯 편의 소설에 사계절을 담았습니다. 각각의 계절에 필요한 이야기는 아니더라도 그 계절에 문득 생각나는 이야기였으면 좋겠습니다. 모든 계절은 아름답고, 계절 안에 삶이 있듯이 이야기도 그 안에 있습니다. 오늘도 저는 소설과 함께 계절을 배우고 느끼고 지냅니다. 한 권의 책이 나온 것만으로 특별해서 이 봄에 새로운 이름을 지어줘야겠습니다.

2024년 특별한 봄

장은진

| 수록 작품 발표 지면 |

가벼운 점심 … 〈문장웹진〉 2020년 5월호

피아노, 피아노 … 〈한국문학〉 2020년 하반기호

하품 … 〈문학사상〉 2020년 2월호

고전적인 시간 … 〈문학무크: 소설〉 2019년 6호

나의 루마니아어 수업 … 〈현대문학〉 2020년 6월호

파수꾼 … 〈보보담〉 2020년 봄호